Edgar Wallace im Goldmann Verlag

1922 wird der Goldmann Verlag in Leipzig gegründet.

1926 veröffentlicht Goldmann die beiden ersten ins Deutsche übersetzten Kriminalromane des schon weltbekannten Edgar Wallace. Und nur ein Jahr später, nach der sensationellen Uraufführung von »Der Hexer« am Deutschen Theater in Berlin (Regie: Max Reinhardt), bricht das Wallace-Fieber aus. Goldmann hat damit eine neue Literaturgattung in Deutschland etabliert: den Kriminalroman.

1932 stirbt Edgar Wallace in Hollywood. Als der Sarg nach England überführt wird, ist im Hafen von Southampton halbmast geflaggt und in Londons legendärer Zeitungsstraße, der Fleetstreet, läuten die Glocken: Großbritannien erweist seinem berühmten Sohn die letzte Ehre.

1952 kommen die ersten Goldmann Taschenbücher auf den Markt. In der Reihe Goldmann Rote Krimi erscheinen im Laufe der nächsten drei Jahrzehnte sämtliche Kriminalromane von Edgar Wallace mit überwältigendem Erfolg. Über 40 Millionen Exemplare haben von 1926 bis heute ihre Leser gefunden. Und allein in Deutschland wurden 30 Kriminalromane von Edgar Wallace verfilmt.

1982 erscheinen zum 50. Todestag alle 82 Kriminalromane in einer einmaligen Sonderausgabe und ein Edgar Wallace-Almanach.

EDGAR WALLACE

Der Teufel von Tidal Basin

WHITE FACE

Kriminalroman

Wilhelm Goldmann Verlag

Aus dem Englischen übertragen von
Ravi Ravendro

Herausgegeben von Friedrich A. Hofschuster

Gesamtauflage: 320 000

Made in Germany · 1/82 · 15. Auflage

Umschlagentwurf: Atelier Adolf & Angelika Bachmann, München
Umschlagfoto: Richard Canntown, Stuttgart
Druck: Mohndruck Graphische Betriebe GmbH, Gütersloh
Krimi 0080
Lektorat: Friedrich A. Hofschuster · Herstellung: Peter Sturm
ISBN 3-442-00080-7

1

Zu den Bekannten des Reporters Michael Quigley gehörten Einbrecher, Diebe, Schwindler, Bankräuber, Taschendiebe und viele andere Leute, die nicht gern mit der Polizei in Berührung kamen. Auch mit fast allen Beamten von Scotland Yard stand Mike auf gutem Fuß, und mehrmals hatte er schon das Wochenende mit dem Henker Dumont verbracht. In seinem Zimmer hingen Fotografien von früheren Königlichen Hoheiten, Schwergewichtsmeistern und berühmten Schauspielerinnen. Er wußte genau, wie sich normale und anomale Menschen in jeder Lebenslage benehmen, nur bei Janice Harman versagten seine Kenntnisse und Erfahrungen.

Er konnte allerdings verstehen, daß eine alleinstehende junge Dame, die keine Verpflichtungen hatte und ein jährliches Einkommen von dreitausend Pfund bezog, sich irgendwie nützlich machen wollte und Befriedigung darin fand, als Krankenschwester in einer Klinik im Osten Londons tätig zu sein.

Janice war liebenswürdig und sah sehr gut aus. Michael war sich allerdings nicht klar darüber, was ihn so stark an ihr fesselte: ihre Augen, ihr Mund oder ihre gute Figur. Er hatte nur den Wunsch, sie stundenlang, ja für immer anzuschauen.

Niemals freilich konnte er die Kluft überbrücken, die sie von ihm und seinen siebenundzwanzig Jahren trennte. Sie war dreiundzwanzig und hatte ihm schon oft auseinandergesetzt, daß eine Frau in diesem Alter mindestens um zwanzig Jahre erfahrener sei als ein Mann.

Er hatte gerade sein Monatsgehalt bekommen und sie zum Abendessen in den Howdah-Klub eingeladen. Seine Stimmung war vergnügt und froh, aber plötzlich erzählte sie ihm eine Neuigkeit, die ihm sein weiteres Leben grau in grau erscheinen ließ.

Von ihrem romantischen Briefwechsel hatte er allerdings schon gewußt. Er hatte über den Mann gespottet, hatte ihr

Vorwürfe gemacht und versucht, sie durch Ironie und Sarkasmus davon abzubringen. Die Sache hatte harmlos begonnen. Eines Tages fand Janice einen Brief in ihrer Wohnung vor. Ein Unbekannter bat sie darin um die Freundlichkeit, ihn mit seiner alten Krankenschwester in Verbindung zu bringen, der es sehr schlecht ging. Diesen Brief erhielt sie, nachdem sie einige Monate in der Klinik von Dr. Marford tätig war und eine Zeitung in einem Artikel ihre Tätigkeit dort gewürdigt und gerühmt hatte. Er kam aus Südafrika und enthielt eine Fünfpfundnote. Diesen Betrag sollte Janice der Krankenschwester übergeben, wenn sie aufzufinden war. Andernfalls sollte sie das Geld einem Krankenhaus überweisen.

Michael hatte sie gewarnt und ihr erzählt, daß Betrüger sich oft so an ihre Opfer heranmachen. Janice war böse geworden und hatte ihm vorgeworfen, daß er durch seinen Beruf in allen Menschen Verbrecher sehe.

Heute erst erfuhr er, daß der Fremde schon seit ein paar Tagen in London weilte. Das war die Neuigkeit, die ihn so traurig machte.

»Sie sind einer meiner ältesten Freunde, Michael«, begann Janice etwas atemlos, »und ich fühle mich verpflichtet, es Ihnen zu sagen.«

Er hörte ihr bestürzt zu.

Sie hätte auch sehen können, wie blaß er wurde, aber sie schaute ihn absichtlich nicht an. Ihre Blicke hefteten sich auf die tanzenden Paare, die sich auf dem Parkett bewegten.

»Sie müssen ihn persönlich kennenlernen – Sie finden ihn vielleicht nicht so besonders, aber ich wußte schon immer ... ich meine aus seinen Briefen ... er hat ein fürchterliches Leben im wilden Afrika gehabt. Es tut mir natürlich sehr leid, daß ich den guten Dr. Marford im Stich lassen mußte, aber ...«

Ihre Worte waren ein wenig zusammenhanglos.

»Wir wollen doch klarsehen, Janice. Ich werde versuchen zu vergessen, daß ich Sie liebe und immer geliebt habe. Ich wartete nur auf eine Gehaltserhöhung, um Sie um Ihre Hand zu bitten.« Seine Stimme klang ruhig und fest. »Es ist ja nicht ungewöhnlich. Ich habe schon öfter von solchen Fällen gehört. Ein Mädchen beginnt einen Briefwechsel mit einem Mann, den sie noch nie gesehen hat. Die Briefe werden vertraulicher und freundschaftlicher. Sie webt einen ganzen Schleier von Romantik um den Schreiber. Sieht sie ihn dann später eines Tages in Wirklichkeit, so ist sie entweder furchtbar enttäuscht oder sie verliebt sich auf den ersten Blick in ihn. Man sagt, daß auf diese Weise schon glückliche Ehen zustande gekommen sind, aber es gibt auch Gegenbeispiele. Ich weiß tatsächlich nicht, was ich dazu sagen soll.«

Er sah zufällig auf ihre linke Hand und vermißte den wundervollen Rubinring, den sie getragen hatte, solange sie sich kannten.

Sie wußte sofort, was sein Blick zu bedeuten hatte, und legte die Hand in den Schoß, so daß er sie nicht mehr sehen konnte.

»Wo ist Ihr Ring?« fragte er trotzdem.

Sie errötete, und seine Frage beantwortete sich dadurch eigentlich von selbst.

»Ich habe ihn – aber ich weiß gar nicht, was das mit Ihnen zu tun hat?«

Er holte tief Atem.

»Es hat nichts mit mir zu tun, ich bin nur neugierig. Ein Austausch von Liebeszeichen?«

An diesem Abend war er sehr taktlos.

»Es ist mein Ring, und ich lasse mich deswegen nicht von jemand verhören, der gar kein Recht dazu hat. Sie sind ein schrecklicher Mensch.«

»So?« Er nickte bedächtig. »Schon möglich. Und ich weiß, daß ich Ihnen gegenüber kein Recht habe, schrecklich oder sonst etwas zu sein. Ich will ja auch nicht fragen, was er Ihnen dafür gegeben hat. Vielleicht irgendeine wertlose Halskette –«

Sie zuckte zusammen.

»Woher wissen Sie das? Das heißt, sie ist sehr wertvoll.«

Er sah sie ernst an.

»Ich würde diesen Menschen doch erst einmal genau prüfen, Janice.«

Sie schaute ihm zum erstenmal wieder ins Gesicht und erschrak.

»Wie meinen Sie denn das? Ich verstehe Sie nicht.«

Er versuchte zu lächeln, um es ihr möglichst liebenswürdig zu sagen.

»Sie müssen doch erst Erkundigungen über ihn einziehen. Man prüft doch ein Pferd auch erst, bevor man es kauft.«

»Aber ich kaufe ihn doch nicht – er ist ein reicher Mann! Er hat zwei Farmen!« sagte sie eisig. »Ihn prüfen! Erkundigungen einziehen! Sie würden natürlich sofort einen Verbrecher in ihm entdecken. Und wenn Sie nichts finden sollten, haben Sie ja genügend Phantasie, um ihm etwas anzudichten! Vielleicht ist er Ihr berühmter Held ›Weißgesicht‹! Der Mann ist doch eine Spezialität von Ihnen, nicht wahr?« Er seufzte, aber er hatte nun wenigstens die Möglichkeit, das unangenehme Thema fallenzulassen.

»Weißgesicht ist durchaus kein Phantasiegebilde. Er existiert tatsächlich. Fragen Sie nur Gasso.«

Michael winkte den schlanken Geschäftsführer des Restaurants heran.

»Ach, Sie meinen Weißgesicht? Ein gemeiner Verbrecher!« sagte der Italiener theatralisch und gestikulierte lebhaft mit den Händen. »Wo bleibt die berühmte Londoner Polizei? Mein armer Freund Bussini ist schwer geschädigt worden. Dieser entsetzliche Mensch hat das ganze Renommee seines Restaurants zerstört!«

Tatsächlich war Weißgesicht eines Abends zu später Stunde in Bussinis Restaurant aufgetaucht und hatte Miss Angelo Hillingcote, bevor die anderen Gäste etwas merkten, ihren Schmuck abgenommen, der sechstausend Pfund wert war. Die ganze Sache spielte sich in wenigen Sekunden ab. An der Ecke von Leicester Square sah ein Polizist, daß ein Mann auf einem Motorrad vorübersauste. Auch am Embankment wurde bemerkt, daß dasselbe Rad in östlicher Richtung davonfuhr. Das war der dritte und bekannteste Auftritt des Verbrechers im Westen Londons gewesen.

»Meine Kunden sind nervös geworden – und wer sollte unter solchen Umständen auch nicht nervös werden?« sagte Gasso aufgeregt. »Glücklicherweise sind es gebildete Leute . . .« Plötzlich brach er ab und starrte auf den Eingang. »Aber sie hätte wirklich nicht kommen sollen!« schrie er beinahe und eilte zur Tür, um eine Dame zu empfangen, deren Ankunft ihm anscheinend unangenehm war.

Es war die Filmschauspielerin Dolly de Val, eine blonde Schönheit. Ihre Agenten hatten sie so getauft, weil ihr eigener Name Annie Gootch nicht zugkräftig genug wirkte. Sie spielte nicht gut und war der Schrecken der Regisseure, das Publikum aber liebte sie. Im Laufe der letzten Jahre war sie sehr reich geworden und hatte einen großen Teil ihres Vermögens in Brillantschmuck angelegt. In den elegantesten Nachtklubs von London nannte man sie nur ›Diamantendolly‹.

Die Besitzer und Geschäftsführer dieser Klubs und Kabaretts wurden nach dem Überfall auf Miss Hillingcote alle nervös, und wenn die Diamantendolly einen Tisch bestellte, läutete der Inhaber des betreffenden Lokals Scotland Yard an. Chefinspektor Mason, der in diesem Fall zuständig war, schickte dann ein paar Detektive in tadellosem Gesellschaftsanzug, die sich nicht von den anderen Gästen unterschieden und an benachbarten Tischen Platz nahmen, um die Kostbarkeiten Dolly de Vals zu bewachen.

Aber nicht immer war sie so vorsorglich, ihr Erscheinen telefonisch anzumelden. Öfters kam sie in Begleitung netter junger Leute, mit Brillanten behängt, in ein Lokal, und es mußte dann irgendwo ein Tisch provisorisch für sie aufgestellt werden. Auch an diesem Abend hatte sie sich im Howdah-Klub nicht angemeldet, und Gasso war außer sich vor Verzweiflung. Er gestikulierte wild mit den Armen und sprach italienisch, was den Gästen sehr romantisch erschien, da sie nur Englisch verstanden.

»Was, kein Platz? Machen Sie sich doch nicht lächerlich, Gasso. Natürlich ist Platz da! Es ist ganz gleich, wo für uns gedeckt wird.«

Es wurde in der Nähe des Eingangs ein Tisch aufgestellt, und die kleine Gesellschaft ließ sich dort nieder. Dolly stellte das Menü zusammen.

»Es ist mir aber sehr unangenehm, daß Sie hier sitzen müssen«, sagte Gasso ängstlich. »Der prachtvolle Schmuck ... denken Sie doch an Miss Hillingcote ... ach, es ist entsetzlich! Wenn Weißgesicht ...«

»Aber wie können Sie so unken, Gasso! Halten Sie doch den Mund!« erwiderte Dolly ärgerlich. Dann wandte sie sich dem Oberkellner zu.

Ein russisches Tanzpaar trat auf, und die Gäste folgten fasziniert den wunderbaren Darbietungen. Schließlich verließen die beiden das Parkett wieder, nachdem sie noch drei Zugaben absolviert hatten. Im gleichen Augenblick hörte Dolly jemand hinter sich sprechen.

»Verhalten Sie sich ruhig!«

Sie sah, daß die Gesichter ihrer Begleiter bleich wurden, und sie wandte sich halb in ihrem Stuhl um.

Der Mann, der hinter ihr stand, trug einen langen, schwarzen Umhang, der fast bis auf die Erde reichte. Eine weiße Stoffmaske verdeckte sein Gesicht.

In der einen behandschuhten Hand hielt er eine Pistole, die andere streckte er nach ihrem Hals aus. Ein kurzes Knacken, und die Diamantenkette verschwand in seiner Tasche. Dolly war starr vor Furcht.

Inzwischen wurden die anderen Gäste aufmerksam. Herren sprangen auf, Damen schrien, die Kapelle hörte auf zu spielen.

»Fangt den Dieb!« schrie jemand.

Aber Weißgesicht war fort, und die beiden Portiers kamen langsam aus ihren Verstecken hervor.

»Beunruhigen Sie sich nicht, Janice«, sagte Mike leise, aber eindringlich. »Ich bringe Sie nach Hause, und dann muß ich sofort zur Zeitung. Werden Sie mir bloß nicht ohnmächtig!«

»Ich denke gar nicht daran, ohnmächtig zu werden«, entgegnete sie trotzig, aber sie war doch sehr verstört.

Er hatte sie auf die Straße gebracht, bevor die Polizei kam, und hielt ein Taxi für sie an.

»Es war entsetzlich – wer war das nur?«

»Ich weiß es nicht«, erwiderte er kurz. »Wie heißt eigentlich Ihr romantischer Liebhaber?« fragte er dann. »Das haben Sie mir noch gar nicht gesagt.«

Sie war so nervös, daß sie die Fassung verlor.

Mike Quigley hörte sich ihren Zornesausbruch ruhig an.

»Ich wette, daß er sehr gut aussieht, wahrscheinlich besser als ich«, meinte er dann gelassen. »Sie sind wirklich töricht, Janice. Aber ich werde ihn schon treffen. Wo wohnt er denn?«

»Sie werden ihn nicht treffen!« Sie hätte am liebsten geweint. »Ich sage Ihnen nicht, wo er wohnt, und ich hoffe, daß ich Sie niemals wiedersehe!«

Sie übersah seine Hand und schwieg, als er ihr gute Nacht wünschte.

Wütend eilte Mr. Quigley zur Fleet Street und schrieb einen heftigen Artikel über Weißgesicht. Aber all die Angriffe, die darin standen, galten eigentlich dem romantischen Fremden aus Südafrika.

2

Janice Harman war eine moderne junge Dame, die die Hemmungen früherer Generationen nicht kannte. Gleich bei der ersten Zusammenkunft hatte sie sich in Donald Bateman verliebt. Seine männliche Erscheinung und sein gutes Aussehen hatten es ihr angetan. Es war ein romantisches Abenteuer für sie, und ihre Phantasie begabte den Geliebten mit allen Tugenden und Vorzügen, die ein Mann nur haben konnte. Seine Bescheidenheit, seine Kraft, sein feiner Humor, seine kindlichen Ansichten über Geld und Finanzen und seine Naivität imponierten ihr. Er ordnete sich ihr in gewisser Weise unter und nahm ihr Urteil über Verhältnisse, Ereignisse und Menschen an, ohne etwas dagegen zu sagen, so daß sie sich geschmeichelt fühlte.

Vor allem fand sie seine Zurückhaltung außerordentlich taktvoll. Er hatte sie nur einmal umarmt, und er vergaß nie, daß ihre Bekanntschaft erst kurze Zeit dauerte. Das Wort ›Liebe‹ war noch nicht zwischen ihnen gefallen. Als sie sich das zweitemal trafen, küßte er sie, und das berührte sie unangenehm. Er mußte es gemerkt haben, denn er versuchte es nicht wieder. Aber sie sprachen trotzdem davon, zu heiraten und ein gemeinsames Heim in Südafrika einzurichten. Er erzählte ihr von den Wundern des Schwarzen Erdteils, und sie unterhielten sich sogar über Kindererziehung.

Einen Tag nach ihrem Erlebnis im Howdah-Klub hatte sie sich zum Mittagessen bei Bussini mit ihm verabredet.

»Ist dein Geld gekommen?« fragte sie ihn lächelnd.

Er nahm seine Brieftasche heraus und zeigte ihr zwei Banknoten zu je hundert Pfund.

»Ja, heute morgen. Ich habe die beiden Scheine für meine kleinen Ausgaben eingesteckt – ich hasse es, in London ohne Geld zu sein. Aber wenn es heute morgen nicht gekommen wäre, hätte ich dich anpumpen müssen, Liebling. Was hättest du dann wohl von mir gedacht?«

Sie lächelte wieder. Männer benahmen sich in Geldsachen wirklich komisch. Zum Beispiel Michael. Sie hatte ihm gesagt, daß er einen kleinen Wagen haben müßte, aber er war direkt beleidigend geworden, als sie ihm Geld dafür leihen wollte.

»Hast du dich gestern abend gut unterhalten?«

Sie verzog das Gesicht.

»Das könnte ich nicht gerade behaupten.«

»Dein Bekannter ist Zeitungsmann? Ich kenne einen Reporter von der ›Cape Times‹ – famoser Mensch . . .«

»Michael war nicht schuld daran, daß der Abend so unglücklich verlief. Es war ein Mann, der eine weiße Maske trug . . .«

»Ach so!« Er zog die Augenbrauen hoch. »Du warst ja im Howdah-Klub. Und Weißgesicht war auch dort, ich habe es heute morgen in der Zeitung gelesen. Ich wünschte nur, daß ich dabei gewesen wäre. Es ist mir rätselhaft, daß die Männer in diesem Land so fischblütig sind. Lassen einen frechen Räuber ohne weiteres entwischen! Einer von uns beiden wäre auf dem Platze geblieben, wenn ich in seiner Nähe gewesen wäre. Ihr Engländer habt zuviel Angst vor Feuerwaffen. Das weiß ich aus eigener Erfahrung . . .«

Er erzählte ihr eine Geschichte von einem Goldsucherlager in Rhodesien, die ihn selbst in sehr günstigem Licht zeigte.

Während er sprach, kehrte er das Gesicht dem Fenster zu, und sie hatte Zeit, ihn zu beobachten. Sie betrachtete ihn jedoch nicht kritisch, sondern mit den Augen eines romantischen jungen Mädchens. Er war älter, als sie gedacht hatte. Vielleicht vierzig. Die kleinen Falten in den Augenwinkeln und ein harter Zug um den Mund deuteten es an. Sie wußte, daß er ein gefahrvolles Leben hinter sich hatte, und man konnte der Welt kein glattes, jugendliches Gesicht mehr zeigen, wenn man solche Strapazen durchgemacht hatte wie er. In der Wüste Kalahari hatte er Hunger und Durst gelitten, am Ufer des Tuliflusses hatte ihn ein schweres Fieber gepackt, und westlich von Massikassi ließen ihn seine Träger und Diener im Stich, so daß er allein und ohne Feuerwaffen von Löwen angegriffen werden konnte. Unter dem Kinn hatte er eine lange Narbe von der Pranke eines Leoparden.

»Heutzutage ist das Leben in Afrika nicht anders als hier in der Bond Street«, sagte er. »Es ist nichts Geheimnisvolles mehr daran. Ich glaube kaum, daß es noch einen einzigen Löwen zwischen Salisbury und Bulawayo gibt. Aber in den alten Zeiten passierte es, daß sie mitten auf der Chaussee lagen . . .«

Sie hätte ihm stundenlang zuhören können, aber sie erklärte ihm, daß sie noch Pflichten in der Klinik habe.

»Ich werde hinkommen und dich nach Hause bringen – wo liegt die Klinik eigentlich?«

Sie beschrieb ihm die genaue Lage von Tidal Basin.

»Was ist eigentlich Dr. Marford für ein Mann?«

»Oh, er ist rührend gut«, erwiderte Janice begeistert.

»Dann wollen wir ihn nach Südafrika holen. Es gibt dort viel Arbeit für ihn, besonders bei den Negerkindern. Wenn ich die Farm kaufen könnte, die an die meine stößt, ließe sich das Haus dort leicht in ein Erholungsheim umbauen. Es ist eins der großen holländischen Farmhäuser, und ich selbst besitze eine schöne Wohnung, so daß wir die andere nicht brauchen.«

Sie lachte.

»Du scheinst immer mehr Land haben zu wollen, Donald. Ich werde noch an einen Agenten schreiben müssen, um nähere Einzelheiten über dieses begehrenswerte Grundstück zu erfahren!«

Er runzelte die Stirn.

»Hast du Freunde in Kapstadt?«

»Ich kenne einen jungen Mann dort, aber ich habe ihm nicht mehr geschrieben, seitdem er England verließ.«

»Hm!« Donald wurde ernst. »Wenn Fremde drüben Land kaufen wollen, werden sie meistens hereingelegt. Ich möchte dir einen Rat geben. Versuche niemals, in Südafrika Land durch einen Agenten zu kaufen, denn diese Menschen sind meistens Räuber. Eins ist aber sicher: Der Landbesitz in der Gegend von Paarl – dort liegt auch meine Farm – wird in ein paar Jahren das Doppelte wert sein. Die Regierung baut eine neue Eisenbahn, die gerade an der Grenze meines Landes vorbeikommt. Wenn ich ein Vermögen hätte, würde ich es bis auf den letzten Cent dort in Grundbesitz anlegen.«

Er nahm wieder die beiden Hundertpfundnoten aus der Tasche und betrachtete sie. Sie raschelten zwischen seinen Fingern.

»Warum bringst du das Geld nicht auf die Bank?«

»Weil ich es bei mir haben möchte. Außerdem fasse ich englische Banknoten gern an. Sie sehen so sauber aus.«

Er steckte die Brieftasche wieder ein und faßte Janice dann plötzlich an den Schultern. In seinen Augen glühte ein Feuer, wie sie es noch nie vorher gesehen hatte, und sie erschrak ein wenig.

»Wie lange sollen wir eigentlich noch warten?« fragte er leise. »Ich kann doch leicht das Aufgebot bestellen, dann heiraten wir sofort und sind in zwei Tagen auf dem Festland.«

Sie machte sich von ihm frei und bemerkte erstaunt, daß sie zitterte.

»Das ist unmöglich«, erwiderte sie atemlos. »Ich habe noch so viel zu tun, und ich muß doch zunächst noch in der Klinik bleiben, bis ich eine verläßliche Nachfolgerin habe. Es geht nicht, daß ich Dr. Marford einfach sitzenlasse! Und du hast auch einmal gesagt, daß du erst in einigen Monaten heiraten wolltest.«

Er schaute sie lächelnd an.

»Ich kann Monate, auch Jahre warten«, erwiderte er.

Sie hatte abends nur eine halbe Stunde für ihn Zeit, aber er wollte trotzdem mit ihr essen gehen. Der Gedanke daran machte ihr keine besondere Freude. Sie sagte sich selbst, daß sie ihn liebe. Er war genauso, wie sie ihn sich wünschte. Aber Heirat – sofortige Heirat? Sie schüttelte den Kopf.

»Mit welcher Bank arbeitest du?« fragte sie plötzlich.

Diese Frage überraschte ihn sehr.

»Bank? Ach so, die Standard Bank – das heißt nicht eigentlich die Standard Bank, sondern eine Firma, die mit ihr in Verbindung steht. Aber warum interessiert dich das?«

Sie wollte es erfahren, um ihm eine Freude machen zu können, aber davon sollte er noch nichts wissen.

»Ich erzähle es dir später.«

Er begleitete sie nach Tidal Basin und verbrachte den Nachmittag in verschiedenen Reiseagenturen, um Pläne und Prospekte durchzusehen. Er wäre gern in London geblieben, ebenso wie in vielen anderen Orten, die er hatte verlassen müssen. Inez lebte hier. Sie war eine Schönheit geworden. Er hatte sie wiedergesehen, obwohl sie nichts davon wußte. Sonderbar, wie sich Frauen entwickeln konnten. Früher war sie ein ungelenkes Mädchen gewesen, das ihm gar nicht gefallen hatte. Wie würde wohl Janice in ein paar Jahren aussehen? Im Augenblick war sie ja sehr schön. Aber sie besaß Eigenschaften, die ihm wenig gefielen. Freilich, eine vollkommene Frau gab es wohl überhaupt nicht!

Als er sie heute an den Schultern faßte und ihr in die Augen sah, hatte er etwas anderes erwartet, als daß sie sich so erschrocken von ihm abwandte. Sie hatte ihre Scheu so offen gezeigt, daß er klugerweise im Augenblick nicht weiter in sie dringen wollte. Natürlich mußte er sie heiraten, aber eine Heirat in diesem Land war sehr gefährlich. Ein Zeitungsreporter war ihr Freund? Diese Leute haßte er ganz besonders, denn sie steckten ihre Nase in alle möglichen Dinge, die sie nichts angingen, und waren skrupellose Menschen. Und Reporter, die über Kriminalfälle berichteten, waren die allerschlimmsten.

Er fühlte sich unbehaglich und beschäftigte sich wieder mit Inez. Von ihr wanderten seine Gedanken zu anderen Frauen. Was mochte wohl aus Lorna geworden sein? Tommy hatte sie wahrscheinlich wiedergefunden und ihr alles verziehen. Tommy war immer ein willensschwacher Mensch gewesen. Aber Inez . . . !

Am Abend speiste er mit Janice im Howdah-Klub. Der Überfall in diesem Lokal hatte bereits seine Folgen gehabt. Der Speisesaal war halb leer, und Gasso ging mit düsterer Miene auf und ab.

»Die Sache hat mich ruiniert, Miss Harman«, sagte er ganz gebrochen. »Die Leute kommen überhaupt nicht oder ohne Schmuck, und ich liebe doch vornehmes Publikum, das auch den nötigen Schmuck trägt – allerdings nicht wie Miss Dolly!«

»Ich hoffe, Weißgesicht kommt heute abend wieder«, erklärte Donald mit einem ruhigen Lächeln.

»So, das hoffen Sie auch noch?« fragte Gasso aufgeregt. »Das wäre mein vollkommener Ruin, dann könnte ich auf der Straße betteln gehen. Nein, so dürfen Sie wirklich nicht sprechen!«

Janice lachte, und es gelang ihr, den nervösen Geschäftsführer wieder zu beruhigen.

»Es ist allerdings heute abend leer hier«, meinte Donald. »Aber ich glaube nicht, daß wir Weißgesicht sehen werden. Ich muß an die alten Zeiten in Australien denken. Dort hatten es sich mehrere Leute zur Spezialität gemacht, Banken zu plündern, und sie trugen auch weiße Masken. Sie haben sogar verhältnismäßig viel Geld erbeutet. Hast du einmal von den Furses gehört? Es waren Brüder – die gerissensten Spezialisten in ihrem Fach.«

»Vielleicht ist er einer von ihnen«, sagte sie, ohne sich etwas dabei zu denken.

»Wie meinst du?«

Sie sah ganz deutlich, daß er erschrak. Das war eigentümlich, denn Donald Bateman fürchtete sich doch sonst vor nichts.

»Das glaube ich nicht«, meinte er nach einer Pause.

Als sie sich während des Essens gegenseitig neckten und harmlose Dinge erzählten, legte er plötzlich Gabel und Messer hin, und sie entdeckte wieder den furchtsamen Ausdruck in seinem Gesicht. Er schaute starr zu einem Herrn hinüber, und sie folgte der Richtung seines Blicks.

Der schlanke, elegant gekleidete Mann, der mit einer kleinen Gesellschaft hereingekommen war, mochte etwa sechzig Jahre alt sein. Die Kellner eilten sofort auf ihn zu.

»Wer – wer ist das?« fragte er und bemühte sich, gleichgültig zu sprechen. »Ich meine den Herrn dort mit den jungen Damen. Kennst du ihn zufällig?«

»Ja – das ist Dr. Rudd.«

»Rudd!«

»Er ist der Polizeiarzt unseres Bezirks. Ich habe ihn schon oft gesehen. Er war auch schon in unserer Klinik. Ein unsympathischer Mensch. Er hatte nur abfällige Bemerkungen für unsere Arbeit übrig.«

Sie wunderte sich, daß Donald so bleich geworden war. Nur allmählich kehrte die Farbe in sein Gesicht zurück.

»Kennst du ihn denn?« fragte sie erstaunt.

Er zwang sich zu einem Lächeln.

»Nein, aber er erinnerte mich an jemand – an einen alten Freund – in Rhodesien.«

Als sie beim Herausgehen am Tisch von Dr. Rudd vorbeikamen, verdeckte Donald den unteren Teil seines Gesichts mit seinem Taschentuch, als ob er Schmerzen hätte.

»Hast du dich verletzt?« fragte Janice.

»Nein, es ist nur ein wenig Neuralgie«, scherzte er. »Das kommt davon, wenn man Nacht für Nacht unter freiem Himmel im Regen liegt.«

Er erzählte ihr dann eine Geschichte von einem Tropenregen in Nordrhodesien, der vier Wochen ohne Unterbrechung gedauert hatte.

Sie trennte sich von ihm an der Tür ihrer Wohnung in Bury Street. Er war offensichtlich enttäuscht, denn er hatte erwartet, daß sie ihn einladen würde mitzukommen. Aber schon auf dem Rückweg zum Hotel tröstete er sich. Er hatte ja für den nächsten Morgen ein Rendezvous verabredet – allerdings nicht mit Janice.

3

In seiner karg bemessenen Freizeit stand Dr. Marford gewöhnlich in seinem Sprechzimmer hinter den roten Kalikovorhängen, die den unteren Teil der kahlen Fenster bedeckten. Er konnte gerade darüber hinwegschauen, und er liebte es, philosophische Betrachtungen über Tidal Basin, seine Bewohner und ihre Schicksale anzustellen.

Dr. Marford hatte seine Klinik in einem ziemlich verwahrlosten Häuserblock einrichten müssen, als er seine bescheidene Praxis eröffnete. Alle Leute in Tidal Basin wußten, daß der Doktor arm war und kein Geld hatte, denn er hatte die Fußböden und die Wände selbst gestrichen. Wahrscheinlich hatte er auch die Vorhänge genäht. Die Einrichtung stammte vom Caledonian Market, wo man alte Möbel zu billigen Preisen erstehen konnte.

In Tidal Basin hieß er der »arme Doktor«, später der »Baby-Doktor«, denn nach einem Jahr fing er an, Kinder kostenlos mit Höhensonne zu bestrahlen. Unbedingt mußte er reiche Gönner haben, denn nach einiger Zeit folgte die Eröffnung eines Erholungsheims an der See.

Sein Beruf füllte ihn vollkommen aus, und keinen Schilling des Geldes, das man ihm stiftete, verbrauchte er für sich persönlich. Sein Arbeitszimmer blieb so einfach und ärmlich wie früher, im Gegensatz zu all den Krankenzimmern, die mit den modernsten Einrichtungen versehen waren.

Er stand am Fenster, als Janice Harman vorüberkam, und ging hinaus, um ihr die Tür zu öffnen. Trotz seiner Liebe zur Wissenschaft und zu den Armen war er Mensch genug, seine schöne Krankenschwester zu bewundern. Manchmal saß er in Gedanken versunken an seinem Schreibtisch und dachte stundenlang nur an sie. Aber er zeigte nicht, was in seinem Inneren vorging, als sie ihm schüchtern und zusammenhanglos von ihren Heiratsplänen erzählte.

»Oh«, sagte er nur nachdenklich, »das ist ja sehr schade – ich meine für die Klinik. Was sagt denn aber Mr. Quigley dazu?«

Bisher hatte er eine merkwürdige Abneigung gegen den jungen Berichterstatter gehabt. Viel zu oft hatte Mike Janice in der Klinik besucht und abends abgeholt. Dr. Marford war es auch nicht recht gewesen, daß Quigley so begeisterte und lobende Artikel über ihn und die Klinik verfaßt hatte, denn er liebte es nicht, in der Öffentlichkeit genannt zu werden.

»Mr. Quigley hat nicht das geringste Recht, etwas dagegen zu sagen«, erklärte sie trotzig. »Er ist ein sehr guter Freund – oder vielmehr er war es.«

Es folgte eine peinliche Pause.

»Sie sind nicht mehr miteinander befreundet?« fragte Dr. Marford freundlich, der sich im Augenblick eigentümlich zu dem jungen Mann hingezogen fühlte.

»Das kann man eigentlich nicht sagen. Ich mag ihn gern – er ist sehr nett, aber manchmal etwas herrisch und anmaßend. Neulich sorgte er wirklich sehr gut für mich, und ich habe ihm nicht einmal dafür gedankt. Es war an dem Abend im Howdah-Klub, als der schreckliche Mensch kam.«

Er sah sie fragend an.

»Welcher schreckliche Mensch?«

»Weißgesicht!«

»Ach ja, ich habe davon gelesen. Sergeant Elk hat es auch erwähnt. Man nimmt an, daß der Mann hier in der Gegend wohnt. Ich glaube, für diese Theorie ist Ihr Freund Mike verantwortlich. Handeln Sie auch wirklich klug?«

Die Frage kam überraschend.

»Meinen Sie meinen Entschluß, zu heiraten? Handelt ein junges Mädchen in dieser Beziehung überhaupt klug, Dr. Marford? Selbst wenn ich diesen Mann seit Jahren jeden Tag gesehen hätte, würde ich ihn dann kennen? Die Männer zeigen sich den Frauen gegenüber nur von der besten Seite, solange sie nicht verheiratet sind. Solange man nicht mit ihnen zusammenwohnt, ist es unmöglich, sie wirklich kennenzulernen.«

Marford nickte, dann schwiegen sie beide eine Weile.

»Es tut mir sehr leid, daß ich Sie verliere«, sagte er schließlich. »Sie waren eine sehr tüchtige Helferin.«

Sie kam nun zu einem schwierigen Punkt, denn sie wußte, wie empfindlich er in dieser Beziehung war.

»Ich möchte der Klinik eine kleine Stiftung machen. Etwa tausend Pfund ...«

Er hob die Hand, und sein Gesichtsausdruck zeigte, wie peinlich es ihm war, über solche Dinge zu sprechen.

»Nein, nein, davon will ich nichts hören. Sie haben mir früher schon einmal den Vorschlag gemacht. Aber es ist wirklich genug, daß Sie die lange Zeit hier umsonst gearbeitet haben. Das war ein gutes Werk und mehr wert als alles Geld.«

Sie wußte, daß er seine Meinung nie ändern würde. Aber wenn er ihre Stiftung zurückgehen ließ, wollte sie ihm am Tage ihrer Hochzeit das Geld anonym zukommen lassen.

Unerwartet streckte er seine schmale Hand aus:

»Ich hoffe, daß Sie glücklich werden«, sagte er.

Diese Worte waren zu gleicher Zeit Glückwunsch und Entlassung.

Sie überquerte die Straße bei der Endley Street. An der Ecke stand ein großer, hübscher Mann, dessen Haare an den Schläfen grau wurden. Janice erkannte Donald und war erstaunt, daß er sich ziemlich vertraut mit einer Dame unterhielt. Die Frau ging gleich darauf fort, und er kam lächelnd auf Janice zu.

»Eine entsetzliche Gegend, mein Liebling. Ich freue mich, daß du bald von hier fortkommst.«

»Mit wem hast du denn eben gesprochen?« fragte sie.

Er lachte und sah der schlanken Gestalt nach.

»Ach, meinst du die Dame? Es ist merkwürdig – sie hielt mich für ihren Bruder. Als sie ihren Irrtum bemerkte, kam sie in große Verlegenheit. Hast du gesehen, wie hübsch sie war?«

Janices Wagen war in einer nahen Garage untergebracht. Früher hatte sie ihn vor der Tür stehen lassen, aber Dr. Marford hatte ihr davon abgeraten. Und er hatte auch recht behalten, denn in einer Woche hatten die Eltern der Kinder, die sie im Krankenhaus pflegte, aus dem Auto gestohlen, was sie nur nehmen konnten.

Sie setzte sich ans Steuer, und er betrachtete sie wohlgefällig. Als sie an der Klinik vorbeifuhren, sah sie Dr. Marford am Fenster und winkte ihm zu.

»Wer ist das?« fragte er leichthin.

»Mein Chef.«

»Dr. Marford? Schade, daß ich ihn nicht genauer gesehen habe. Er ist wohl eine große Nummer hier in der Gegend?«

Sie lachte.

»Ach, man spricht eigentlich verhältnismäßig wenig über ihn in Tidal Basin. Aber er ist wirklich ein ungewöhnlich selbstloser Mensch. Jeden Schilling spart er sich ab, um seine Klinik in Gang zu halten.«

Während der Fahrt durch die City erzählte sie ihm dauernd von der Klinik und von den Verdiensten Dr. Marfords. Erst nach und nach gelang es ihm, die Unterhaltung wieder an sich zu reißen. Er sprach von Südafrika und seinen beiden Farmen. Die eine lag in der Wildnis von Rhodesien, die andere in der schönen Gegend von Paarl.

»Das Leben dort unten wird dir allerdings etwas einsam vorkommen, obwohl es natürlich gesellschaftlichen Verkehr gibt. Ich bin sehr bekannt –«

»Dort drüben ist jemand, der dich kennen muß«, sagte sie lachend.

Er wandte schnell den Kopf, konnte aber in der vorbeiflutenden Menge kein bekanntes Gesicht erkennen.

»Wo?«

»Dort – der dunkle Herr. Er steht bei dem Strumpfgeschäft.«

Er schaute hin und runzelte die Stirn.

»Ach ja, ich kenne ihn, wenn auch nicht besonders gut. Ich habe einmal ein Geschäft mit ihm gemacht, bei dem ich viel verdiente, und das hat er mir nicht vergeben.« Plötzlich änderte er das Thema. »Liebling, ich kann dich heute abend leider nicht ins Theater mitnehmen. Bist du mir sehr böse?«

Ihm böse sein? Sie war zu glücklich dazu, und sie stand zu sehr unter dem Eindruck dieses ungewöhnlichen Abenteuers. Dieser hübsche, fremde Mann war aus dem Nichts in ihr Leben getreten, und sie war noch so wenig an ihn gewöhnt, daß sie nur scheu seinen Namen aussprach. In ihm erfüllten sich ihre kühnsten Träume, aber er stand gleichsam immer noch außerhalb des Bereichs der Wirklichkeit für sie.

Zehn Tage kannte sie ihn nun, aber diese kurze Zeit erschien ihr wie eine Ewigkeit. Während der Fahrt war sie ein paarmal nahe daran, ihm die Überraschung mitzuteilen, die sie für ihn plante. Er liebte sein Haus über alles, und zu sehr hätte er das Nachbargrundstück neben seiner Farm in Paarl besessen. Für achttausend Pfund stand es zum Verkauf, und er hatte ihr begeistert davon erzählt, welche Vorteile es hätte, wenn er seinen Landbesitz vergrößern könnte.

Als sie durch Piccadilly Circus fuhren, sprach er gerade wieder davon.

»Du hast mich ehrgeizig gemacht, Liebling. Aber ich bin nur ein armer Farmer und habe nicht genügend Geld. Ich sehe schon, daß diese prachtvolle Farm für mich verlorengeht.«

Wieder kam sie in Versuchung, ihm ihr Geheimnis anzuvertrauen. Sie hatte einen Freund in Kapstadt, einen jungen Rechtsanwalt, den sie von Oxford her kannte. Diesen hatte sie am Morgen telegrafisch ersucht, die Farm zu kaufen.

Vor ihrer Wohnung in Bury Street trennte er sich von ihr.

»Ich bin wirklich zu traurig, daß ich die Farm nicht kaufen kann«, sagte er zum Abschied. »Wenn ich morgen nur viertausend Pfund telegrafisch überweisen könnte, wäre das Geschäft perfekt.«

Sie lächelte rätselhaft und träumte später in ihrem Zimmer von grünen Abhängen und hohen, sonnenbeschienenen Felsenbergen, wo kleine Affen Tag und Nacht in den Zweigen der Bäume turnten.

Als sie abends um zehn ins Bett gehen wollte, erhielt sie ein Telegramm, das sie vollständig aus der Fassung brachte. Sie brauchte jemand, der ihr in diesem Augenblick raten und helfen konnte, und es war merkwürdig, daß sie zuerst an Mike Quigley dachte. Aber als sie mit zitternder Hand den Hörer vom Telefon nahm, um ihn anzurufen, erfuhr sie, daß er nicht in der Redaktion war. Hastig kleidete sie sich wieder an.

4

Als Janice gegangen war, machte sich Dr. Marford daran, die Medizinen zu bereiten, die er seinen Patienten im Laufe des Tages verschrieben hatte. Das war gewöhnlich seine Abendbeschäftigung.

Die Arbeit befriedigte ihn aber nicht, und er ging zu seinem Schreibtisch zurück, wo Stöße von Papieren und Rechnungen auf ihn warteten. Leider arbeitete er in seiner Klinik mit Defizit, denn es waren ständig neue Apparate und Einrichtungsgegenstände zu kaufen. Auch die Berichte über das Erholungsheim in Eastbourne zeigten eine Unterbilanz. Aber trotzdem verlor er den Mut nicht.

In den nächsten Tagen erwartete er größere Überweisungen von einem Mann aus Antwerpen und einem anderen aus Birmingham, die ihm regelmäßig Geld schickten. Er legte die Papiere zusammen und verschloß sie in einer Schublade. Dann stand er auf und trat durch eine Seitentür auf den Hof hinaus.

Es war ein geräumiger Platz. An dem einen Ende stand der große Schuppen, in dem der alte Gregory Wicks gegen geringe monatliche Miete sein Auto unterstellte.

Dieser Chauffeur war ein kräftiger, eigenwilliger Mann, stets schweigsam und zurückhaltend anderen Leuten gegenüber. Niemals stellte er sich mit anderen Taxis in eine Reihe, und er unterhielt sich auch nicht mit seinen Kollegen. Aber weit und breit war er wegen seiner Ehrlichkeit bekannt. Große Summen und kostbare Wertsachen, die in seinem Wagen liegengeblieben waren, hatte er schon bei der Polizei abgeliefert.

Mit Ausnahme von Dr. Marford, mit dem er gelegentlich plauderte, hatte er vor keinem Menschen Respekt. Trotz seines hohen Alters war er stark und gewandt und stand noch seinen Mann beim Boxen.

Der Doktor öffnete eine Tür und ging nach Gallows Alley, einer engen, unsauberen Gasse, in der viele Kinder spielten. Sie waren barfuß und ungewaschen, aber beim Spiel restlos glücklich. Ihre heruntergekommenen Väter und Mütter standen in den Türen oder schauten zu den Fenstern der oberen Stockwerke heraus, aber niemand nahm Notiz von dem Arzt. Er gehörte eben zur Gegend und hatte ein Recht, hier zu gehen.

In Nr. 9, dem letzten Haus, wohnte Gregory Wicks. Dr. Marford gab ein bestimmtes Klopfsignal an der Tür, und bald darauf wurde geöffnet.

»Kommen Sie herein, Doktor«, sagte Gregory laut und herzlich. »Machen Sie aber keinen Lärm – mein Mieter will schlafen.« Damit schlug er die Türe zu.

»Er muß aber einen sehr gesunden Schlaf haben, wenn Sie solchen Spektakel machen dürfen«, meinte Marford lächelnd.

Gregory stieg die Treppe hinauf und führte den Doktor in sein Zimmer.

»Wie geht es Ihnen denn?«

»Oh, ich bin vergnügt wie immer. Über die eine Kleinigkeit will ich mich nicht weiter beschweren. Nehmen Sie doch Platz. Ich bin Ihnen wirklich sehr dankbar, Doktor. Wenn die Leute in Tidal Basin wüßten, was Sie für mich getan haben ...«

»Ja, ja«, erwiderte Marford gutgelaunt. »Nun lassen Sie mich einmal sehen.«

Er drehte den alten Gregory so, daß das Licht in sein Gesicht fiel, und betrachtete ihn prüfend.

»Nicht besser und nicht schlechter – vielleicht sogar etwas besser, sollte ich denken. Aber nun wollen wir einmal Ihr Herz untersuchen.«

»Mein Herz!« rief Gregory entrüstet. »Mein Herz ist so stark wie das Herz eines Löwen! Neulich ist hier eine irische Familie eingezogen, und die Frau wollte eine Pfanne von mir borgen. Als ich ihr sagte, was ich von Leuten halte, die sich alles borgen müssen, kam ihr Mann und mischte sich in den Streit. Dem habe ich tüchtig eins vor den Ballon gegeben.«

»Das sollten Sie nicht tun, Gregory. Meine Patienten haben mir schon davon erzählt.«

Der alte Mann lachte vergnügt.

»Ich hätte es auch gar nicht zu tun brauchen. Einer der jungen Leute hier hätte es ebenso gern für mich getan, wenn ich ihm nur einen Wink gegeben hätte. Und mein Mieter wäre mir sicher auch zu Hilfe gekommen, wenn ich ihn aufgeweckt hätte.«

»Ist er heute da?«

»Ich glaube schon. Aber der Himmel mag es wissen. Ich höre ihn weder kommen noch gehen. Ich habe noch nie einen stilleren Menschen kennengelernt. Ich glaube, Sie haben ihn gebessert. Man sollte nicht denken, daß er die Hälfte seines Lebens im Gefängnis zugebracht hat.«

Gregory war fünfzig Jahre lang Nacht für Nacht schweigend durch die Straßen Londons gefahren, und er unterhielt sich mit Marford gern über die alten, vergessenen Zeiten und die berühmten Leute, die er noch mit der Pferdekutsche befördert hatte.

Nach einiger Zeit brachte der Chauffeur seinen Gast wieder zur Tür und schaute ihm nach, bis er außer Sicht war. Die lärmenden Kinder spotteten nicht über den Doktor, und keiner der Leute machte Witze über ihn. Wenn ein Polizist hier durchgegangen wäre, hätte es nicht an abfälligen Bemerkungen und Schimpfereien gefehlt. Nur der Doktor und Gregory Wicks blieben davon verschont. Der Chauffeur war gefürchtet wegen seiner Körperkräfte, der Arzt aus anderen Gründen. Man konnte nie wissen, ob man ihn nicht nötig hatte. Wenn er ärgerlich war, konnte er einem etwas in die Medizin mischen. Oder man wurde narkotisiert und war ganz und gar der Gnade dieses Mannes ausgeliefert – es war nicht auszudenken, was da passieren konnte!

5

Die Tatsache, daß Dr. Marford keine anderen Freunde hatte, genügte Detektivsergeant Elk, ab und zu bei ihm vorzusprechen und sich in seiner freien Zeit mit ihm über die Kriminalität in diesem Bezirk zu unterhalten.

Er kam auch an dem Abend, an dem sich Janice Harman verabschiedet hatte, und fand den Arzt in melancholischer Stimmung.

In der nahen Schiffswerft arbeiteten die Leute in Nachtschicht, und das laute Dröhnen der Dampfhämmer klang deutlich bis zur Klinik herüber. Aber Dr. Marford hörte es nicht mehr, er war schon zu sehr daran gewöhnt. Auch die Streitigkeiten und Schlägereien der Betrunkenen auf der Straße, die hier häufig genug vorkamen, ärgerten ihn nicht, ebensowenig das schrille Geschrei der Kinder, die in dieser Gegend bis Mitternacht im Freien blieben. Schwere Lastautos rollten Tag und Nacht auf ihrem Weg zu den Lagerhäusern der Eastern Trading Company an dem Haus vorbei, doch Dr. Marford wurde nicht nervös.

Er war erst Ende Dreißig, sah aber bedeutend älter aus. Seine Gestalt war schmächtig, und seine ergrauenden Haare lichteten sich schon. Er trug eine große Hornbrille.

Lange Zeit stand er neben Elk am Fenster und schaute zwischen den roten Vorhängen auf die traurige Umgebung hinaus.

»Das ist tatsächlich eine Hölle auf Erden«, meinte der Sergeant.

Dr. Marford lachte leise.

»Ja, und den Teufel dazu hat Mike Quigley erfunden. Ich muß immer lachen, wenn ich in der Zeitung lese ›Der Teufel von Tidal Basin‹.«

»Diese verrückten Zeitungsschreiber! Selbst wenn man den Verbrecher gefaßt hat und alle Welt weiß, daß er nichts mit Tidal Basin zu tun hat, halten die Zeitungen immer noch an der Legende fest. Aber hier lebt nicht nur ein Teufel, hier leben Hunderte und Tausende!«

Dr. Marford trat vom Fenster zurück.

»Ich fürchte, ich habe die Legende vom Teufel von Tidal Basin noch unterstützt. Ich habe einmal mit Quigley darüber gesprochen, daß früher häufig ein seltsamer Patient zu mir kam. Jetzt ist er allerdings seit Monaten nicht mehr hiergewesen. Er kam stets mitten in der Nacht und trug eine Maske, weil sein Gesicht durch eine Explosion in einem Stahlwerk verunstaltet worden war.«

Elk war interessiert.

»Wo wohnt der Mann?«

»Das weiß ich nicht. Quigley wollte es auch herausbekommen, aber es gelang ihm nicht. Für jede Konsultation erhielt ich ein Pfund – das ist vierzigmal mehr, als ich sonst bekomme.«

Auf Elk schien diese Mitteilung keinen Eindruck zu machen. Er schaute immer noch auf die Straße hinaus.

»Nichts als Unkraut!« sagte er.

»Diese kleinen, schmutzigen Jungen werden vielleicht einmal politische Führer oder literarische Genies!«

»Neun Zehntel von ihnen gehen sicher durch meine Hände! Und alle Behandlung mit Höhensonne und anderen Strahlen hilft nichts. Wer nicht in Dartmoor endet, kommt ins Armenhaus. – Kennen Sie eigentlich Mrs. Weston?« fragte Elk plötzlich. »Eine hübsche Frau mit einer großartigen Wohnung. Ganz ungewöhnlich hier in Tidal Basin. Man glaubt fast, man kommt ins Ritz-Carlton – ich war einmal bei ihr, als ein paar Straßenjungen ihr die Fenster eingeworfen hatten. Aber man muß sich vor ihr in acht nehmen, sie hat keinen guten Charakter.«

Marford lächelte.

»Dann kenne ich sie wahrscheinlich. Wenn sie zu den Frauen gehört, die ihre Arztrechnungen nicht bezahlen, kenne ich sie sogar ganz bestimmt. Aber warum fragen Sie mich nach ihr?«

Elk nahm eine Zigarre aus seinem Etui und steckte sie an.

»Sie sagte, sie kenne Sie«, erwiderte er, nachdem er zwei Minuten lang schweigend geraucht hatte. »Übrigens haben Sie eine hübsche Krankenschwester. Dieser Quigley ist doch sehr hinter ihr her?«

»Ja«, entgegnete Marford ruhig.

Er erhob sich, zog die Vorhänge zu, knipste das Licht an und holte aus einem Seitenschrank Whisky, Gläser und einen Siphon.

»Ich bin nicht im Dienst«, sagte Elk auf den fragenden Blick des Doktors. »Ein Detektiv kann das allerdings kaum behaupten, denn er ist immer im Dienst.« Er zog einen Stuhl an den Schreibtisch. »Haben Sie eigentlich schon einmal Detektivromane gelesen?«

Marford schüttelte den Kopf.

Im gleichen Augenblick klingelte das Telefon. Er nahm den Hörer ab, lauschte eine Weile, stellte ein paar Fragen und hängte dann wieder ein.

»Ich habe zu viel zu tun, um Detektivromane oder andere Bücher zu lesen. Die Bevölkerung von Tidal Basin nimmt in erschreckender Weise zu.« Er machte eine Notiz auf seinem Schreibblock. »Diese Nacht muß ich wieder zu einer Entbindung. Ich soll gleich kommen, aber sie werden mich nicht vor drei Uhr morgens brauchen. Warum soll ich eigentlich Detektivgeschichten lesen?«

Sergeant Elk nahm einen Schluck Whisky. Er ließ sich niemals zu Erklärungen drängen.

»Ach, ich wünschte nur, daß so schlaue Zeitungsleute wie Mike Quigley einmal ein paar Monate praktische Arbeit bei der Polizei leisten müßten. Neulich habe ich in einem Kino im Westen einen amerikanischen Kriminalfilm gesehen. Da lernt man zuerst ungefähr zwanzig verschiedene Leute kennen, wird mit ihrem Charakter, ihren Lebensverhältnissen und so weiter vertraut gemacht, und bei einiger Routine weiß man natürlich sofort, daß der am wenigsten Verdächtige den Mord begangen hat. So einfach ist die Polizeiarbeit denn doch nicht, Doktor. Uns stellt man die Leute, die an einem Verbrechen beteiligt sind, nicht vor; wir wissen nichts von ihrem Charakter. Wenn ein Mord passiert, haben wir gewöhnlich nur den Toten. Wer ist er? In welchen Beziehungen steht er zu seinen Mitmenschen? Das müssen wir alles selbst herausbringen. Wir stellen umständliche Nachforschungen an, laden Zeugen vor und verhören sie. Und diese Leute haben alle etwas zu verbergen.«

»Wieso denn?«

»Jeder hat etwas zu verbergen«, wiederholte Elk. »Nehmen wir einmal an, Sie wären ein verheirateter Mann, Ihre Frau verreist, und Sie würden mit einer jungen Dame aufs Land fahren ...«

Marford protestierte.

»Aber das ist doch nur Theorie«, beschwichtigte ihn Elk. »Dergleichen ist vorgekommen und wird auch immer wieder vorkommen. Am Morgen schauen Sie aus dem Fenster Ihres Hotels und sehen, daß ein Mann dem andern den Hals abschneidet. Sie sind Arzt und können es sich nicht leisten, daß Ihr Name auf diese Weise in die Zeitungen kommt. Würden Sie nun zur Polizei gehen und wahrheitsgetreu berichten, was Sie gesehen haben? Sie können doch unmöglich als Zeuge vor

Gericht erzählen, daß Sie mit der jungen Dame eine kleine Spritztour aufs Land gemacht haben? Sehen Sie, so etwas passiert jeden Tag. In einem Mordprozeß haben fast alle Leute etwas zu verheimlichen, und deshalb ist es so furchtbar schwer, die Wahrheit ans Licht zu bringen. Es ist, als ob man von einem großen Scheinwerfer beleuchtet würde. Sie treten als Zeuge auf und werden erst vom Staatsanwalt, nachher vom Anwalt des Angeklagten ausgequetscht. Und einer von beiden will den Geschworenen beweisen, daß Sie ein Mann sind, dem man nicht im mindesten trauen kann.«

Elk rauchte wieder einige Zeit schweigend.

»Ist diese Lorna Weston nicht eine etwas geheimnisvolle Frau?« fragte er schließlich.

Dr. Marford sah ihn nachdenklich an.

»Ja, ich glaube. Aber für mich sind alle Frauen mehr oder weniger geheimnisvoll. Wovon lebt sie eigentlich?«

Elk verzog das Gesicht.

»Nun ja, Sie wissen doch . . .«

Der Doktor nickte.

»Ja, so gibt es viele. Ich möchte nur wissen, warum sie sich diese schreckliche Gegend ausgesucht haben. Aber vielleicht ist es hier billiger als anderswo. Ein Mädchen erzählte mir – aber man kann ihnen ja nichts glauben.« Er seufzte schwer. »Man kann überhaupt niemandem glauben.«

Elk stand auf, trank aus und griff nach seinem Hut.

»Sie wollte von mir wissen, ob Sie es sehr streng nähmen. Es kommt mir fast vor, als ob sie Morphinistin wäre. Ich weiß es allerdings nicht, ich habe nur eine Ahnung. Wissen Sie, in Silvertown hat ein Arzt damit ein Vermögen verdient. Er hat über tausend Pfund für seinen Rechtsanwalt ausgegeben, als ich ihn abfaßte . . .«

Der Doktor begleitete ihn bis zur Haustür, und sie kamen gerade im richtigen Augenblick auf die Straße.

Schon in der Diele hörten sie, daß draußen eine Schlägerei im Gange sein mußte, und als Marford die Tür öffnete, sahen sie zwei Männer, die aneinandergeraten waren. Eine große Menschenmenge hatte sich bereits angesammelt.

Es war ein ziemlich gleicher Kampf, denn die Männer waren beide betrunken. Aber sie kamen zu nahe an die Bordschwelle des Gehsteigs. Der eine Mann stolperte, schlug mit dem Hinterkopf auf, und der graue, staubige Granit färbte sich rot.

»Hallo – Sie!«

Elk packte den Sieger. Polizisten bahnten sich einen Weg durch die Menge.

»Nehmen Sie den Mann fest.« Der Sergeant übergab seinen Gefangenen einem Beamten. »Bringen Sie den anderen in die Klinik – tragen Sie ihn vorsichtig.«

Mehrere Leute folgten seiner Anweisung und brachten den Bewußtlosen in das Sprechzimmer Dr. Marfords. Der Arzt nahm eine kurze Untersuchung vor, während Elk die Neugierigen wieder auf die Straße trieb.

»Nun, wie steht es?« fragte er, als er zurückkam.

»Er muß ins Krankenhaus geschafft werden.«

Marford legte dem bleichen Mann einen Notverband an. »Wollen Sie so gut sein und nach einem Krankenwagen telefonieren?«

»Er kommt wohl nicht mehr durch?«

»Ich glaube kaum. Ein komplizierter Schädelbruch. Wir wollen nur sehen, daß er schnell ins Krankenhaus kommt. Vielleicht können sie dort noch etwas für ihn tun.«

Kurze Zeit später kam das Krankenauto, und der Bewußtlose wurde fortgebracht.

Der Doktor schloß die Tür hinter Mr. Elk und kehrte zu seinen Büchern und seiner Beschäftigung zurück. In der Nacht sollten zwei Kinder in Tidal Basin geboren werden. Die Hebammen würden ihn rechtzeitig benachrichtigen. Erwünscht waren die kleinen Geschöpfe nicht. Der eine Vater war arbeitslos und hatte auch keine Aussicht auf eine neue Stellung, und der andere saß im Gefängnis.

Marford dachte plötzlich an Lorna Weston . . .

Natürlich kannte er sie. Sie kam oft genug an seinem Sprechzimmer vorüber, wenn sie einkaufen ging. Ein paarmal war sie auch hereingekommen, um ihn zu besuchen. Sie war schön, obwohl ihr Mund etwas hart und gewöhnlich aussah. Elk gegenüber gab er niemals zu, daß er jemand kannte. Der Mann war ein Detektiv, und man konnte ihm keine vertraulichen Mitteilungen machen, weil er alles beruflich ausnützte.

Nach einer Weile klingelte das Telefon, und der Sergeant teilte Marford mit, daß der Mann bei seiner Einlieferung ins Krankenhaus gestorben war.

»Bei der Verhandlung brauchen wir Sie als Zeugen«, schloß er. »Der Tote ist ein Dockarbeiter aus Poplar – ein gewisser Stephens.«

»Äußerst interessant«, sagte der Doktor und legte den Hörer zurück.

Gleich darauf schrillte die Glocke an der Haustür. Er erhob sich müde und ging hinaus. Die Nacht war dunkel, und draußen regnete es.

»Sind Sie Dr. Marford?« fragte jemand.

Der Duft eines guten Parfüms schlug ihm entgegen, und die Stimme der Frau verriet Bildung, wenn sie auch ärgerlich klang.

»Ja. Wollen Sie hereinkommen?«

Im Sprechzimmer brannte nur eine Leselampe auf dem Schreibtisch, und er hatte das Gefühl, daß ihr das nicht unangenehm war.

Sie trug einen Ledermantel und einen kleinen Hut. Den Mantel öffnete sie rasch, als ob ihr das Atmen schwerfiele oder als ob es ihr zu heiß wäre.

Er hielt sie für eine Amerikanerin. Zweifellos war sie eine Dame, die nicht in die Umgebung von Tidal Basin gehörte.

»Ist er – tot?« fragte sie nervös und schaute ihn furchtsam an.

»Wen meinen Sie denn?«

Er war erstaunt und überlegte sich rasch, welcher seiner Patienten dem Tode nahe war. Es fiel ihm aber nur der alte Sully ein, der einen Laden für Marineartikel hatte. Aber der lag ja schon seit achtzehn Monaten mehr oder weniger im Sterben.

»Ich meine den Mann, der hierhergebracht wurde – nach der Schlägerei. Ein Polizist erzählte mir, sie hätten auf der Straße miteinander gestritten, und er sei dann zu Ihnen getragen worden.«

Sie faltete die Hände, neigte sich vor und schaute ihn in atemloser Spannung an.

»Ach, den Mann meinen Sie . . . ? Ja, der ist tot. Ich habe es eben erfahren.«

Dr. Marford sah sie verwundert an. Wie konnte sich diese Dame für das Schicksal eines Dockarbeiters interessieren?

»Oh, mein Gott!« flüsterte sie und schwankte.

Dr. Marford stützte sie.

Sie begann zu weinen, und er sah hilflos auf sie nieder.

»Es war ein Unfall«, versuchte er sie zu trösten. »Der Mann stolperte, schlug mit dem Hinterkopf auf die scharfe Kante der Bordschwelle . . .«

»Ich habe ihn so sehr gebeten, nicht in seine Nähe zu gehen«, rief sie verzweifelt. »Ich habe ihn so sehr gebeten! Als er mich anrief und sagte, daß er auf seiner Spur sei . . ., daß er ihn hierher verfolgt habe . . ., ich kam in einem Auto . . ., ach, ich habe ihn doch beschworen, zurückzukommen!«

Sie sprach zusammenhanglos, und manches ihrer Worte wurde von Schluchzen erstickt. Er ging zu seinem Arzneischrank, goß etwas Medizin in ein Glas und fügte Wasser zu.

»Trinken Sie das, dann werden Sie ruhiger und können mir alles der Reihe nach erzählen«, sagte er freundlich, aber bestimmt.

In ihrem Zustand sagte sie ihm mehr, als sie jemals ihrem Beichtvater anvertraut hätte. Das Unglück, das über sie hereingebrochen war, machte sie vollkommen hemmungslos. Dr. Marford hörte ihr zu und betrachtete sie, während er mit der kleinen Medizinflasche spielte.

»Der Verstorbene war ein Dockarbeiter«, meinte er schließlich, »ein großer, schwerer Mann mit blonden Haaren. Über einen Meter achtzig groß. Und der andere war ein junger Bursche von etwa zwanzig Jahren. Ich sah ihn nur einen kurzen Augenblick, als er verhaftet wurde. Er hatte einen hellen, fast weißen Schnurrbart.«

Sie starrte ihn an.

»Heller Schnurrbart . . . und sehr jung?«

Er hielt ihr wieder das Glas hin.

»Trinken Sie. Sie sind noch zu aufgeregt, Sie müssen sich beruhigen.«

Aber sie schob das Glas beiseite.

»Sehr jung? Wissen Sie das sicher? Waren es nur zwei gewöhnliche Leute?«

»Ja, zwei betrunkene Arbeiter. In dieser Gegend kommt das häufig vor. Wir haben jede Nacht durchschnittlich zwei schwere Schlägereien, am Sonnabend gewöhnlich sechs. Die Leute hier haben wenig Zerstreuung und müssen sich irgendwie austoben.«

Allmählich kam wieder Farbe in ihr Gesicht. Sie zögerte noch einen Augenblick, dann nahm sie das Glas und trank.

»Schmeckt scheußlich!« Sie verzog das Gesicht und wischte die Lippen mit dem Taschentuch ab. Dann erhob sie sich.

»Es tut mir leid, Doktor, daß ich Sie gestört habe. Aber Sie nehmen es mir sicher übel, wenn ich Ihnen die Zeit bezahle.«

»Ich rechne zehn Cents«, sagte er ernst.

Sie lächelte.

»Wie liebenswürdig Sie doch sind! Sie halten mich für eine Amerikanerin? Das bin ich auch, obwohl ich schon sehr lange in England lebe. Vielen Dank, Doktor. Vergessen Sie bitte, wenn ich sehr viel Unsinn geredet habe.«

Sein Gesicht war im Schatten, als er neben der Tischlampe stand.

»Das kann ich Ihnen nicht versprechen, aber ich will es jedenfalls nicht weitererzählen.«

Sie nannte ihren Namen nicht, und er fragte auch nicht danach. Er bot ihr an, sie hinauszubegleiten und ein Auto für sie zu besorgen, aber sie lehnte es ab. Kurze Zeit blieb er noch vor der Haustür stehen und schaute ihr nach, während der feine Regen ihm ins Gesicht sprühte.

Polizist Hartford kam gerade vorbei und redete ihn an.

»Eben habe ich gehört, daß Stephens tot ist. Nun ja, Leute, die trinken, müssen eben auch die Folgen tragen. Ich werde es niemals bereuen, daß ich Abstinenzler geworden bin. Ich habe eine junge Dame zu Ihnen geschickt, die mich nach Stephens fragte. Ich wußte noch nicht, daß er tot war, sonst hätte ich es ihr gleich gesagt.«

»Ich bin froh, daß Sie es ihr nicht gesagt haben.«

Er ging diesem ungewöhnlich gesprächigen Mann gern aus dem Weg, weil er niemals ein Ende finden konnte. Rasch schloß er die Tür und kehrte in sein Sprechzimmer zurück. Er zog die Vorhänge auf und schaute auf die verlassene Straße. Im Schatten der Umfassungsmauer, die das Grundstück der Eastern Trading Company umgab, bewegte sich jemand.

Im Licht einer Laterne konnte er einen Mann und eine Frau erkennen, die miteinander sprachen. Es war auffallend, daß der Herr Gesellschaftskleidung trug. Nicht einmal die Kellner besaßen in Tidal Basin einen Frack.

Marford ging wieder hinaus und öffnete gerade die Haustür, als sich beide nach entgegengesetzten Richtungen entfernten. Kurz darauf bemerkte er einen zweiten Mann, der dem Herrn in Abendkleidung rasch folgte. Dieser hielt plötzlich an und drehte sich um. Sie gerieten in einen Wortwechsel und schlugen aufeinander ein. Schließlich stürzte der eine Mann wie ein Holzklotz zu Boden. Der andere beugte sich kurz über ihn, entfernte sich dann aber schnell und verschwand unter dem großen Bogen der nahen Eisenbahnunterführung.

Dr. Marford hatte alles aufmerksam beobachtet. Er wollte eben über die Straße gehen, um dem Gestürzten zu helfen, als dieser wieder aufstand und sich eine Zigarette anzündete.

Eine Uhr in der Nähe schlug zehn.

6

Louis Landor sah entsetzt auf den Mann nieder, den er zu Boden geschlagen hatte. Haß hatte ihn dazu getrieben, aber nun packte ihn wahnsinnige Angst. Er sah sich rasch um. Direkt gegenüber lag das Haus eines Arztes – eine rote Lampe brannte schwach über der Haustür. Er konnte auch sehen, daß jemand vor der Tür stand. Sollte er Hilfe holen? Aber er verwarf den Gedanken sofort wieder. Die eigene Sicherheit ging vor. Er eilte also im Schatten der hohen Mauer weiter und hatte gerade die Eisenbahnüberführung erreicht, als er einen Polizisten auf sich zukommen sah. Rasch schaute er um sich, wie er entfliehen könne. Zu seiner Rechten bemerkte er zwei große Tore und eine kleinere Tür. In seiner Angst stieß er dagegen, und wie durch ein Wunder gab sie nach. Eine Sekunde später stand er hinter der Mauer und verriegelte die Tür von innen. Der Polizist ging vorüber, ohne ihn gesehen zu haben.

Hartford überlegte gerade eine kleine Ansprache, die er bei einer Vereinssitzung der Abstinenzler halten wollte, und er hatte seine Gedanken so stark darauf konzentriert, daß er kaum auf das achtete, was um ihn vorging.

Auf der gegenüberliegenden Seite der Straße stand der Dieb Harry Lamborn, der an diesem Abend in ein Lagerhaus der Eastern Trading Company einbrechen wollte. Er wartete nur darauf, daß Hartford seinen Patrouillengang beendete und zur Polizeiwache zurückkehrte.

Als der Beamte vorüberging, drückte sich Lamborn noch tiefer in das Dunkel der Nische, die ihn vor Regen und vor Beobachtung schützte. Er nahm ein Stemmeisen aus einer Tasche und schob es in eine andere, weil es so bequemer war.

Hartford sah den Herrn in Abendkleidung, der mitten auf dem Gehsteig stand und den Schmutz von seinem schwarzen Mantel wischte. Sofort stieg er von den Stufen seines geistigen Rednerpultes herunter und wurde wieder ein gewöhnlicher Polizist.

»Sind Sie gefallen?« fragte er freundlich.

Der Fremde wandte ihm sein hübsches Gesicht zu und lächelte. Aber seine Hände zitterten heftig, und seine Lippen waren blutleer. Sie bildeten einen merkwürdigen Gegensatz zu dem sonnverbrannten Gesicht. Und als er sprach, konnte er kaum atmen. Er schaute den Weg zurück, den er gekommen war, und schien beruhigt zu sein, als er niemanden entdecken konnte.

»Ja, ich muß wohl hingefallen sein. Haben Sie den Mann gesehen?«

Hartford schaute die verlassene Straße entlang.

»Welchen Mann meinen Sie denn?«

Der Fremde sah ihn erstaunt an.

»Er ist Ihnen doch entgegengelaufen – er muß direkt an Ihnen vorbeigekommen sein!«

Hartford schüttelte den Kopf.

»Nein, es ist niemand an mir vorbeigekommen.«

Der Herr im Gesellschaftsanzug zweifelte daran.

»Hat er Ihnen etwas getan?« fragte der Polizist.

»Natürlich! Er hat mir einen Kinnhaken versetzt, und ich habe tot gespielt.« Sein Gesicht zuckte. »Hoffentlich habe ich ihm einen tüchtigen Schrecken eingejagt.«

Hartford betrachtete den Fremden mit wachsendem Interesse.

»Wollen Sie eine Klage gegen den Mann erheben?«

Der Herr rückte sein seidenes Halstuch zurecht und schüttelte dann den Kopf.

»Glauben Sie denn, Sie könnten ihn finden, wenn ich ihn verklagen würde?« fragte er ironisch. »Nein, lassen Sie ihn laufen.«

»Sie kannten ihn nicht?«

Hartford hatte seit einem Monat keine Anzeige mehr erstattet und wollte sich diese günstige Gelegenheit nicht entgehen lassen.

»Doch, ich kenne ihn.«

»Es wohnen recht unangenehme Leute in der Gegend«, begann der Polizist wieder. »Vielleicht war es ein Betrunkener . . .?«

»Ich sage Ihnen doch, daß ich ihn kenne«, erwiderte der Fremde ungeduldig.

Er nahm eine Zigarette aus seinem Etui und zündete sie an. Hartford sah, wie seine Hände zitterten.

»Hier ist ein Trinkgeld für Sie.«

Der Beamte richtete sich steif auf und wies die angebotene Münze zurück.

»Es ist mein Prinzip, nichts anzunehmen«, erklärte er selbstbewußt und machte sich bereit, seinen Weg fortzusetzen.

Der Fremde knöpfte seinen Mantel auf und griff in seine Westentasche.

»Haben Sie etwas verloren?«

»Nein«, entgegnete der Herr befriedigt, nickte und ging

weiter. Als er in die Nähe der Tore der Eastern Trading Company kam, nahm er die Zigarette aus dem Mund, warf sie auf die Straße und trat sie aus. Dann schwankte er plötzlich und fiel auf den Gehsteig.

Lamborn beobachtete diese Szene und betrachtete die Gelegenheit als ein Geschenk des Himmels. Ein vornehmer Herr war betrunken hingefallen! Vorsichtig schaute der Dieb nach links und nach rechts und huschte dann über die Straße. Rasch riß er den Mantel des Mannes auf und griff nach der Brieftasche. Dabei verhakten sich seine Finger in der Uhrkette, und er zog auch Uhr und Kette heraus. In diesem Augenblick bemerkte er aber, daß Hartford auf ihn zulief, der ihn beobachtet hatte. Er wußte, was eine Verhaftung für ihn bedeutete, warf deshalb entschlossen Brieftasche und Uhr über die hohe Mauer und rannte davon. Aber er war noch kaum zehn Schritt weit gekommen, als sich eine schwere Hand auf seine Schulter legte.

»Ich verhafte Sie!« keuchte der Polizist.

Lamborn versuchte, sich zu befreien, es gelang ihm aber nicht.

Hartford drückte ihn gegen die Mauer. Dann sah er, daß jemand über die Straße kam, und erinnerte sich an den Mann, der zusammengebrochen war.

»Dr. Marford«, rief er, »der Herr dort ist verletzt – sehen Sie doch einmal nach ihm.«

Der Arzt hatte den Fremden stürzen sehen und beugte sich über ihn.

»Wollen Sie jetzt endlich ruhig mitkommen?« sagte der Polizist zu Lamborn, der sich immer noch wehrte.

Schließlich konnte er seine Trillerpfeife erwischen, und ein schrilles Signal gellte durch die Nacht. Aber er hatte noch einige Zeit zu tun, bis sein Gefangener vernünftig wurde.

»Der Mann ist tot«, hörte er plötzlich Marfords Stimme. »Er wurde erstochen!«

Der Arzt war aufgestanden, und im Licht der Laterne sah Hartford, daß die Hände des Doktors blutbefleckt waren.

Sergeant Elk, der am Ende der Straße eine Spielhölle kontrollierte, hörte die Trillerpfeife und eilte sofort herbei. Aber auch die Bewohner der umliegenden Häuser strömten auf das Signal hin ins Freie. Eine Sensation wollten sie sich nicht entgehen lassen, und als sie Mord hörten, stand bald eine dichte Menschenmenge um den Tatort. Immer neue kamen dazu – wie Ratten aus ihren Höhlen. Elk telefonierte sofort nach dem Polizeiarzt, und als er zurückkam, wusch sich Dr. Marford gerade die Hände in einer kleinen Schüssel, die ihm ein Polizist gebracht hatte.

»Mason ist auf der Wache – er kommt auch her.«

»Elk, warum werde ich eigentlich hier festgehalten?« fragte Lamborn aufsässig. Er stand zwischen zwei Polizisten, die ihn bewachten. »Ich habe nichts getan, ich bin ganz unschuldig . . .«

»Halten Sie den Mund«, erwiderte der Sergeant fast freundlich. »Mr. Mason ist in ein paar Minuten hier.«

Lamborn seufzte.

»Ausgerechnet der!«

Chefinspektor Mason kontrollierte zufällig an diesem Abend den Bezirk und war gerade auf der Polizeiwache, als Elk anrief. Kurz darauf erschien er in einem großen Polizeiauto mit einem Stab von Beamten am Tatort. Auch der Polizeiarzt Dr. Rudd war in seiner Begleitung.

Er kannte Dr. Marford oberflächlich und begrüßte ihn mit einem kühlen Kopfnicken, denn er ärgerte sich, daß sein Kollege schon vor ihm da war.

Sofort stellte er eine genaue Untersuchung an.

»Der Mann ist natürlich tot«, erklärte er und machte eine Miene, als ob die Tragödie hätte abgewendet werden können, wenn er etwas früher gekommen wäre.

»Haben Sie gesehen, daß er eine Stichwunde hat, die –« begann Marford.

»Ja, ja, selbstverständlich«, unterbrach ihn Dr. Rudd ungeduldig. »Natürlich.« Er sah zu Mr. Mason hinüber. »Tot. Genaueres kann ich Ihnen erst später sagen. Eine schwere Stichwunde. Der Tod ist wahrscheinlich sofort eingetreten.« Er wandte sich wieder an Marford. »Waren Sie hier, als es passierte?«

»Ich kam gleich darauf – vielleicht eine Minute später.«

Dr. Rudd steckte die Hände in die Taschen.

»Na, dann können Sie uns ja über verschiedenes Aufklärung geben.«

Mason mischte sich ein. Er war ein stattlicher Mann, wenn er auch einen kahlen Kopf hatte. Seine funkelnden Augen schauten vergnügt in die Welt, und seine Stimme klang tief und salbungsvoll.

»Schon gut, Doktor.«

Er regte sich über die Unverschämtheit Dr. Rudds nicht auf, denn der maßte sich gewöhnlich eine Stellung an, die ihm nicht zukam.

»Wie ist doch Ihr Name?« wandte er sich an den fremden Arzt.

»Marford.«

»Dr. Marford, Sie waren also hier, als der Mord begangen wurde, oder jedenfalls kurze Zeit später. Sicher können Sie uns manches sagen, aber im Augenblick sind Sie natürlich noch zu erregt.«

Marford schüttelte lächelnd den Kopf.

»Ich kann Ihnen leider nur sehr wenig sagen, Mr. Mason. Ich sah nur, wie der Mann umfiel.«

»Ich habe diesen Mann hier verhaftet«, meldete Hartford, der sich ungeheuer wichtig vorkam.

Der Chefinspektor beugte sich nieder und beleuchtete die schreckliche Wunde mit seiner Taschenlampe.

»Wo ist denn das Messer, mit dem er erstochen wurde?« fragte er. »Das müssen wir vor allem finden.«

»Es ist kein Messer da«, erklärte Elk mit sonderbarer Genugtuung.

»Verzeihen Sie«, mischte sich Hartford wieder ein, »ich habe diesen Mann hier verhaftet.«

Mason schien ihn zum erstenmal zu sehen und maß ihn mit einem kühlen Blick von Kopf bis zu Fuß.

»Den hätten Sie längst auf die Polizeiwache bringen sollen«, erwiderte er dann liebenswürdig.

»Ich habe angeordnet, daß er bis zu Ihrer Ankunft hier bleiben soll«, sagte Sergeant Elk.

»Schon gut«, entgegnete Mason ungeduldig. »Es ist ein Vergnügen, wenn man sieht, daß alles genau nach den Vorschriften gehandhabt wird. Sie scheinen hochintelligente Beamte in Ihrem Bezirk zu haben, Inspektor.«

Die letzten Worte hatte er an Bezirksinspektor Bray gerichtet; aber dieser hatte keinen Sinn für Humor und überhörte die Ironie, die in der Bemerkung lag.

»Ja, sie sind sehr brauchbar«, bestätigte er selbstzufrieden.

Mr. Mason schaute auf den Toten, dann zu dem Mann, den die beiden Polizisten am Arm hielten.

»Kein Messer gefunden ... Elk, durchsuchen Sie doch einmal die Taschen des Toten. Shale, Sie können ihm dabei helfen.«

Seine Blicke schweiften über die Menschenmenge. Ein paar Männer, die kein allzu gutes Gewissen hatten, drückten sich tiefer in den Schatten.

Plötzlich zog Elk einen Gegenstand unter dem Toten hervor.

»Hier – sehen Sie!«

Es war eine Dolchscheide, und Blut klebte daran. Mr. Mason nahm einen alten Briefumschlag aus der Tasche und verwahrte den Fund sorgfältig darin.

»Haben Sie das Messer auch gefunden?«

»Nein.«

»Was? Keine Waffe?« Mason sah sich nach der hohen Mauer um, die die Straße begrenzte. »Vielleicht hat es der Täter hier hinübergeworfen.«

»Verzeihen Sie eine Bemerkung«, sagte der Polizist Hartford und stand stramm.

»Warten Sie«, erwiderte Mason. »Dr. Marford, bitte, erzählen Sie mir, was Sie gesehen haben.«

Der Arzt fühlte sich sehr unbehaglich, als sich ihm alle Blicke zuwandten, und sprach nicht so sicher wie sonst.

»Ich kam aus meinem Sprechzimmer«, er zeigte etwas verlegen über die Straße, »und sah, daß zwei Männer aneinandergeraten waren – vorher gab es einen kurzen Wortwechsel. Ich ging wieder ins Haus und holte Hut und Regenmantel –«

»Damit Sie sich die Schlägerei in größerer Ruhe ansehen konnten?« fragte Mason freundlich.

Marford hatte seine Fassung wiedergefunden und lächelte.

»Nein, das stimmt nicht ganz. Schlägereien sind in dieser Gegend keine Seltenheit. Ich mußte ausgehen, um bei einer Entbindung zu helfen. Als ich wieder herauskam, verhaftete der Polizist gerade einen Mann . . .«

»Einen Augenblick«, sagte Mason scharf. »Haben Sie die beiden Leute erkennen können?«

»Nein, nicht deutlich, obwohl sich die Sache direkt meiner Haustüre gegenüber abspielte.«

»Die beiden haben sich jedenfalls den richtigen Platz ausgesucht, um gleich verbunden zu werden, wenn sie sich die Köpfe einschlagen. War einer davon dieser Tote?«

Marford konnte es nicht beschwören, nahm es aber an. Mit Bestimmtheit hatte er erkannt, daß der eine Mann im Gesellschaftsanzug war.

»Sie kennen ihn nicht?«

Marford schüttelte den Kopf.

»Ich glaube, daß er hier fremd ist. Ich habe ihn jedenfalls noch niemals hier gesehen.«

Mr. Mason pfiff leise vor sich hin und sah starr unter das Kinn des Arztes. Marford glaubte, daß seine Krawatte nicht richtig säße, und bemühte sich, sie zu richten. Aber das war nur eine Spezialität des Chefinspektors.

»Hartford!« Er winkte den Polizisten heran. »Was haben Sie gesehen?«

Hartford legte grüßend die Hand an den Helm und stand stramm.

»Ich habe den Verstorbenen gesehen . . .«

Mr. Mason war unangenehm berührt. Weitschweifige Reden von Untergebenen konnte er nicht vertragen.

»Schon gut, mein Junge. Sie stehen hier aber nicht vor Gericht, und Sie brauchen den Toten daher auch nicht den Verstorbenen zu nennen und so weiter. Darauf kommt es hier gar nicht an. Haben Sie den Mann gesehen, bevor er zu Boden fiel?«

Hartford salutierte aufs neue.

»Jawohl. Er hielt mich an, als ich an ihm vorbeikam, und

fragte mich, ob ich nicht einen Mann gesehen hätte, mit dem er eine Auseinandersetzung hatte. Ich verneinte.«

»Hat er den Mann näher beschrieben?«

»Nein.«

»Hat er sonst noch etwas gesagt?«

Der Polizist dachte einige Augenblicke nach und wiederholte dann seine Unterhaltung mit dem Fremden, so gut er sich auf sie besinnen konnte.

»Und Sie haben den Täter nicht gesehen? Sie müssen ihm doch direkt begegnet sein! Aber wahrscheinlich haben Sie wieder von dem Glas Bier geträumt, das Sie nach dem Dienst trinken wollen!«

Hartford wollte entrüstet antworten, aber er beherrschte sich.

»Nein. Als ich mich noch einmal nach ihm umdrehte, sah ich ihn hier unter der Laterne liegen und beobachtete einen anderen Mann, der sich davonmachen wollte. Ich verhaftete ihn sofort. Später kam der Doktor dazu. Der Verhaftete versuchte wegzulaufen, aber ich hatte ihn fest gepackt.«

Lamborn mischte sich ein und behauptete, daß er nur so schnell gelaufen sei, um rasch einen Doktor zu holen.

»Der Mann lag also schon auf dem Boden, bevor Sie ihn anrührten?« fragte Mason.

Der Gefangene schwur das mit den heiligsten Eiden, und eine Frau, die eine Kanne in der Hand trug, bestätigte seine Aussage. Sie hätte ebensogut schweigen können, aber der angeborene Sinn für Gerechtigkeit, den die Armen und Unschuldigen besitzen, überwog ihre sonstige Bescheidenheit. Der Chefinspektor winkte sie in die erste Reihe, so daß das Licht der Laterne ihr Gesicht voll traf. Ihrer äußeren Erscheinung nach machte sie einen guten Eindruck und schien eine ordentliche Frau zu sein. Sie hatte gesehen, wie der Fremde hinfiel, und wie Lamborn auf ihn zueilte. Mason sah sie nachdenklich an.

»Was haben Sie denn in Ihrer Kanne?«

Die Frage war ihr unangenehm.

»Bier.«

»Bier? Das ist aber merkwürdig. Warum tragen Sie denn um halb elf Bier über die Straße, Mrs. –?«

»Albert«, erwiderte die Frau schüchtern.

Sie hatte keine Erklärung dafür und behauptete nur, daß sie es nach Hause tragen wolle. Ein beifälliges Gemurmel ging durch die Menge, die sich gegen die Polizei auflehnte. Im Hintergrund sagte jemand: »Laßt die Frau in Ruhe!«

Polizist Hartford war in heller Verzweiflung, denn er hatte etwas zu sagen, das ihm auf der Seele brannte, etwas Wichtiges, das den Sachverhalt sofort aufklären konnte.

»Ich möchte noch bemerken, daß Lamborn etwas über die Mauer geworfen hat.«

Mason schaute auf die Mauer, als erwarte er, daß von dort eine Bestätigung dieser Angabe kommen sollte.

»So? Hat Lamborn das getan?« Er sah den Dieb durchdringend an und machte dann eine bezeichnende Bewegung mit dem Kopf. »Führen Sie ihn ab.«

Zwei Polizisten brachten Lamborn trotz seines heftigen Protestes fort.

»Sie müssen auch mit zur Wache«, wandte sich Mason an die Frau.

In ihrer Aufregung hätte sie beinahe die Kanne fallenlassen. Sie sei eine verheiratete Frau mit drei Kindern, beteuerte sie, und habe noch nie in ihrem Leben etwas mit der Polizei zu tun gehabt.

»Nun, dann machen Sie jetzt eben eine neue Erfahrung«, meinte Mason freundlich.

Zum zweitenmal an diesem Abend kam ein Krankenwagen nach Tidal Basin, und es erschien auch noch ein Polizeiauto mit Beamten des Erkennungsdienstes, die nach Fingerabdrücken und anderen Spuren suchten. Die Mordtat verlor ihre Romantik und wurde zu einer nüchternen Tatsache, die man geschäftlich und wissenschaftlich behandelte.

»Das ist glatter Mord«, sagte Mason zu seinen Untergebenen, als er auf seinen Wagen zuging. »Ein paar merkwürdige Einzelheiten sind allerdings dabei.«

Plötzlich drängte sich eine Frau durch die Menge. Mason hielt sie zuerst für ein Mädchen, aber im Schein der Straßenlaterne erkannte er, daß sie ihre Jugend schon längst hinter sich hatte. Sie war totenbleich und starrte ihn mit weitaufgerissenen Augen an. Ihre Lippen zitterten, und sie konnte im ersten Augenblick nicht sprechen. Dr. Marford, der im Schatten stand, beobachtete sie neugierig. Er hatte Lorna Weston sofort erkannt.

»Ist – er es – wirklich?« fragte sie mit gebrochener Stimme und schluchzte dann wild auf.

»Wer sind Sie?« fragte Mason ruhig.

»Ich bin – ich wohne hier in der Gegend.« Ihre Stimme war von Tränen erstickt, und sie rang sich die Worte mühsam ab. »Er hat mich heute abend besucht – und ich warnte ihn ... vor der Gefahr. Ich – ich kenne meinen Mann! Er ist ein Teufel!«

»Hat er denn diesen Mann hier ermordet?«

Sie versuchte an ihm vorbeizukommen, aber er hielt sie zurück, obwohl es ihn Anstrengung kostete. Furcht und Schrekken verliehen dieser schwachen Frau übermenschliche Kräfte.

»Ruhe, Ruhe! Vielleicht ist es doch nicht Ihr Freund. Wie heißt er denn?«

»Donald ...« Sie brach plötzlich ab. »Darf ich ihn sehen? ... Dann kann ich es Ihnen sagen.«

Aber Mr. Mason ging methodisch vor und arbeitete nicht sprunghaft.

»Sie haben gesagt, daß ein Herr Sie heute abend besuchte und daß Sie ihn vor Ihrem Mann warnten. Lebt Ihr Mann denn in dieser Gegend?«

Sie sah ihn an, als ob sie seine Frage nicht verstünde. Mason bemerkte es und wiederholte seine Worte.

»Ja«, erwiderte sie, aber ihre Stimme klang fast trotzig.

»Wo wohnt Ihr Mann denn? Und wie heißt er?«

Sie wurde unruhig und versuchte wieder, in die Nähe des Toten zu kommen.

»Lassen Sie mich ihn doch einmal sehen«, bat sie. »Ich werde nicht ohnmächtig. Vielleicht ist er es gar nicht. Ja, ich bin jetzt sogar sicher, daß es sich um einen anderen handelt. Lassen Sie mich zu ihm!«

Mr. Mason gab Elk ein Zeichen, und der Sergeant führte sie zu dem Toten. Sie sah auf ihn nieder und schwieg. Dann öffnete sie die Lippen, konnte aber nicht gleich sprechen.

»Donald . . . ! Er hat es getan! Das Schwein! Der Mörder!« stieß sie endlich hervor.

Elk fühlte, daß sie umsank, und fing sie noch rechtzeitig auf. Die Zuschauer verfolgten dieses Drama gespannt. Es war wohl wert, für eine solche Sensation seine Nachtruhe zu opfern.

Mason sah sich um und winkte Dr. Marford.

»Würden Sie so liebenswürdig sein, die Frau zur Wache zu bringen? Ich denke, es ist nur eine leichte Ohnmacht.«

Der Arzt protestierte resigniert, brachte aber mit Hilfe eines Beamten die Frau in einen Polizeiwagen und fuhr mit. Vor einer Apotheke am Ende der Basin Street ließ er halten und schickte den Polizisten hinein, um ein Stärkungsmittel zu holen. Aber auch die Medizin brachte die Frau nicht zum Bewußtsein, und sie war noch besinnungslos, als sie die Polizeiwache erreichten.

Mr. Mason wartete auf die Rückkehr des Wagens und sprach inzwischen mit Inspektor Bray.

»Es gibt verschiedene Arten von Mord«, meinte er, »einfache und komplizierte. Dies ist ein einfacher, wenigstens bis jetzt. Keine Musik, kein Feuerwerk, kein Damenboudoir, nichts, was auf Verwicklungen erotischer Natur hindeuten könnte. Ein Mann wird erdolcht unter den Augen von drei anderen Leuten, aber niemand hat den Mörder selbst gesehen. Nicht einmal das Messer wird gefunden. Wir kennen weder das Motiv zur Tat, noch haben wir irgendeinen Anhaltspunkt. Selbst der Name des Toten ist nicht bekannt.«

»Die Frau sprach doch von einem Teufel –«, begann Bray.

»Wir wollen die Religion aus dem Spiel lassen«, erwiderte Mason müde. »Wer war der Mann, der ihn erstach, und wie gelang es ihm, das Messer zurückzubekommen? Das ist das Geheimnis, das ich aufklären möchte.«

7

Sergeant Elk kam in die Wache und ging sofort zum Privatbüro des Inspektors, wo Mason in einem Sessel saß. Er war zehn Minuten nach seinem Vorgesetzten zur Stelle und legte zwei Gegenstände auf den Tisch.

»Der Nachtwachmann war nicht leicht aufzuwecken. Übrigens ist er der Mann von Mrs. Albert.«

»Ach so, das ist die Frau mit dem Bier?«

Elk nickte.

»Ich fand diese Sachen in dem Hof jenseits der Mauer. Offenbar hat Lamborn sie hinübergeworfen, als er Hartford auf sich zukommen sah. Es ist eine Brieftasche und eine Uhr. Das Glas ist zerbrochen, und die Uhr ist Punkt zehn stehengeblieben. Ein Schweizer Werk. Auf der Rückseite ist der Name eines Juweliers in Melbourne eingraviert.«

Mason betrachtete die Uhr genauer.

»Vorsicht«, warnte Elk, »es ist ein Daumenabdruck auf der Rückseite.«

Der Chefinspektor rückte seinen Stuhl ein wenig zur Seite und winkte dem Sergeanten, sich neben ihn zu setzen.

»Was haben Sie sonst noch gefunden?«

Elk nahm etwas Papiergeld aus der Tasche und legte es auf den Schreibtisch. Dann öffnete er die Brieftasche und zog zwei neue Banknoten zu je hundert Pfund heraus. Auf der Rückseite trugen sie den Stempel der Maida Vale-Filiale der Midland Bank, und darin war ein Datum eingetragen.

»Sie sind gestern ausgegeben worden.«

»Wenn er dort ein Konto hatte –« begann Elk.

»Das hatte er bestimmt nicht. Man hebt keine zweihundert Pfund von seinem Konto ab und trägt sie in der Tasche herum. In London kann man keine Hundertpfundnote wechseln, ohne sich der Gefahr auszusetzen, verhaftet zu werden. Nein, dieses Geld hat jemand anders von seinem Konto abgehoben, um es dem Toten zu geben. Er hatte also kein eigenes Bankkonto, sonst wäre das Geld doch darauf eingezahlt worden, und er war auch kein Kaufmann, sonst hätte er ein Bankkonto gehabt.«

»Das klingt ja wie eine Rede von Sherlock Holmes«, brummte Elk.

Er war schon lange im Dienst und fast ebenso alt wie Mr. Mason, aber unglücklicherweise nie befördert worden. Aber Mason hatte ihn gern und ließ ihm viel durchgehen.

»Was steckt denn sonst noch in der Brieftasche?«

»Eine Menge Visitenkarten.«

Der Sergeant nahm sie heraus und legte sie auf den Tisch. Mason prüfte sie sorgfältig. Es waren Adressen aus Birmingham, Leicester und London, aber die meisten stammten von Leuten, die einen dauernden Wohnsitz in Südafrika hatten.

»Sie sind alle neu«, sagte er. »Wahrscheinlich hat sie der Mann auf einer Seereise gesammelt. Merkwürdig, wie leicht Menschen vollständig fremden Personen ihre Karte geben.«

Er drehte mehrere Karten um und entdeckte Bleistiftnotizen darauf. Auf einer stand zum Beispiel: »Zehntausend Pfund jährliches Einkommen«, auf einer andern: »Hat viel Geld durch Diamantenhandel verdient, logiert Ritz, London.«

Mason lächelte.

»Sie können raten, womit der Mann sein Geld verdient hat.«

Er nahm noch eine Karte auf, die auf der Rückseite eine mit Tinte geschriebene Bemerkung trug: »Scheck gesperrt. Adam & Sills.«

»Ich will Ihnen einen Tip geben. Er ist ein Verbrecher und ein Falschspieler. Adam & Sills sind die Rechtsanwälte, die solche Leute verteidigen. Darüber wären wir also im Bilde. Nun handelt es sich noch darum, seinen Namen ausfindig zu machen. Telefonieren Sie mit Scotland Yard. Man soll alle großen und kleinen Hotels im Westend anrufen, ob ein Mann mit dem Vornamen Donald dort abgestiegen ist. Sie werden ja noch herausbringen, woher er gekommen ist . . .«

»Aus Kapstadt«, sagte Elk.

»Das habe ich erwartet. Wie haben Sie das denn erfahren?«

»Seine Schuhe sind noch verhältnismäßig neu, und ich habe das Etikett innen gelesen: Cleghorn, Adderley Street, Kapstadt.«

»Also, dann sagen Sie, er kam aus Südafrika.«

Elk war schon einige Schritte zur Tür gegangen, als Mason ihn noch einmal zurückrief.

»Lassen Sie sich von Scotland Yard auch Namen, Privatadresse und Telefonnummer des Vorstehers der Bankfiliale in Maida Vale geben. Warten Sie doch noch eine Minute und seien Sie nicht so nervös! Sagen Sie auch, daß sie den Mann anrufen und fragen sollen, ob er sich erinnern kann, von welchem Konto zwei Hundertpfundnoten abgehoben wurden.« Er schrieb die Nummern der Scheine auf ein Stück Papier und reichte es Elk. »Wenn möglich, soll er auch angeben, an wen sie gezahlt wurden. Ich glaube allerdings kaum, daß wir das erfahren werden.«

Als Elk seinen Auftrag erledigt hatte und zurückkam, hatte Mason das Kinn in die Hand gestützt und schaute nachdenklich vor sich hin.

»Ich will jetzt Lamborn verhören«, sagte er.

Der Mann wurde aus der Zelle geholt. Er sprach sehr viel und konnte sich gar nicht beruhigen.

»Wenn es noch ein Gesetz in diesem Lande gibt –«, begann er.

»Gibt es nicht«, erwiderte Mr. Mason vergnügt. »Sie haben alle Gesetze gebrochen. Setzen Sie sich, Harry.«

Lamborn warf ihm einen mißtrauischen Blick zu.

»Wollen Sie mich vielleicht wieder durch Ihre Freundlichkeit fangen?«

Mr. Mason stand in dem Ruf, alle Leute sehr sanft zu behandeln. Deshalb hatte schon mancher Übeltäter Vertrauen zu ihm gefaßt und mehr erzählt, als er eigentlich wollte. Später hatte er es dann bitter zu bereuen, wenn er vor Gericht stand.

Mason sah Lamborn freundlich lächelnd an.

»Ich kann nun einmal nicht böse mit euch sein«, sagte er salbungsvoll. »Das Leben ist für uns alle schwer, und ich weiß, wie ihr kämpfen müßt, um euch ehrlich durchzubringen.«

»Das stimmt«, erwiderte Lamborn eisig.

»Sie tun nie etwas Unrechtes, Harry«, Mr. Mason klopfte sanft auf das Knie des Mannes, »wenn Sie der Polizei alles sagen, was Sie wissen. Es ist nicht viel, denn wenn Sie mehr wissen würden, dann brauchten Sie nicht zu stehlen. Aber hier handelt es sich um einen Mord.«

»Es kann doch niemand behaupten, daß ich das getan habe«, sagte Lamborn schnell.

»Das behauptet auch niemand – im Augenblick wenigstens«, stimmte Mr. Mason freundlich zu. »Aber man kann niemals sagen, wie sich die Sache nachher entwickelt. Sie kennen doch die Leute in Tidal Basin. Die schwören das Blaue vom Himmel herunter für jede Kleinigkeit. Nun wollen wir beide einmal ganz frei und offen miteinander reden.« Er lehnte sich in seinen Stuhl zurück und betrachtete Lamborn mit väterlichem Wohlwollen. »Hartford sah, daß Sie auf den Mann zugingen, Ihre Hand in seine Tasche steckten und seine Brieftasche, vielleicht auch eine Uhr, herauszogen. Als Sie sich entdeckt sahen, warfen Sie beides über die Mauer. Sergeant Elk hat die Gegenstände gefunden. Das stimmt doch, Elk?«

»Ich weiß gar nicht, wovon Sie reden«, erklärte Lamborn.

Mr. Mason schüttelte den Kopf und lächelte traurig.

»Sie haben gesehen, wie der Mann umfiel, und ihn für betrunken gehalten. Dann sind Sie zu ihm gegangen und haben ihm Brieftasche und Uhr abgenommen.«

»Ich verstehe wirklich nicht, was Sie wollen«, entgegnete Lamborn schnell. »Ich bin vollkommen unschuldig.«

»Nun, dann muß ich einmal deutlicher mit Ihnen sprechen. Sie haben seine Brieftasche und seine Uhr gestohlen!«

»Das ist eine verdammt gemeine Lüge!« rief Lamborn heftig.

Mr. Mason seufzte und warf Elk einen verzweifelten Blick zu.

»Was soll man nun mit einem solchen Mann anfangen?« fragte er.

»Ich brauche Ihre Teilnahme und Ihr Mitgefühl nicht«, erwiderte Lamborn undankbar. »Es sind schon so viele ins Gefängnis gekommen, weil sie sich von Ihnen auf diese Weise haben fangen lassen. Ich sah, wie der Mann umfiel, und ich sprang hin, um ihm zu helfen!«

»Aha, Erste Hilfe bei Unglücksfällen! Sie haben ja in Dartmoor gelernt, wie man sich dabei benehmen muß. Also, nun kommen Sie zur Sache, Harry. Sie können mir eine Menge Mühe sparen, wenn Sie mir die Wahrheit sagen.«

»Ich –«, begann Lamborn.

»Warten Sie einen Augenblick.« Mr. Masons Geduld war erschöpft, und er sprach etwas schärfer. »Wenn Sie mir die Wahrheit sagen, werde ich keine Anklage gegen Sie erheben. Sie gehen als Kronzeuge straflos aus ...«

»Hören Sie einmal, Mr. Mason, für was für einen Kerl halten Sie mich denn eigentlich?« rief Lamborn hitzig. »Man hat mich einfach skandalös behandelt, seitdem ich hier auf die Wache gebracht worden bin. Sie haben mich ganz nackt ausgezogen und mir meine Kleider weggenommen. Die Leute hier benehmen sich wie die wilden Waldaffen und haben keinen Funken von Anstand! Diese alten Fetzen haben Sie mir gegeben! Und warum haben sie meine Kleider weggenommen? Damit sie mir etwas in die Tasche stecken können, was ich nachher gestohlen haben soll! Oh, ich kenne diese schuftigen Polizeibeamten!«

Mason seufzte.

»Wenn Sie etwas mehr Verstand hätten, würden Sie nicht solchen Unsinn reden«, sagte er dann ärgerlich. »Sie armseliger Lügner, begreifen Sie denn nicht, daß man Ihre Kleider auf Blutspuren prüft, und daß man auch Ihre schmutzigen Hände aus demselben Grund untersucht hat? Sie sind verhaftet worden unter dem Verdacht, einen Mord begangen zu haben! Glauben Sie vielleicht, ein Mann von meinem Rang würde hier sitzen, wenn er nicht guten Grund dazu hätte? Sagen Sie jetzt die Wahrheit: Haben Sie den Mann bestohlen, als er am Boden lag oder nicht? Ich betone noch einmal, daß Sie nicht weiter verfolgt werden, wenn Sie die Wahrheit sagen. Sie begreifen es zwar nicht, aber es ist meine Pflicht, es Ihnen mitzuteilen. Die schnelle Aufklärung des Falles kann davon abhängen, daß Sie freiwillig zugeben, die Brieftasche aus seinem Rock genommen zu haben, während er auf dem Boden lag. Auf die Uhr kommt es weniger an.«

»Ich habe es nicht getan!« sagte Lamborn laut. »Das müssen Sie mir erst beweisen!«

Der Chefinspektor gab es auf.

»Führen Sie ihn ab, bevor ich mich selber vergesse!«

Elk nahm Lamborn am Arm und brachte ihn fort.

»Sie Dummkopf!« sagte er. »Warum haben Sie es denn nicht eingestanden!«

»Warum ich es nicht eingestanden habe?« ereiferte sich Lamborn. »Ich möchte wissen, wieviel sie mir dafür wieder aufpacken würden!«

Gleich darauf erhob man die Anklage gegen ihn, stellte die üblichen Fragen und brachte ihn in seine Zelle zurück. Elk ging wieder zum Chefinspektor und meldete ihm, welche Auskunft inzwischen von Scotland Yard gekommen war.

»Die beiden Banknoten wurden von dem Konto eines Mr. Louis Landor gezogen. Er wohnt in Teign Court, Maida Vale. Landor ist Amerikaner oder hat jedenfalls lange in Amerika gelebt. Er ist Ingenieur und ziemlich reich. Heute morgen hat er noch dreitausend Pfund abgehoben, er will ins Ausland.«

»Glückliche Reise«, meinte Mason ironisch.

Er schaute auf die Dolchscheide, die vor ihm lag, und zeigte mit dem kleinen Finger auf das Monogramm, das auf einer kleinen goldenen Platte eingraviert war.

»L. L. – das kann Leonard Lowe heißen. Andererseits spricht nichts dagegen, daß es Louis Landor bedeutet.«

»Wer ist denn Leonard Lowe?« fragte Elk verständnislos.

»Den gibt es nicht«, erklärte sein Vorgesetzter geduldig. »Hören Sie, Elk, der Aufenthalt in Tidal Basin scheint Ihren Verstand nicht gerade geschärft zu haben. Ich werde Sie in der nächsten Zeit wieder nach dem Westen versetzen lassen.«

Er stand auf und ging mit schweren Schritten durch das Amtszimmer zu dem kleinen Raum, in dem Lorna Weston auf einem Feldbett lag. Ihr Gesicht war bleich, und auch ihre Lippen zeigten keine Farbe.

»Sie sieht aus, als ob sie tot wäre«, meinte Mason.

Dr. Marford seufzte und schaute auf seine Uhr.

»Vielleicht geht es meinen anderen Patientinnen ebenso«, sagte er müde. »Ich weiß nicht, ob Sie sich für den Unterschied zwischen Leben und Tod interessieren, Mr. Mason, aber in diesem Augenblick wartet eine Frau auf mich . . .«

»Ja, ja«, unterbrach ihn der Chefinspektor in guter Laune. »Wir haben nichts vergessen. Sie haben mir das ja schon vorher gesagt, und ich habe angeordnet, daß die Hebamme Sie hier benachrichtigt. Im Moment sind Sie hier wichtiger.«

Er schaute besorgt auf die reglose Gestalt, hob die Decke ein wenig und griff nach ihrer Hand.

»Ist sie Morphinistin?« fragte er.

Dr. Marford nickte.

»Ich fand eine Spritze in ihrer Handtasche. Rudd hält es für besser, daß sie in ein Krankenhaus oder zu einer Unfallstation gebracht wird.«

Mason gab seine Zustimmung nur widerwillig. Diese Frau war die Hauptzeugin, und er ließ sie nur ungern aus den Augen.

Rudd trat mit wichtiger Miene zu ihnen.

»Ich habe ein Bett im Zentralkrankenhaus bestellt. Natürlich sagten sie mir zuerst, sie könnten niemand mehr aufnehmen, aber als ich dann meinen Namen nannte ...« Er lächelte und schaute Marford gönnerhaft an. »Wenn Sie gekommen wären, mein lieber Junge, wäre der Bescheid sicher anders ausgefallen.«

»Ich hätte gar nicht lange gefragt, sondern wäre einfach mit der Kranken hingefahren. Dann wäre ihnen nichts anderes übriggeblieben, als ein Bett für sie bereitzustellen.«

Dr. Rudd war ärgerlich.

»Ja, ja, aber so macht man das nicht. Es gibt doch auch in unserem Beruf gewisse Höflichkeitsformen, an die man sich halten muß. Und der Chefarzt ist ein Freund von mir.« Er beschäftigte sich nicht mehr mit Marford und wandte sich an Mason. »Ich habe auch einen Krankenwagen bestellt, er wird gleich kommen.«

»Haben Sie den Mann noch einmal untersucht?« fragte der Chefinspektor.

»Welchen Mann?« Dr. Rudd runzelte die Stirne. »Ach so, Sie meinen den Toten? Ja. Sergeant Elk war dabei und hat ihn durchsucht. Ich habe ein oder zwei Entdeckungen gemacht, die Ihnen vielleicht nützlich sein werden. Zum Beispiel hat er eine Beule an der linken Kinnseite.«

Mason nickte.

»Er hat sich doch an einer Schlägerei beteiligt. Dr. Marford hat das beobachtet.«

Rudd wurde in diesem Augenblick fortgerufen und entfernte sich mit einer Entschuldigung.

Die Frau auf dem Bett gab noch immer kein Lebenszeichen von sich, und Marford zeigte Mason zwei kleine Einstiche am linken Unterarm.

»Sie sind erst vor kurzem gemacht worden. Aber sonst habe ich keine Anzeichen dafür gefunden, daß sie Morphinistin ist. Ich kann keine anderen Einstiche finden, und die Tatsache, daß das Morphium eine fast tödliche Wirkung auf sie hat, weist eigentlich darauf hin, daß sie das Betäubungsmittel erst seit kurzer Zeit nimmt.«

»Wann wird sie wohl wieder zum Bewußtsein kommen?«

»Das kann ich nicht sagen. Augenblicklich ist sie nicht in der Verfassung, daß man ihr Belebungsmittel geben könnte. Aber vielleicht wissen die Leute im Krankenhaus besser Bescheid.«

»Waren Sie schon einmal in eine Mordaffäre verwickelt?«

»Nein, es ist das erstemal.« Marford lächelte.

»Warum üben Sie eigentlich Ihre Praxis in einer so traurigen Gegend aus, Doktor? Können Sie Ihre Klinik nicht in einer schöneren Umgebung aufmachen, wo es nicht so schmutzig ist?«

Marford zuckte die Schultern.

»Das ist mir gleich. Ich brauche für mich persönlich sehr wenig, und hier ist meine Tätigkeit am nötigsten. Ein Krankenhaus muß da stehen, wo es gebraucht wird. Und ich habe keine Sehnsucht nach vornehmen Leuten, die langweilen mich nur.«

»Haben Sie sich eine Theorie über diesen Mord zurechtgelegt?«

Mason sah den Arzt freundlich an, aber Marford antwortete nicht sofort.

»Ja«, sagte er nach einer Pause. »Meiner Meinung nach ist das Ganze ein Racheakt. Der Mann wurde nicht aus Habgier ermordet; sein Tod sollte wahrscheinlich ein Unrecht ausgleichen, das er einmal begangen hat. Die Tat war auch nicht von langer Hand vorbereitet; sie wurde in dem Augenblick verübt, in dem sich eine günstige Gelegenheit bot.«

Mason schaute ihn verwundert an.

»Wie kommen Sie denn darauf?«

»Ich denke es mir nur«, erwiderte Marford lächelnd. »Sonst müßte man annehmen, daß jemand diesen Mann in der bestimmten Absicht hergelockt hatte, ihn zu töten. Es hätte aber ein großangelegter Plan dazu gehört, ihn ausgerechnet in diese Gegend zu bringen.«

Mason stand mit gespreizten Beinen vor ihm und hatte die Hände in die Hüften gestemmt.

»Sie sind doch nicht etwa einer der Amateurdetektive, von denen man soviel liest? Ein Mann, der die Polizei im neununddreißigsten Kapitel beschämt, weil er allein die richtige Spur verfolgt hat?« Er klopfte Marford unerwartet auf die Schulter. »Aber was Sie gesagt haben, klingt sehr vernünftig. Nicht jeder Arzt denkt so sachlich und ruhig wie Sie. Sie haben ganz recht. Ihre Theorie stimmt mit der meinen vollkommen überein. Schalten Sie eigentlich die Möglichkeit, daß Lamborn den Mann ermordet haben könnte, vollständig aus?«

»Ja. Das kommt gar nicht in Frage«, erklärte Marford mit Nachdruck.

Mason nickte.

»Im Vertrauen kann ich es Ihnen ja sagen – nach Dr. Rudds Ansicht ist Lamborn der Mörder.«

»Er hat noch eine andere Theorie – ich wundere mich, daß er noch nicht mit Ihnen darüber gesprochen hat.«

8

Mason schaute wieder nachdenklich auf die bewußtlose Frau. Sie hatte sich noch immer nicht bewegt, und man konnte nicht einmal sehen, daß sie atmete.

»Es ist ein ganz gewöhnlicher Fall, Doktor, wie ihn die Polizei oft genug erlebt. Alles sieht geheimnisvoll aus, bis irgendein Zeuge auftaucht und redet. Und dann ist plötzlich alles so leicht, daß selbst die netten, alten Herren von Scotland Yard den Mord aufklären können. – Also, wenn keine Aussicht vorhanden ist, daß sie zu Besinnung kommt, schicken Sie sie in Gottes Namen ins Krankenhaus«, sagte er beinahe schroff und ging in das Amtszimmer zurück.

Seine Gedanken beschäftigten sich unaufhörlich mit dem Mord, den er aufzuklären hatte. Aber auch an die traurige Umgebung von Tidal Basin dachte er, an die vielen ärmlichen Gassen, das holperige Pflaster, die schlechtgebauten Häuser. Welches Elend beleuchteten doch die großen elektrischen Lampen! Wie viele Menschen lebten und starben hier in Not und Armut! Auf einen Toten mehr oder weniger kam es da wirklich nicht an. Aber weil ein Falschspieler, vielleicht sogar ein Erpresser, in dieser Gegend sein Ende gefunden hatte, war Scotland Yard nun fieberhaft tätig. Akten wurden gewälzt; der Fernschreiber arbeitete mit rasender Eile; Polizisten brachten auf Motorrädern die noch feuchten Blätter mit der Beschreibung des Toten zu ihren Kameraden, die auf Streife waren, und auf zehntausend Straßen und Plätzen lasen die Beamten im Schein ihrer Taschenlampen die Personalbeschreibung des Unbekannten, der von einem anderen noch weniger bekannten Mann ermordet worden war.

Mason erhob sich und ging zum Hauseingang. Das blaue Licht vor der Tür fiel auf sein Gesicht und verlieh ihm ein grausiges Aussehen. Die Straße lag tot und verlassen da, und immer noch fiel der feine Regen.

Der Chefinspektor wußte nicht, warum er plötzlich schauderte. Niemals ließ er sich von einer Umgebung beeinflussen, aber der Wirkung dieser unfreundlichen, ja unheimlichen Gegend konnte auch er sich nicht entziehen.

Es kam ihm ein Gedanke, und er ging ins Haus zurück. Im Amtszimmer warteten drei Kiminalbeamte, und er gab ihnen neue Instruktionen.

»Nehmen Sie Ihre Pistolen mit«, sagte er. »Es ist möglich, daß Sie sie brauchen.«

Nachdem sie sich entfernt hatten, telefonierte er mit Scotland Yard. Dann ging er wieder zu Dr. Marford hinüber.

»Sie wissen doch alles, was hier in der Gegend passiert. Haben Sie schon von dem Mann mit der weißen Maske gehört? Ist das nur eine Legende, oder existiert er wirklich? Ich weiß, daß früher im Westen ein Mann wohnte, der eine weiße Stoffmaske trug, weil sein Gesicht bei einem Unfall entstellt worden war.«

Der Arzt nickte bedächtig.

»Ich glaube, diesen Mann habe ich öfters gesehen.«

»Das ist aber hochinteressant«, erwiderte Mason sehr überrascht.

»Warum er die Maske trug, habe ich allerdings nicht verstanden, denn sein Gesicht sah wirklich nicht so schlimm aus. Er hatte nur eine große rote Narbe.«

Mason biß sich auf die Lippen.

»Ich kann mich auf den Mann im Westen sehr genau besinnen. Ein paar Zeitungsleute haben seine Geschichte in letzter Zeit wieder aufgewärmt. Er wohnte vor Jahren in der Jermyn Street und hatte von der Polizei die Erlaubnis, die Maske in der Öffentlichkeit zu tragen. Seit einigen Jahren habe ich ihn nicht mehr gesehen. Hieß er nicht Weston?«

Marford zuckte die Schultern.

»Seinen Namen wußte ich niemals. Vor drei Jahren kam er zu mir, und ich behandelte ihn mit Höhensonne. Er war merkwürdig empfindlich und meldete sich vor jedem Besuch telefonisch bei mir an. Übrigens kam er stets um zwölf Uhr nachts und zahlte ein Pfund für jede Konsultation.«

Mason dachte eine Weile nach, dann ging er wieder zum Telefon und rief die Wache in der Nähe der Regent Street an. Der diensttuende Sergeant erinnerte sich sofort an den Mann, aber den Namen wußte auch er nicht.

»Er ist seit Jahren nicht mehr im Westen gesehen worden«, sagte er. »Scotland Yard hat auch schon verschiedene Male angerufen, weil man glaubt, daß er etwas mit Weißgesicht zu tun hat, der in der letzten Zeit soviel von sich reden macht.«

Mason kehrte wieder zu Marford zurück, um noch mehr von ihm zu erfahren.

»Wohnte der Mann nicht hier in der Nähe?« fragte er.

Aber Marford konnte ihm darauf keine Auskunft geben. Als der sonderbare Patient ihn das erstemal besuchte, hatte er unzweifelhaft in der Gegend von Piccadilly gewohnt, und später war er immer nur in unregelmäßigen Zwischenräumen wieder aufgetaucht.

»Glauben Sie, daß er mit dem sogenannten Teufel von Tidal Basin identisch sein könnte?« frage Mason plötzlich.

Marford lachte.

»Teufel! Es ist doch zu sonderbar, daß vernünftige Menschen anderen Leuten, die ein körperliches Gebrechen haben, irgendeine Teufelei anhängen müssen. Gewöhnlich müssen Krüppel, arme Lahme und Schielende daran glauben.«

Er konnte wenig Interessantes über den Mann mit der weißen Maske berichten, höchstens, daß er sich in der letzten Zeit nicht mehr telefonisch angemeldet hatte. Er war stets über den Hof gekommen, der hinter der Klinik lag.

»Ich verschließe die Hintertür niemals.« Marford erzählte, daß er einen sehr festen Schlaf habe und daß die Kranken, die ihn nachts aufsuchten, häufig direkt an seine Zimmertür kämen und ihn aufweckten. »Bei mir kann man nicht viel stehlen, höchstens ein paar medizinische Instrumente und ein paar Giftflaschen. Und ich muß auch gerecht gegen die Leute sein. Es ist mir nichts abhanden gekommen, seit ich hier wohne. Ich behandle sie freundlich, und solange sie sich anständig benehmen, habe ich nichts dagegen, wenn sie sich frei in meinem Haus bewegen.«

Mr. Mason verzog das Gesicht.

»Ich begreife nur nicht, daß Sie in dieser Umgebung leben können. Wie können Sie Tag für Tag mit diesen Menschen verkehren und sich mit ihrem Elend beschäftigen?«

Dr. Marford seufzte und schaute wieder nach der Uhr.

»Das Kind wird jetzt schon geboren sein.«

Einen Augenblick später klingelte das Telefon, und der Sergeant rief den Arzt zum Apparat. Das Kind war tatsächlich schon ohne den Beistand des Doktors auf die Welt gekommen.

Gleich darauf kam der Krankenwagen, und Lorna Weston wurde abtransportiert. Elk schickte einen Detektiv mit, der die

Frau im Krankenhaus beobachten sollte. Dann erschien er mit glänzenden Augen im Amtszimmer.

»Wenn der Fall aufgeklärt wird, müßte ich befördert werden«, sagte er.

»Bringen Sie Mrs. Albert herein«, erwiderte Mason, der die Bemerkung nicht weiter übelnahm. »Sie hat lange warten müssen, aber ich habe ihr absichtlich einen Schrecken einjagen wollen, damit sie uns die Wahrheit erzählt.«

Elk führte die Frau herein. Sie war sehr bleich und hielt immer noch ihre Kanne in der Hand. Ihre Hände zitterten, und sie schaute verstört um sich. Mason ließ ihr Zeit, sich etwas zu sammeln.

»Es tut mir leid, daß ich Sie solange habe warten lassen müssen, Mrs. Albert«, begann er dann. »Ihr Mann ist doch Nachtwachmann bei der Eastern Trading Company?«

Sie nickte nur.

»Es ist doch verboten, daß ein Nachtwächter während des Dienstes Bier trinkt?«

»Ja«, entgegnete sie mit schwacher Stimme. »Der vorige Nachtwachmann ist deshalb auch entlassen worden.«

»Aha!« erwiderte Mason scharf. »Aber Ihr Mann trinkt gerne Bier, und es ist auch verhältnismäßig leicht, eine Kanne durch die kleine Tür in der Mauer zu schmuggeln?«

Sie konnte ihm nicht in die Augen sehen und schaute auf den Boden.

»Und er hat die Angewohnheit, die kleine Tür jede Nacht bis ungefähr um elf aufzulassen, damit Sie die Kanne Bier hineinstellen können?«

Die Frau blickte verzweifelt um sich. Sie konnte nur vermuten, daß sie verraten worden war. Welcher ihrer Nachbarn mochte wohl den Angeber gespielt haben?

Eine verhältnismäßig hübsche Frau, dachte Mason, trotz der drei Kinder und der vielen Arbeit.

»Sehen Sie, da haben wir den Zusammenhang«, wandte er sich an Elk. »Durch diese Tür ist auch Mr. Louis Landor entkommen. Aber machen Sie sich keine Sorgen, ich habe schon drei Leute losgeschickt, die das ganze Grundstück absuchen sollen. Mr. Landor wird allerdings längst das Weite gesucht haben. Ich habe seine Personalbeschreibung bereits bekanntmachen lassen.«

Mrs. Albert sank schuldbewußt in einen Stuhl und sah Mr. Mason furchtsam an. Es war ihr, als ob die ganze Welt zusammenstürzen müßte. Ihr eigenes Unglück interessierte sie weit mehr als der Tod des Unbekannten. Ihr Mann würde seine Stelle verlieren! Und die Arbeitslosigkeit war doch so groß, daß er kaum einen neuen Posten finden würde. Mit Entsetzen dachte sie an die endlosen Wege, die ihm bevorstanden. Die paar Schillinge, die sie als Aufwartefrau verdienen konnte, zählten kaum . . .

»Er wird entlassen!« sagte sie tonlos.

Mason schaute sie an und schüttelte den Kopf.

»Ich werde die Sache der Eastern Trading Company nicht melden. Sie hätten mir allerdings mehr geholfen, wenn Sie die Wahrheit gleich gesagt hätten, als ich Sie nach dem Bier fragte.«

»Sie wollen es nicht melden?« fragte sie mit zitternder Stimme. Sie war dem Weinen nahe. »Ach, ich habe schon so schwere Zeiten durchgemacht. Die arme Frau hätte Ihnen auch bestätigen können, wie schlecht es uns ging. Sie hat nämlich früher bei mir gewohnt.«

»Von welcher armen Frau sprechen Sie denn?« fragte Mason.

»Von Mrs. Weston.«

Sie wurde jetzt etwas sicherer und verlor ihre Furcht vor dem Polizeibeamten.

»Ach, sie hat bei Ihnen gewohnt?«

Elk hatte inzwischen den Raum verlassen, und Mason winkte der Frau, mit ihrem Stuhl etwas näher zu rücken.

»Erzählen Sie mir alles«, sagte er freundlich.

Sein liebenswürdiges Wesen beruhigte sie.

»Ja, sie hat bei mir gewohnt, bis sie reich wurde.«

»Woher hat sie denn das Geld bekommen?«

»Das weiß ich nicht. Ich habe sie nie danach gefragt. Sie hat mir immer regelmäßig die Miete bezahlt. Ich möchte nur gern wissen, ob es ihr Mann oder ihr Freund war, der ermordet wurde.« Sie neigte sich etwas vor.

»Es war ihr Freund«, erklärte Mason ohne Zögern. »Kannten Sie ihn?«

Sie schüttelte den Kopf.

»Aber ihren Mann kannten Sie doch?«

»Ich habe seine Fotografie einmal in ihrem Zimmer gesehen. Sie und zwei Herren waren auf dem Bild, und es war in Australien gemacht worden. Das heißt, ganz richtig habe ich es nicht betrachten können. Ich wollte es gerade einmal genau ansehen, als sie ins Zimmer kam und mir den Rahmen aus der Hand riß. Ich habe mich damals sehr gewundert, denn das Bild stand schon lange vorher auf dem Kamin. Ich hatte mich nur nie darum gekümmert, bis sie mir eines Tages erzählte, daß es ihr Mann und ein Freund seien. Und am nächsten Tag kam sie dann dazu, wie ich es betrachten wollte.«

»Wann war denn das?«

Mrs. Albert dachte nach. »Letzten Juli zwei Jahre.«

Mason nickte.

»Und kurz darauf bekam sie viel Geld?«

»Ja, schon am nächsten oder übernächsten Tag zog sie aus. Und seitdem habe ich nicht mehr mit ihr gesprochen. Sie wohnt jetzt in dem vornehmen Viertel von Tidal Basin. Ich sage ja immer, wenn die Leute zu Geld kommen . . .«

»Ich kann mir schon denken, was Sie immer sagen«, erwiderte Mr. Mason nicht unfreundlich, aber bestimmt. »In was für einem Rahmen steckte denn das Bild? War er aus Leder?«

Sie hielt es für Leder, es konnte aber auch Holz gewesen sein, das mit Leder bezogen war.

»Sie hat das Bild dann in ihren Kasten getan – ich habe es gesehen. Es war ein kleiner, schwarzer Kasten, der unter ihrem Bett stand.«

Mason unterwarf sie noch einem Kreuzverhör, um sicherzugehen, daß sie einfache Tatsachen nicht mit irgendwelchen Erfindungen ihrer Phantasie ausschmückte. Sie verstand nicht, warum er immer wieder mehr oder weniger dasselbe fragte. Aber plötzlich erwachte ihr Interesse, als er sie fragte, ob sie einmal einen Mann mit einer weißen Maske vor dem Gesicht gesehen habe. Sie schauderte.

»Meinen Sie den Teufel von Tidal Basin ...? Ja, ich habe von ihm gehört, aber Gott sei Dank habe ich ihn noch nie gesehen. Der hat sicher auch den Mord begangen – alle Leute haben es gesagt, als wir dabeistanden.«

»Sie haben ihn also nicht gesehen?«

Sie schüttelte heftig den Kopf.

»Nein! Und ich will ihn auch nicht sehen! Aber ich kenne Leute, die ihn gesehen haben ... mitten in der Nacht.«

»Wenn sie geträumt haben«, meinte Mason. Aber sie bestritt es.

Der Teufel gehörte nun einmal zu Tidal Basin, und die Leute wollten sich das Recht auf ihn nicht nehmen lassen.

Mason entließ die Frau, die ihm unter Tränen dankte. Auch Marford verabschiedete sich von dem Chefinspektor. Dr. Rudd war schon vorher gegangen.

Mason hatte viel zu tun. An drei Stellen hätte er zu gleicher Zeit sein sollen. Es handelte sich um drei wichtige Dinge, die er selbst tun mußte und die er keinem anderen überlassen konnte. Er beschloß, die erste Aufgabe allein zu lösen. Bei der zweiten konnte ihm Elk helfen.

9

Michael Quigley eilte die Treppe zur Polizeiwache hinauf und begegnete Mason, der gerade aus der Tür kam.

»Langsam, langsam«, sagte der Chefinspektor freundlich »Der Tote ist schon fortgeschafft.«

»Wer ist es denn?«

»Es war einmal ein Medizinstudent, der wurde gefragt, mit wieviel Zähnen Adam geboren wurde. Und er erwiderte sehr richtig: ›Gott weiß es‹.«

»Also unbekannt? Aber ein vornehmer Herr, wie ich gehört habe?«

»Er war gut gekleidet. Gehen Sie doch hin und sehen Sie sich den Mann an. Sie kennen ja alle Leute im Westen.«

Michael schüttelte den Kopf.

»Das hat noch Zeit. War dieser Mord auch wieder ein kleiner Scherz von Weißgesicht?«

»Was reden Sie schon wieder von Weißgesicht! Hören Sie, Quigley, in Ihrem Kopf ist es auch nicht mehr ganz richtig. Sie haben tatsächlich eine fixe Idee. Weißgesicht gehört ebensowenig nach Tidal Basin wie der Teufel, den Sie für diese Gegend erfunden haben.«

»Weißgesicht ist aber hier in der Gegend gesehen worden«, erklärte Michael hartnäckig.

Mason seufzte.

»Ein Mann mit einem weißen Tuch vor dem Gesicht ist allerdings hier gesehen worden. Dr. Marford hat Ihnen das in einem schwachen Augenblick selbst erzählt. Aber Sie können das häufiger in der Nähe einer Klinik beobachten.«

Michael Quigley schwieg eine Weile.

»Oh . . . wohin wollen Sie gehen?« fragte er dann plötzlich.

Kein anderer Zeitungsreporter hätte das wagen dürfen, aber Mason hatte eine Schwäche für den jungen Mann.

»Es ist eigentlich streng verboten, aber ich will Ihnen erlauben mitzugehen. Ich möchte ein paar eigene Nachforschungen anstellen, und Sie können mir dabei helfen. Wie geht es denn Miss Harman?«

Mike lachte bitter.

»Miss Harmann ist eine gute Freundin von mir, die einen anderen Mann heiraten will.«

»Nun, dann gratuliere ich ihr«, meinte Mason, als sie sich auf den Weg zur Endly Street machten. »Man muß ein schrecklich langweiliges Leben führen, wenn man einen Zeitungsreporter heiratet.«

»Es fällt mir ja gar nicht ein, jemand zu heiraten«, sagte Mike wild. »Lassen Sie doch Ihre beleidigenden Späße!«

»Großartig, daß ich auch einmal Ihr dickes Fell getroffen habe! Ich bilde mich direkt zum Elefantenjäger aus.«

Sie gingen nebeneinander her. Mason wußte, daß er Mike tief gekränkt hatte. Er pfiff leise vor sich hin, bis sie zu der Mauer kamen, die das Grundstück der Eastern Trading Company umgab.

»Können Sie wirklich nichts anderes pfeifen als den Hochzeitsmarsch?« fragte Mike böse.

Die Nacht war dunkel, und es wehte ein kalter Wind.

»Polizeibeamte und Zeitungsreporter verdienen ihren Lebensunterhalt durch das Unglück anderer Leute«, meinte Mason. »Ist Ihnen das schon einmal zum Bewußtsein gekommen? Aber hier sind wir am Tatort angelangt!«

Drei Beamte kamen ihnen entgegen und blieben stehen, als sie Mason erkannten.

»Wir haben niemand finden können«, sagte der Rangälteste. »Das ganze Gelände ist abgesucht, aber wir haben kein Lebewesen entdeckt, obwohl genug Plätze da sind, wo sich jemand verstecken könnte.«

»Und die kleine Türe?«

»Die war nicht verschlossen, nur angelehnt. Der Nachtwachmann schwur Stein und Bein, daß er sie nicht geöffnet habe. Er sagte, daß sie nur im Falle von Feuersgefahr benützt wird.«

»Schon gut. Kommen Sie jetzt mit.«

Mit wenigen Schritten waren sie an der Stelle, wo man den Toten gefunden hatte.

Mason pfiff immer noch leise vor sich hin, als er zu der grüngestrichenen kleinen Tür ging und sie zu öffnen versuchte. Aber sie war jetzt verschlossen. Hätte er nur daran gedacht, als er das erstemal an den Tatort gekommen war! Wenn Mrs. Albert doch nur gleich die Wahrheit gesagt hätte . . .

Er sprach darüber zu Michael. Das konnte er ruhig tun, denn der junge Mann war vertrauenswürdig und schrieb nur das, was erlaubt war und keinen Schaden anrichten konnte.

»Das erleben wir doch immer wieder«, meinte Mike. »Niemand sagt die Wahrheit, weil jeder etwas zu verheimlichen hat, das unangenehm für ihn ist. Ich begreife das eigentlich nicht.«

Er schaute sich auf dem Pflaster um.

»Haben Sie auch den Rinnstein dort untersucht? Die Straße senkt sich hier leicht.«

Mason sah sich fragend nach den drei Detektiven um. Die Schmutzfänger der Abflüsse waren untersucht worden, aber man hatte nichts von Bedeutung gefunden.

Mike rollte den Ärmel seines Rocks auf. Es war verhältnismäßig klares Regenwasser, das die Rinne entlanglief ...

»Sehen Sie, da haben wir schon etwas«, rief er triumphierend. »Was ist das?«

Mason nahm den kleinen Gegenstand in die Hand, und einer der Detektive beleuchtete ihn mit seiner Taschenlampe.

»Sieht wie eine Medizinampulle aus«, sagte Mike und betrachtete neugierig die kleine Glasröhre, die eine Flüssigkeit enthielt. »Die Sache kommt mir irgendwie bekannt vor. Wo habe ich nur solche Ampullen zuletzt gesehen?«

»Ich werde sie vom Polizeichemiker untersuchen lassen«, erwiderte Mason und steckte das Ding in die Tasche. »Sie haben entschieden Glück, Mike. Versuchen Sie es noch einmal.«

Michaels geschickte Finger glitten wieder durch das Wasser, aber er fand nichts mehr. Plötzlich sah er jedoch etwas, das alle anderen übersehen hatten. Es lag an der Ecke des Gehsteiges, als ob es jemand sorgfältig dorthin gelegt hätte. Aber der Ring konnte natürlich nur zufällig dort hingefallen sein. Das Platin war angelaufen und feucht vom Regen, so daß man es vom Straßenpflaster kaum unterscheiden konnte.

Mike nahm das Schmuckstück auf, sein Herz klopfte heftig.

»Was haben Sie denn da?«

Mason nahm es ihm aus der Hand.

»Ein Ring! Es ist doch unglaublich, daß meine Leute das übersehen haben«, sagte er. »Der Rubin scheint echt zu sein, aber jedenfalls ist es eine tadellose Imitation.«

Mike schwieg. Die Gestalten schwammen plötzlich vor seinen Augen, und er atmete schwer. Sein sonderbares Benehmen fiel Mason auf.

»Was ist denn mit Ihnen los? Sie sind ja kreidebleich. Haben Sie sich zu lange gebückt?«

Mike wußte, daß der Chefinspektor ihn mit dieser Bemerkung nur vor den anderen Detektiven entschuldigen wollte, und seine Vermutung bestätigte sich, als der Beamte sie anwies weiterzusuchen. Dann nahm Mason ihn am Arm.

»Mein Junge, Sie haben diesen Ring schon gesehen.«

Mike schüttelte den Kopf.

»Welchen Zweck hat es denn, mir etwas vorzulügen?« fragte Mason vorwurfsvoll.

»Ich kann mich nicht besinnen, ihn schon gesehen zu haben«, entgegnete Mike hart. Seine Stimme klang unnatürlich.

»Sie verheimlichen mir etwas. Aber wozu? Kurz vorher haben Sie noch selbst gesagt, daß es töricht ist, der Polizei nicht alles mitzuteilen. Es kommt doch wahrhaftig auf diese Kleinigkeiten nicht an.«

»Ich habe den Ring noch nie gesehen.«

Es fiel Mike sehr schwer zu sprechen, und Mr. Mason, der von Natur aus skeptisch veranlagt war, ließ sich nicht leicht überzeugen.

»Ich weiß genau, daß Sie ihn schon gesehen haben und daß Sie sehr wohl wissen, wem er gehört. Hören Sie, Michael, ich will Ihnen gegenüber nicht die Tricks anwenden, mit denen ich bei Verbrechern arbeiten muß. Sie ersparen sich und mir aber viele Unannehmlichkeiten, wenn Sie mich ins Vertrauen ziehen. Die Person, der der Ring gehört, wird doch nicht verhaftet, und wir können die Sache auch geheimhalten. Sie kennen mich doch wirklich gut genug. Wie soll die Polizei denn vorwärtskommen, wenn alle mit ihren Angaben zurückhalten?«

Mike hatte sich wieder etwas erholt.

»Wenn das so weitergeht, beschuldigen Sie mich in ein paar Minuten noch, daß ich den Mord begangen habe! Nein, ich kenne diesen Ring wirklich nicht. Ich war nur etwas benommen, weil ich mich so lange gebückt hatte. Probieren Sie doch selbst einmal aus, welche Wirkung das auf Sie hat.«

Mason schaute ihn lange an, dann betrachtete er den Ring. »Es ist ein Damenring.« Er versuchte, ihn auf den kleinen Finger zu streifen. »Sehen Sie, er geht nicht einmal über das erste Gelenk. Nun gut, dann bleibt mir eben nichts anderes übrig, als die Sache in die Zeitungen zu bringen«, sagte er leichthin. »Ich will nicht über euch Zeitungsleute schimpfen, aber Sie selbst können ja über die kleinste Kleinigkeit eine große Geschichte schreiben, und ich wäre nicht erstaunt, wenn ich morgen das Porträt einer jungen Dame . . .« Er brach plötzlich ab. »Gehört der Ring am Ende Miss Harman?«

»Nein«, erwiderte Mike laut.

»Sie Lügner! Natürlich gehört er Miss Harman! Und Sie haben es sofort gewußt, als Sie ihn sahen!«

Er warf noch einen Blick auf den Ring und steckte ihn dann ein.

»Kam der Mann, der ermordet wurde, aus Südafrika?«

Mason nickte.

»Ist er erst kürzlich von dort hierhergekommen?«

»Das wissen wir nicht. Aber wahrscheinlich kam er vor ein oder zwei Wochen an.«

»Wie heißt er denn?«

»Sein Vorname ist Donald. Mehr ist uns nicht bekannt.«

Mason sah den jungen Mann scharf an.

»Wen heiratet Miss Harman?«

»Einen Iren, einen gewissen Feeney«, log Michael. »Aber sie hat diesen Plan schon wieder aufgegeben ... Ich war nur ein wenig über Kreuz mit ihr. Aber jetzt möchte ich mir doch einmal den Toten ansehen.«

»Wir wollen zusammen gehen«, entgegnete Mason und faßte Quigleys Arm.

Sie blieben nur wenige Minuten bei dem Ermordeten, und Michaels Verwirrung stieg aufs höchste. Zweifellos war Janices Verlobter entweder der Tote oder der Mörder. Unter allen Umständen mußte er die Wahrheit herausbringen.

Er verabschiedete sich von Mason und eilte auf die Straße. Am Fuß der Treppe wäre er beinahe mit Janice zusammengestoßen.

»Michael ... Michael!« rief sie atemlos. »Man hat mir erzählt, daß Sie hier sind. Ich muß sofort mit Ihnen sprechen ... ach, Michael, ich war ja so töricht. Sie müssen mir helfen!«

Er sah sie argwöhnisch an.

»Wie lange sind Sie denn schon hier?«

»Ich bin eben gekommen. Dort drüben steht mein Wagen.« Sie zeigte auf die abgeblendeten Scheinwerfer. »Können wir nicht irgendwohin fahren? Ich muß Sie unbedingt sprechen. Es ist jemand ermordet worden, nicht wahr?«

Er nickte.

»Wie schrecklich! Aber ich bin froh, daß ich Sie hier getroffen habe. In dieser Gegend scheinen viele Morde vorzukommen«, sagte sie schaudernd. »Ich bin sehr aufgeregt. Und Sie sind der einzige, der mir helfen und raten kann. Wohin können wir fahren?«

Er zögerte. Für die nächste Ausgabe hatte er alle Berichte geliefert und brauchte vorläufig nichts mehr zu schreiben. Er brachte sie zum Wagen, setzte sich ans Steuer und fuhr zu ihrer Wohnung. Er war noch nie dort gewesen, und das Dienstmädchen, das ihnen öffnete, kannte ihn nicht. Janice führte ihn in das kleine, hübsch eingerichtete Wohnzimmer.

»Hier ist das Telegramm, das ich heute abend erhielt.«

Sie reichte ihm ein zusammengefaltetes Papier, ohne ihn dabei anzusehen.

»Aber warten Sie bitte noch einen Augenblick, bevor Sie es lesen. Ich muß Ihnen erst verschiedenes erklären. Er sagte, daß er eine Farm in Paarl habe und eine andere kaufen wollte, die an die seine grenzt. Ich hatte nun die Absicht, diese zweite Farm für ihn zu kaufen, und telegrafierte zu diesem Zweck an Van Zyl. Ich habe Ihnen ja schon öfter von diesem netten Herrn erzählt. Er sollte die Farm für mich erwerben, und das ist seine Antwort.«

Mike faltete das Formular auseinander und las die Nachricht.

Die fragliche Farm liegt nicht in Paarl, sondern in Constantia, und zwar in der Nähe des Gefängnisses. Sie ist nicht und sie war auch niemals zum Verkauf angeboten. Donald Bateman ist weder hier noch in Rhodesia als Landbesitzer bekannt. Mein Freund, der Staatsanwalt, fürchtet, daß es sich um einen gewissen Donald Bateman handelt, der wegen Betrugs neun Monate lang im Gefängnis von Constantia saß. Er ist groß, sieht sehr gut aus, hat eine Narbe unter dem Kinn und graue Augen. Er fuhr mit dem Dampfer ›Balmoral Castle‹ vor fünf Wochen ab und hatte Passage nach England gebucht. Seine Betrügereien bestehen hauptsächlich darin, von Leuten Geld für Landankauf zu leihen und damit zu verschwinden. Stets zu Ihren Diensten. Carl.

Mike legte das Telegramm langsam auf den Tisch.

»Die Narbe unter dem Kinn«, sagte er mit einer ihm selbst fremden Stimme. »Merkwürdig, das war das erste, was mir auffiel.«

Sie sah ihn bestürzt an.

»Sie haben ihn doch nicht gesehen? Sie sagten mir doch – wann sind Sie ihm begegnet?«

Mike biß sich auf die Lippen. Donald Bateman war der Tote! Er trat zu Janice und legte die Hand freundlich auf ihre Schulter.

»Es ist wirklich traurig für Sie«, sagte er heiser.

»Glauben Sie, daß das stimmt, was im Telegramm steht?«

»Ja. Sie haben ihm doch auch den Rubinring gegeben?«

Sie machte eine ungeduldige Handbewegung.

»Das war nichts – er hatte höchstens den Wert eines Andenkens für mich.«

Er hatte eine Frage an sie, aber es fiel ihm schwer, die richtigen Worte zu finden.

»Janice, liebten Sie ihn sehr?«

»Nein! Es war ein schrecklicher Irrtum von mir. Es ist mir jetzt zum Bewußtsein gekommen. Ich weiß bestimmt, daß ich ihn nicht liebe. Sonderbar, daß ich mich so täuschen konnte. Ich habe ihn nicht einmal geküßt!«

Er klopfte ihr zärtlich auf die Schulter.

»Mein Stolz ist natürlich sehr gedemütigt. Aber versprechen Sie mir, Michael, daß Sie mich nicht auslachen!«

Sie umklammerte seine Hand.

»Ja, das verspreche ich Ihnen.«

»Warum haben Sie wieder nach dem Ring gefragt?«

»Weil ich Chefinspektor Mason von Scotland Yard angelogen habe.«

Sie sprang auf und sah ihn betroffen an.

»Was? Haben denn die Beamten von Scotland Yard den Ring? Ist er schon verhaftet? Michael, sagen Sie mir, was geschehen ist. Sie verheimlichen mir etwas –«

»Ja, ich habe etwas verschwiegen. Ich habe Mason nicht gesagt, daß der Ring Ihnen gehörte. Er wurde in der Endley

Street gefunden. Ich selbst habe ihn aufgehoben. Er lag nicht weit von der Stelle entfernt, wo man den Ermordeten fand.«

»In der Endley Street?« sagte sie langsam. »Und Sie waren dabei, als der Fall untersucht wurde . . . ? Wer war es denn . . . Donald Bateman?«

Er nickte.

»Ach, wie entsetzlich!«

Er glaubte, sie würde ohnmächtig, aber als er sie stützen wollte, schob sie ihn beiseite.

»Er wurde von einem Unbekannten erstochen. Ich – ich habe ihn gesehen. Daher wußte ich auch von der Narbe.«

Sie war sehr still und bleich, aber sie bewahrte ihre Fassung.

»Was hat er denn dort gemacht?« fragte sie nach einer Weile. »Er kannte doch die Gegend gar nicht? Weiß man denn wirklich nicht, wer es getan hat?«

»Nein, das ist nicht herausgekommen. Als ich den Ring sah, erkannte ich ihn sofort und war so bestürzt, daß ich mich verriet. Mason wußte genau, daß ich ihn belog, als ich sagte, der Ring sei mir nicht bekannt. Er bringt vielleicht morgen einen Aufruf in die Zeitung, wenn ich ihn nicht aufkläre.«

»Dann sagen Sie es ihm doch«, entgegnete sie schnell. »Donald Bateman ist tot! Ich kann es kaum glauben!«

Sie setzte sich wieder und stützte den Kopf in die Hände. Er glaubte, sie werde jetzt zusammenbrechen, aber als sie das Gesicht wieder hob, standen keine Tränen in ihren Augen.

»Michael, es ist besser, daß Sie jetzt gehen. Ich bin vollkommen gefaßt. Schlafen werde ich allerdings nicht. Vielleicht besuchen Sie mich am Morgen wieder und erzählen mir, was inzwischen herausgekommen ist. Ich werde Dr. Marford bitten, daß ich meine Arbeit in der Klinik fortsetzen darf. Aber ein paar Tage muß ich wohl aussetzen.«

»Ich möchte Sie nicht gern allein lassen.«

Sie lächelte schwach.

»Sie brauchen keine Angst zu haben. Gehen Sie nur. Es ist gut, wenn ich eine Weile mit meinen Gedanken allein bin.«

Eine eingerahmte Fotografie ist nicht schwer zu finden, und schwarze Kästen, in denen Damen ihre Schmuckstücke aufbewahren, sind keine Stecknadeln, die man übersehen könnte. Mr. Mason hätte gern den Sergeanten Elk mitgenommen, aber der war schon mit Inspektor Bray weggegangen.

Wachtposten waren ausgestellt, um den Häuserblock zu beobachten, in dem Louis Landors Wohnung lag. Bray hatte telefonisch gemeldet, daß bis jetzt weder Mr. noch Mrs. Landor nach Hause gekommen waren. Etwas mußte dort nicht stimmen, denn das Dienstmädchen war zurückgekehrt und hatte an der Wohnungstür geklingelt. Sie erzählte Bray, daß sie schon frühzeitig fortgeschickt worden wäre, und daß es zwischen den beiden Gatten, die bis dahin in glücklicher Ehe gelebt hätten, eine Auseinandersetzung gegeben habe. Man hatte ihr gesagt, daß sie erst spät zurückkommen sollte. Bray überredete sie, die Nacht bei ihrer Schwester zu verbringen, die in der Nähe wohnte.

»Etwas Wichtiges hat sie mir mitgeteilt«, sagte der Inspektor am Telefon. »Die Wohnung steckt voller Raritäten aus Südamerika. Und wenn ihre Erzählung wahr ist, sind auch zwei Messer dabei, die genau dem Mordmesser gleichen. Sie sollen in der Diele hängen. Sie beschrieb die Scheide genau und sagte, daß beide die Initialen Landors trügen. Es seien Preise, die er sich in Südamerika geholt habe. Er soll längere Zeit dort gelebt haben.«

»Hängen Sie jetzt ein«, erwiderte Mason. »Berichten Sie mir später wieder hierher oder nach Scotland Yard. Ich stelle jetzt Nachforschungen auf eigene Faust an.«

Auf dem Tisch lag der Inhalt von Mrs. Westons Handtasche. Auch die Injektionsspritze lag dabei, die Dr. Marford gefunden hatte. Sie war alt und sah sehr abgenützt aus, und doch hatte Marford ausdrücklich festgestellt, daß die Frau noch nicht lange morphiumsüchtig sein konnte. Er hatte nur zwei Einstiche an ihrem Unterarm gefunden.

Außerdem lagen noch ein paar Briefe und Rechnungen eines

Modegeschäftes im Westen daneben. Offenbar kleidete sich Lorna Weston sehr gut und verwandte viel Geld für ihre persönlichen Bedürfnisse. Ein paar Banknoten, etwas Silbergeld und ein Schlüsselbund vervollständigten den Inhalt.

Den Schlüsselbund steckte Mason in die Tasche und machte sich mit Sergeant Shale auf, um die Wohnung Lorna Westons zu durchsuchen.

Sie wohnte in einer kleinen Villenstraße in der besten Gegend von Tidal Basin. Mason fiel der Luxus auf, mit dem die Räume ausgestattet waren. Die Wände waren mit kostbaren Stoffen bespannt, und überall hingen schwere Bronzekronleuchter. Der Chefinspektor konnte sich ausrechnen, daß eine derartige Einrichtung nicht von einer berufstätigen Frau bestritten werden konnte.

Mrs. Albert hatte gesagt, daß Lorna Weston vor einiger Zeit zu Geld gekommen sei. Das mochte ja eine genügende Erklärung für die Ausstattung der Wohnung sein. Aber es blieb dann immer noch die Frage zu beantworten, warum sie überhaupt in dieser traurigen Gegend wohnte.

Er öffnete die Schublade des kleinen Damenschreibtisches, fand jedoch nichts, was der Mühe wert gewesen wäre. Aber im Schlafzimmer erwartete ihn eine große Überraschung. Die Fächer des Frisiertisches waren herausgezogen, und die Spiegeltür des Kleiderschrankes stand weit offen. Auf dem Flur lagen Kleider verstreut, und zwischen all der Unordnung stand ein schwarzer Kasten. Mason eilte auf ihn zu. Der Deckel war aufgebrochen und der Inhalt durchwühlt worden. Von einer eingerahmten Fotografie war nichts zu sehen. Eine Papprolle fiel Mason auf. Er schaute hindurch, aber sie war leer. Er vermutete, daß eine Heiratsurkunde darin aufbewahrt worden war. Und so unglücklich eine Ehe auch sein mochte, keine Frau trennt sich freiwillig von diesem Dokument.

Er sah sich gerade nach Fingerabdrücken um, als er ein Paar weiße Baumwollhandschuhe auf dem Bett entdeckte. Der Einbrecher hatte sich also gegen jedes Risiko geschützt. Wann mochte er gekommen sein, und wie war er in die Wohnung gelangt? Weder die Wohnungstür noch die Haustür waren aufgebrochen, nur der schwarze Kasten war gewaltsam geöffnet worden.

»Unten klopft jemand«, sagte Shale. »Soll ich einmal nachsehen, wer es ist?«

»Nein, warten Sie. Ich will selbst gehen.«

Mason eilte die Treppe hinunter und öffnete. Draußen stand eine Frau, die einen Schal um den Kopf gebunden hatte, um sich gegen den Regen zu schützen. Sie schaute Mason ängstlich an und trat einen Schritt zurück.

»Ist hier alles in Ordnung?« fragte sie nervös.

»Keineswegs. Aber beunruhigen Sie sich nicht, ich bin Polizeibeamter.«

Sie atmete erleichtert auf.

»Ich bin die Verwalterin des Hauses gegenüber. Die Dame ist aufs Land gereist, und ich habe mir schon überlegt, ob ich nicht die Polizei rufen solle.«

»Haben Sie denn gesehen, daß jemand in die Wohnung eingebrochen ist?« fragte Mason schnell.

»Ich habe gesehen, wie ein Mann herauskam. Ich hätte mich allerdings nicht weiter um ihn gekümmert, wenn er nicht dieses weiße Ding um den Kopf gehabt hätte.«

»Was für ein weißes Ding? Eine weiße Maske?«

»Das kann ich nicht gerade beschwören, aber jedenfalls hatte er etwas Weißes vor seinem Gesicht. Das habe ich deutlich gesehen, als er an der Straßenlaterne vorbeiging. Ich habe nämlich schon den ganzen Abend Zahnschmerzen und mich deshalb wieder ins Wohnzimmer gesetzt ...«

Er unterbrach sie kurz.

»Wann haben Sie denn den Fremden herauskommen sehen?«

Sie sagte, daß es vor kaum einer Viertelstunde gewesen sei. Später hatte sie auch Mason und Shale beobachtet und war deshalb herübergekommen. Der Chefinspektor fragte noch, wie der Mann gekleidet war, und ihre Beschreibung klang ihm sehr vertraut: ein langer Mantel, der fast bis zur Erde reichte, ein schwarzer Filzhut und eine weiße Maske. Nur ein Kennzeichen war ihm neu: Der Mann hinkte stark. Er war nicht in einem Auto gekommen und entfernte sich auch zu Fuß. Die

Richtung, in der er verschwunden war, lag entgegengesetzt zu dem Weg, den die beiden Detektive eingeschlagen hatten.

Shale war heruntergekommen und hatte die Angaben der Frau mitstenographiert. Dann gingen die beiden Beamten in die Wohnung zurück und durchsuchten alles noch einmal eingehend in der Hoffnung, daß Weißgesicht noch etwas anderes als seine Handschuhe zurückgelassen hätte. Mason legte sie vorsichtig in einen Briefumschlag und steckte ihn ein.

»Eins ist jetzt klar«, meinte er. »Weißgesicht ist tatsächlich in Tidal Basin zu Hause.«

»Die Bewohner der Gegend sind fest davon überzeugt«, erwiderte Shale. »Die kleinen Diebe und Einbrecher hier verehren ihn geradezu!«

Mason kehrte etwas verwirrt zur Polizeiwache zurück. Die beiden Gegenstände, die zur weiteren Aufklärung des Verbrechens dienen konnten, hatte er in dem Safe eingeschlossen, und als er zurückkam, nahm er den Ring und die Glasröhre heraus. Dr. Rudd konnte ihm vielleicht etwas über den Inhalt der Ampulle sagen. Er öffnete die Tür und rief den diensttuenden Sergeanten.

»Dr. Rudd hat sich wohl schon schlafen gelegt?« fragte er.

»Nein. Vor einer Viertelstunde hat er angerufen und gesagt, daß er noch einmal auf die Wache kommen werde. Er habe eine Theorie, wer der Täter sei.«

Mason seufzte.

»Die wird ja wieder aufregend genug sein! Rufen Sie ihn an und bitten Sie ihn, gleich herzukommen. Erwähnen Sie aber nichts von der Theorie. Er soll feststellen, was für eine Medizin das ist.«

Dann betrachtete er den Rubinring durch ein Vergrößerungsglas, aber dadurch wurde er auch nicht klüger. Quigley wußte etwas von dem Ring, daran zweifelte er nicht im geringsten.

Der Sergeant vom Dienst öffnete die Tür wieder und schaute herein.

»Dr. Rudd ist schon vor fünf Minuten von seinem Haus fortgegangen. Außerdem ist eine Nachricht von Scotland Yard für Sie da.«

Es war eine Mitteilung vom Ermittlungsbüro. Man hatte den geheimnisvollen Donald identifiziert.

»Er heißt Donald Bateman«, berichtete ein Detektiv. »Vor drei Wochen ist er aus Südafrika angekommen. Er logiert im Little Norfolk Hotel in der Norfolk Street. Die Personalbeschreibung stimmt genau mit der überein, die Sie uns gegeben haben, Mr. Mason.«

»Er ist nicht zufällig gerade im Hotel?«

»Nein, wir haben uns erkundigt. Er ist heute abend im Gesellschaftsanzug ausgegangen und hat hinterlassen, daß er nicht vor Mitternacht zurückkommen werde. Seitdem ist er nicht wieder dort erschienen.«

»Geben Sie die Nachricht zum Erkennungsdienst durch«, sagte Mason. »Vielleicht haben wir ein Aktenstück über ihn. Vor allem schicken Sie einen Beamten ins Hotel. Wenn Bateman bis morgen früh um sieben nicht zurückkommt, sollen seine Koffer zum Cannon-Row-Revier gebracht werden. Ich komme dann hin und sehe sie an.«

Damit legte er auf.

»Nun wissen wir wenigstens den Namen. Hat Bray eigentlich schon angeläutet?« fragte er den Sergeanten.

»Nein.«

Mason ging in das Büro des Inspektors zurück und betrachtete wieder den Ring und die Glasröhre.

»Dieser Michael weiß alles über den Ring. Er ist ja fast umgefallen, als er ihn gefunden hat.«

»Woher mögen nur der Ring und die Ampulle gekommen sein?« fragte Shale.

»Wahrscheinlich hatte Bateman beide Gegenstände in der Hand, als er hinstürzte, und sie rollten dann in den Rinnstein. Sie wären auch nicht entdeckt worden, wenn Michael sie nicht gefunden hätte. Der Junge hat wirklich einen fabelhaften Instinkt für solche Dinge.«

Er schaute auf seine Uhr.

»Liegt die Wohnung Dr. Rudds eigentlich weit entfernt von hier?«

»Kaum vier Minuten zu gehen«, erwiderte Shale.

»Dann müßte er doch längst hier sein. Klingeln Sie noch einmal bei ihm an.«

Aber Dr. Rudds Haushälterin bestand darauf, daß er vor zehn Minuten gegangen sei.

»Dann halten Sie einmal auf der Straße Umschau, ob Sie ihn dort sehen«, beauftragte Mason den Sergeanten.

Er wurde plötzlich sehr ernst, denn er mißtraute den Theorien dieses Arztes; aber noch mehr mißtraute er dessen Geschwätzigkeit. Ein Mann, der dauernd sprach und dabei nur einen begrenzten Horizont hatte, mußte unweigerlich irgendwelche Geheimnisse ausplaudern, die die Polizei nicht bekannt werden lassen wollte. Mason hoffte nur, daß Rudd nicht unterwegs einen Freund getroffen hatte. Ungefähr zehn Minuten später kam Shale zurück. Er war bis zum Haus des Doktors gegangen, hatte aber nichts von ihm sehen können, obwohl der Weg verhältnismäßig kurz und übersichtlich war.

»Vielleicht ist er bei Dr. Marford. Rufen Sie einmal dort an.«

Aber auch Marford konnte keine Erklärung geben. Er sagte, er sei in seinem Arbeitszimmer gewesen und Rudd habe im Vorbeigehen an sein Fenster geklopft und ihm gute Nacht gewünscht.

»Er hat mich ordentlich erschreckt«, beschwerte sich Marford. »Ich hatte nicht die geringste Ahnung, wer es sein könnte, bis ich aufstand und die Vorhänge zurückzog.«

Seine Klinik lag kaum zweihundert Meter von der Polizeiwache entfernt, aber man konnte den Weg noch um fünfzig Meter abkürzen, wenn man durch Gallows Alley ging. Da aber nur die heruntergekommenen Leute, die dort wohnten, diese schmutzige, verrufene Gasse benutzten, war anzunehmen, daß Rudd den längeren Weg gewählt hatte.

In Gallows Alley besaß ein Chinese ein kleines Haus, in dem er unglaublich viele Landsleute einquartiert hatte. In einem anderen Haus lebten vier bis fünf italienische Familien zusammen, und auch in den übrigen Wohnungen hausten Menschen der verschiedensten Nationalität. Man sagte, daß die Polizisten diese Gasse nur zu zweit abpatrouillierten. Aber das stimmte nicht. Sie gingen überhaupt nicht hin, oder höchstens dann, wenn ein Mord aufzuklären war.

Dr. Marford war einer der wenigen Leute, die tags und nachts die Gasse unangefochten passieren durften. Er hätte allerdings haarsträubende Dinge erzählen können, die er in dem engen Durchgang gesehen und gehört hatte. Aber er schwieg darüber.

»Ich glaube nicht, daß er diesen Weg benützt hat«, erwiderte Marford auf Masons Frage. »Aber wenn Sie einen Zweifel haben, will ich auf jeden Fall einmal selbst nachsehen.«

Wieder verging eine halbe Stunde, ohne daß eine Nachricht kam. Viertel vor zwei schickte Chefinspektor Mason alle Reserven aus, um nach dem Doktor zu suchen. Auf telefonischen Anruf kamen Polizeimotorboote, die die Wasserseite abpatrouillierten. Aber es war nichts von Rudd zu entdecken. Er war verschwunden, als ob ihn die Erde verschluckt hätte.

Diese Situation fand Mike Quigley vor, als er auf der Wache erschien. Er ging sofort zu Mason und erzählte ihm offen, was er von dem Ring wußte. Der Chefinspektor hörte ihm resigniert zu.

»Warum haben Sie mir das nun verheimlicht? Das konnten Sie doch wirklich gleich sagen. Daß der Mann Donald Bateman heißt, habe ich allerdings inzwischen auch selbst herausgebracht. Allmählich kommt schon etwas Licht in die Sache – hallo, Doktor!«

Es war Marford, der sich nach seinem Kollegen erkundigen wollte.

»Wir haben immer noch nichts gehört«, sagte Mason. »Wahrscheinlich hat er entdeckt, daß der Mörder ein Ire war, und ist mit dem Nachtdampfer nach Irland gefahren, um den Mann dort aufzutreiben. Nehmen Sie Platz und trinken Sie Kaffee mit uns.« Er schob ihm eine dampfende Tasse hin. »Mir ist es jetzt auch gleich, wohin er gegangen ist. Ich bin müde. Wenn nur wenigstens dieser Mr. Landor beizeiten nach Hause käme und die Wahrheit erzählen würde! Dann hätten wir am Morgen alle Fäden in der Hand. Aber wenn er seinen Paß und seine dreitausend Pfund in einem Privatflugzeug nach dem

Kontinent geschafft hat, bleibt dieser Mord wohl unaufgeklärt. Dann können die Zeitungsreporter wieder ihre Federn wetzen.«

Dr. Marford trank seinen Kaffee aus und ging bald darauf wieder, denn die zweite Geburt war fällig.

Mason begleitete ihn zur Tür.

»Haben Sie sich noch weiter mit dem Fall beschäftigt?« fragte er.

»Ja. Und ich habe jetzt nicht nur eine Theorie, sondern eine feste Überzeugung. Ich kann den Beweis nicht erbringen, aber ich glaube, ich kann sagen, wer der Mörder ist.«

»Ich möchte nur wissen, ob Sie an dieselbe Person denken wie ich.«

Marford lächelte.

»Um seinetwillen hoffe ich das nicht.«

»Das heißt also, daß Sie uns das Resultat Ihrer Schlußfolgerungen nicht mitteilen wollen?«

»Ich bin Arzt und kein Detektiv.«

Mason kam ins Büro zurück und wärmte seine Hände am Kamin.

»Noch keine Nachricht von Bray oder Elk gekommen?«

Er schaute auf seine Uhr, die halb drei zeigte. Fast begann er daran zu zweifeln, daß Mr. Landor jemals in seine Wohnung zurückkehren würde.

Schließlich machte er sich in Quigleys Begleitung auf den Weg nach Gallows Alley. Es regnete nicht mehr, aber die Stärke des Windes hatte nicht abgenommen.

Der Eingang in die enge Gasse sah düster und abstoßend aus, und das kalte Licht einer einsamen Straßenlaterne verstärkte nur den unheimlichen Eindruck. Als die beiden weitergingen, hörten sie plötzlich die heisere Stimme einer Frau, die ein Spottlied auf die Polizei sang.

Mason hatte sich schon immer gewundert, wie gut diese Leute im Dunkeln sehen konnten.

»Sie sind wie die Ratten«, sagte Mike, der seine Gedanken erraten hatte.

Sie hörten wieder Kichern und höhnisches Lachen.

»Sie scheinen überhaupt nicht zu schlafen«, erwiderte Mason verzweifelt. »Es war zu meiner Zeit dasselbe. Man konnte tags oder nachts durch die Gasse gehen, man wurde immer von irgend jemand beobachtet.«

Plötzlich drehte er sich um und rief einen Namen. Eine verschwommene Gestalt löste sich aus dem Dunkel.

»Ich dachte mir doch, daß Sie es sind«, sagte Mason. »Wie geht es denn?«

»Schlecht, Mr. Mason, sehr schlecht«, erwiderte eine weinerliche Stimme.

»Haben Sie Dr. Rudd heute nacht gesehen?«

»Den Polizeidoktor? Nein, Mr. Mason, wir haben ihn nicht gesehen. Niemand kommt die Gasse entlang. Alle fürchten sich, die Leute hier aufzuwecken!«

Wieder Kichern und höhnisches Lachen.

Vor Nr. 9 machte Mason halt. Ein Mann lehnte mit dem Rücken an der Haustür und schnarchte. Er hatte eine alte Decke über seine Knie gelegt, und irgendein Spaßvogel hatte eine leere Blechbüchse über seinem Kopf aufgehängt.

»Wenn sie nicht herunterfällt und ihn aufweckt, wird ihm der alte Wicks einen gehörigen Denkzettel geben, wenn er ihn hier findet!« meinte Mason. »Da reden die Leute immer über die Chinesen im Osten. Aber sie sind wirklich die einzigen anständigen Leute in Gallows Alley, mit Ausnahme des alten Gregory.«

Sie gingen den Weg zurück, den sie gekommen waren, und stießen wieder auf den Mann, mit dem Mason vorher gesprochen hatte.

»Weißgesicht ist heute abend wieder unterwegs, Mr. Mason«, sagte er.

»So?« entgegnete der Chefinspektor höflich.

»Sie behandeln uns nicht richtig, Mr. Mason. Sie kommen immer hierher und erwarten, daß wir alles für Sie auskundschaften sollen. Und wenn Sie uns besser behandelten, würden Sie auch etwas hören. Was ist denn mit dem alten Gregory los? Das wissen Sie nicht, wie? Und sonst weiß es auch niemand.«

Mit dieser geheimnisvollen Bemerkung verschwand er.

»Der Mann ist verrückt. Nein, ich kenne seinen Namen nicht. Aber er ist wirklich verrückt. Zum Teufel, was soll denn mit dem alten Gregory los sein?«

Mike wußte das auch nicht. Er kannte den Chauffeur natürlich, denn Gregory Wicks war eine stadtbekannte Persönlichkeit.

Mason wurde nervös. Ein Detektiv hat ein instinktives Empfinden dafür, ob das, was er hört, wahr ist. Und Mason hatte das Gefühl, daß hinter der Andeutung des Mannes etwas steckte. Denn von Gregory Wicks schlecht zu sprechen oder ihn gar zu verdächtigen, war in gewissem Sinne Verrat.

11

Das Telefon hatte häufig in Landors Wohnung geläutet; die wartenden Detektive konnten es auf der Straße hören. Sicher stand irgendwo ein Fenster offen.

»Mason ist nervös geworden«, sagte Elk, »sonst würde er nicht so oft anrufen. Ich weiß überhaupt nicht, warum ich hier herumstehe. Es ist doch alles Unsinn. Manchmal bekommt man wirklich verrückte Aufträge.«

»Sie haben hier Wache zu halten, weil Sie von Ihrem Vorgesetzten den Befehl dazu bekommen haben«, erwiderte Inspektor Bray gewichtig.

Elk stöhnte.

»Es ist zu schade, daß Sie keinen Sinn für das Wesentliche haben!«

»Das klingt nicht sehr respektvoll«, entgegnete Mr. Bray ernst. »Wieviel Beamte bewachen das Haus eigentlich? Die beiden Landors dürfen uns nicht entkommen.«

»Ich habe niemand aufgestellt, aber mein Vorgesetzter hat drei Leute abkommandiert und also auch die Verantwortung übernommen. Wenn ich was zu sagen hätte, wären die Leute natürlich anders verteilt worden. Aber man hat mir ja erklärt, daß ich mich um meine eigenen Angelegenheiten kümmern sollte.«

»Ich habe nichts dergleichen geäußert«, sagte Bray heftig.

»Aber Sie haben es so gemeint!«

Bray sah die Straße ängstlich auf und ab. Er war selbst nicht in der besten Stimmung, da Mason den Fall übernommen hatte. Kein Beamter der Kriminalpolizei arbeitete gern unter dem Chefinspektor, denn er war ein strenger Vorgesetzer und verzieh seinen Untergebenen keinen Fehler. Und bei der Aufklärung dieses Mordes würde er überhaupt keine Entschuldigung gelten lassen. Es war also besser, Elk zu beruhigen, der bei Mason einen Stein im Brett hatte.

»Wenn ich Sie heute etwas angefahren habe, Elk, so tut mir das leid«, sagte er freundlich. »Aber dieser Mord hat mich furchtbar aufgeregt. Wie hätten Sie denn die Posten verteilt?«

»Ich hätte vor allem hinten im Hof einen Mann aufgestellt«, entgegnete Elk prompt. »Dort ist eine Feuerleiter, auf der man leicht in die Wohnung gelangen kann.«

Der Sergeant wollte gerade einen vollständig nutzlosen Posten am Ende der Straße einziehen, als plötzlich ein Auto um die Ecke bog und vor der Haustür hielt. Von dem Vorgarten des gegenüberliegenden Hauses aus beobachteten die Beamten, daß eine Dame ausstieg.

»Sieht so aus, als ob das Mrs. Landor wäre – meinen Sie nicht auch, Elk?«

»Ja, das ist sie. Ich habe sie schon irgendwo gesehen.«

Die Dame bezahlte den Chauffeur, der langsam wieder davonfuhr. Dann schaute sie sich ängstlich nach allen Seiten um, und als sie niemand entdecken konnte, steckte sie rasch den Schlüssel in die Haustür. Sie hatte eigentlich geglaubt, daß die Straße von Polizisten wimmeln würde. Eilig stieg sie die Treppe zum ersten Stock hinauf, schloß die Tür und ging in ihre Wohnung.

Zuerst sah sie sich im Schlafzimmer um, und ihr Herz wurde schwer, als sie bemerkte, daß er noch nicht zurückgekommen war. Was sollte sie nun tun? Was konnte sie tun? Mit einem tiefen Seufzer legte sie ihren Ledermantel und ihren Hut ab.

Im Osten Londons war ein Mord passiert. Sie hatte die letzte Nachtausgabe gelesen und hatte auch beim Abendessen im Restaurant gehört, daß sich die Leute an den Nebentischen darüber unterhielten. Wenn sie beide ausgegangen waren, trafen sie sich gewöhnlich abends bei Elford. Aber heute war er nicht gekommen. Sie hatte gewartet, bis das Lokal geschlossen wurde. Dann war sie noch in ein elegantes Nachtcafé gegangen, das sie manchmal besuchten, wenn er sehr spät kam. Aber auch dort war er nicht zu finden. Schließlich war sie verzweifelt nach Hause gefahren. Sie hatte nicht gewagt, die letzten Zeitungen zu kaufen, die um Mitternacht herauskamen, denn sie fürchtete ...

Sie fuhr schaudernd zusammen. Ob Dr. Marford etwas verraten hatte? Der Mann war so freundlich und mitfühlend gewesen. Wie hatte sie nur so töricht sein können, einen Streit zwischen zwei Dockarbeitern so ernst zu nehmen! Vielleicht war das auch der Mord, von dem die Zeitungen berichteten.

Sie hatte Marford zuviel erzählt, Dinge, die sie ihrer eigenen Mutter nicht gesagt hätte. Und dann bereute sie bitter, was sie getan hatte. Es war Wahnsinn, auf die Straße zu laufen und nach ihrem Mann zu suchen. Wenn tatsächlich etwas geschehen sollte, durfte sie nicht gleich an das Schlimmste denken. Sie hatte ihn durch ihr Verhalten in Verdacht gebracht.

Sie zog ihren Morgenrock an und ging in dem dunklen Wohnzimmer auf und ab, um ruhiger zu werden. Vier Jahre war sie nun glücklich mit ihrem Mann verheiratet, und jetzt drohte alles zusammenzubrechen.

Sie glaubte Schritte in der Diele zu hören, öffnete die Tür und lauschte. Wieder vernahm sie ein leises Krachen und Knacken. Eine Fußbodendiele war lose. Sie hatte sie schon lange reparieren lassen wollen.

»Bist du es, Louis?« flüsterte sie.

Aber sie erhielt keine Antwort. Sie hörte nur das Ticken der Uhr in der Diele und das ferne Surren eines Motors.

»Louis – bist du es?« fragte sie noch einmal lauter.

Aber sie mußte sich getäuscht haben, denn es rührte sich nichts. Sie ließ die Tür angelehnt, trat ans Fenster und zog die Vorhänge vorsichtig beiseite, um hinauszuschauen. Aber sie konnte nichts erkennen, denn das Fenster ging auf den Hof.

Nach einer Weile hörte sie ein schwaches Klopfen. Die Stille in der Wohnung war so tief, daß es unheimlich durch die Zimmer klang. Auf Zehenspitzen schlich sie sich in die Diele und horchte. Es klopfte wieder.

»Wer ist da?« fragte sie leise.

»Louis.«

Ihr Herz schlug zum Zerspringen. Sie ließ ihn vorsichtig herein und schloß die Tür hinter ihm.

»Mach doch Licht, Liebling.«

Seine Stimme klang gequält und matt. Es war ihr, als ob er eine lange Strecke gelaufen und noch nicht wieder zu Atem gekommen wäre.

»Warum sitzt du im Dunkeln? Mach doch Licht.«

»Warte einen Augenblick.«

Sie zog erst die Plüschvorhänge vor und schloß die Tür.

Louis Landor sah bleich aus, und unter dem einen Auge hatte er einen blauen Flecken. Sie starrte ihn entsetzt an.

»Was ist geschehen?«

Er schüttelte ungeduldig den Kopf.

»Nicht viel. Ich habe nur ein paar furchtbare Stunden hinter mir. Bitte, bringe mir doch ein Glas Wasser.«

»Soll ich dir nicht lieber etwas Wein geben?«

»Nein, Wasser.«

Sie ging rasch aus dem Zimmer, und als sie wiederkam, sah er auf einen Gürtel, in dem noch ein Messer in einer ziselierten Scheide steckte.

»Wir müssen sehen, daß wir das Ding irgendwie loswerden«, sagte er.

»Das Messer?«

»Ja.«

Er zeigte auf die Stelle, wo der zweite Dolch gesteckt hatte.

Sie fragte ihn nicht nach den Gründen, aber ihre letzte Hoffnung schwand bei seinen Worten. Sie wollte so viel von ihm wissen, aber sie wagte nicht, ihre Befürchtungen in Worte zu kleiden. Nur über nebensächliche Dinge konnte sie sprechen.

»Ich dachte, ich hätte dich schon vor ein paar Minuten gehört. Warst du nicht vorher schon einmal da?«

»Nein.«

»Warum hast du denn geklopft?«

Er biß sich auf die Unterlippe.

»Ich habe meinen Schlüssel verloren. Ich weiß nicht, wo er geblieben ist – irgendwo.«

Er trank den Rest des Wassers aus und stellte das Glas auf den kleinen Schreibtisch.

»Ich könnte aber darauf schwören, daß vor ein paar Minuten jemand die Tür geschlossen hat. Ich ging in die Diele und rief dich beim Namen.«

Er lächelte und legte seinen Arm um ihre Schulter.

»Du wirst nervös, Inez. Hast du hier im Dunkeln auf mich gewartet?«

Sollte sie ihm alles sagen? Es war jetzt nicht die Zeit, sich gegenseitig kein Vertrauen entgegenzubringen.

»Ich habe nach dir Ausschau gehalten.« Sie ergriff seinen Arm. »Louis, du hast dich doch nicht in einen Kampf eingelassen? Du hast doch nicht . . .«

Er antwortete nicht sofort.

»Ich weiß es nicht«, sagte er dann unsicher.

»Bevor ich das Restaurant verließ, habe ich hier angerufen, weil ich hoffte, daß du heimgekommen seist! Es meldete sich aber niemand, und dann fiel mir ein, daß das Mädchen ja nicht ins Haus kommen konnte. Ich vermutete, daß sie zu ihrer Schwester gegangen war, und rief sie dort an.« Ihre Lippen zitterten. »Louis, die Polizei war hier.«

Er schwieg, und ihre Angst stieg aufs höchste.

»Louis – ist etwas passiert?«

Er strich die langen, schwarzen Haare zurück.

»Ich weiß nicht – ja – ich weiß es, aber ich bin mir nicht darüber klar, wie weit ich daran schuld bin. Als ich ihm nachging, verlor ich ihn aus den Augen, aber ich hatte eine Ahnung, daß ich ihn irgendwo im Westen treffen würde, und ich hatte recht.«

»Hast du mit ihm gesprochen?«

Er schüttelte den Kopf.

»Nein. Er saß mit einer jungen Dame im Auto. Sie sah sehr

hübsch aus. Ein armes, dummes Ding, das sich von ihm den Kopf hat verdrehen lassen. Sie arbeitet als Krankenschwester bei Marford.«

Sie schaute ihn erstaunt an.

»Marford – doch nicht Dr. Marford in Tidal Basin?«

»Woher weißt du denn das?« fragte er verblüfft. »Ja, er hat eine Klinik dort. Morgen suche ich das Mädchen auf und sage ihr die Wahrheit über Donald Bateman. Ich folgte den beiden in einem Auto bis zur Bury Street und dann zu seinem Hotel. Ich wollte ihn allein sprechen, ohne einen Skandal hervorzurufen, aber ich fand keine Gelegenheit dazu. Natürlich wollte ich meine Karte nicht durch einen Kellner in sein Zimmer schicken, und ich wartete deshalb, bis er wieder herauskam.

Er ging dann in ein kleines, dichtbesetztes Restaurant, und dort traf er sich mit einer anderen Frau. Sie sah auch hübsch aus, aber ihre Stimme klang ziemlich gewöhnlich. Ich glaube, er hat mich heute nachmittag erkannt. Nun mußte ich wieder warten, bis er sich von seiner neuen Begleiterin getrennt hatte. Nach dem Essen fuhren sie in einem Auto weg, und ich folgte ihnen nach Tidal Basin. Dort ging sie mit ihm in ein Haus, und ich rief dich an. Du bist mir doch nicht etwa nachgegangen, Liebling?«

Sie nickte niedergeschlagen.

»Ich hatte das unangenehme Gefühl, daß du das tun würdest. Aber das war doch heller Wahnsinn!«

»Ich weiß es. Aber erzähle weiter. Was ist dann passiert?«

Er bat sie, ihm noch ein Glas Wasser zu bringen, und sie erfüllte seinen Wunsch.

»Er kam allein aus dem Haus, und ich folgte ihm in eine Straße, die auf der einen Seite von einer langen Mauer begrenzt wird. Ich wollte gerade auf ihn zugehen, als ich sah, daß die Frau ihm nachlief. Sie sprach noch kurze Zeit mit ihm, dann trennten sie sich. Jetzt war der günstige Augenblick gekommen. Niemand war in Sicht, und ich näherte mich ihm –«

»Er hatte das Messer?« unterbrach sie ihn.

Er lächelte müde.

»Ich gab ihm keine Gelegenheit, es zu gebrauchen.«

Sie hatte die Beule in seinem Gesicht wohl gesehen, aber sie hatte nicht gewagt, ihn zu fragen, wie er dazu gekommen war. Es war auch so unwichtig im Vergleich zu der anderen entsetzlichen Möglichkeit.

»Ich versetzte ihm einen Kinnhaken, und er stürzte wie ein Holzklotz zu Boden. Aber als ich ihn vor mir liegen sah, packte mich eine furchtbare Angst. Auf der andern Seite der Straße sah ich ein rotes Licht – es muß Marfords Haus gewesen sein, und ich glaube, er stand selbst unter der Tür. Ich lief davon, aber es kam gerade ein Polizist auf mich zu. Da entdeckte ich plötzlich neben mir ein großes Tor mit einer kleinen Tür. Durch einen glücklichen Zufall war sie nicht verschlossen. Ich schlüpfte durch und kam in den Hof eines Warenlagers. Die Polizei durchsuchte später das Grundstück, aber es gelang mir, mich hinter ein paar Packkisten zu verstecken.«

»Die Polizei?« fragte sie atemlos. »Warum haben die Leute denn das Grundstück durchsucht? Ist Donald ...«

Er nickte.

»Tot?«

Er nickte wieder.

»Die Polizeibeamten waren auch hier?« fragte er dann.

»Ja. Sie haben das Mädchen ausgefragt. Ich weiß nicht, was sie ihnen gesagt hat.«

Er stand auf, ging zu dem kleinen Schreibtisch und faßte in die Tasche.

»Ich habe meine Schlüssel verloren.«

Sie nahm ein kleines Lederetui aus ihrer Handtasche und reichte es ihm. Er öffnete eine der Schubladen und zog ein dickes Päckchen heraus.

»Ich glaube, es verwahren nur wenige Leute dreitausend Pfund in ihrer Wohnung.« Er sprach jetzt vollkommen ruhig. »Was auch immer geschehen mag, morgen wollen wir über die Grenze. Wenn mir etwas zustoßen sollte, nimmst du das Geld an dich und fährst fort.«

Sie klammerte sich entsetzt an seinen Arm.

»Was könnte dir denn zustoßen, Louis? Du hast ihn doch nicht getötet – das Messer ...«

Er machte sich unwillig von ihr frei.

»Ich weiß nicht, ob ich ihn getötet habe. Nun höre aber gut zu. Du mußt jetzt deinen Verstand zusammennehmen. Selbst wenn dieser Erpresser alles gesagt haben sollte, kann man dir nichts tun. Aber ich möchte dir alle Unannehmlichkeiten der Verhöre vor dem Polizeigericht und so weiter ersparen.«

Plötzlich vernahm sie ein Geräusch.

»Es kommt jemand die Treppe herauf«, flüsterte sie. »Geh schnell ins Schlafzimmer – schnell!«

Als er zögerte, schob sie ihn in den anderen Raum, eilte dann zur Tür und lauschte. Sie konnte flüsternde Stimmen hören. Rasch ging sie ins Wohnzimmer zurück, schaltete die Leselampe ein und öffnete mit zitternden Händen ein Buch. Sie zog gerade noch einen kleinen Nähtisch an das Sofa, als es laut klopfte. Einen Augenblick betrachtete sie sich in dem großen Spiegel, der in der Diele stand, puderte sich schnell und öffnete dann die Tür.

Draußen standen zwei große Herren, die sie mit düsteren Blicken betrachteten. Das Schicksal erfüllte sich.

»Wer sind Sie?« fragte sie beherrscht.

»Detektivinspektor Bray von der Kriminalpolizei«, sagte Bray förmlich. »Und dies ist Detektivsergeant Elk.«

»Guten Abend, Mrs. Landor.«

Es war charakteristisch für Elk, daß er sofort die Führung des Gesprächs übernahm. Er besaß die Liebenswürdigkeit eines Mannes, der großes Selbstvertrauen hat.

»Bitte, kommen Sie herein«, sagte sie.

Sie traten in die Diele, und es fiel ihr auf, daß keiner den Hut abnahm.

Sie gab sich die größte Mühe, gleichgültig zu erscheinen und einen fröhlichen Ton in ihre Stimme zu legen.

»Ich hätte eigentlich gleich erkennen sollen, daß ich Detektive vor mir habe«, meinte sie. »Ich habe schon so viele auf der Leinwand gesehen, und daher weiß ich, daß sie nie den Hut abnehmen.« Sie lächelte.

Mr. Bray faßte diese Worte als Vorwurf auf, Elk war dagegen offensichtlich belustigt.

»Ein Detektiv, der seinen Hut abnimmt, Mrs. Landor, ist nur ein Detektiv mit einer Hand – mit anderen Worten, eine seiner Hände ist gerade in dem Augenblick beschäftigt, in dem er sie beide braucht.«

»Ich hoffe, daß Sie keine Hand brauchen«, erwiderte sie. »Wollen Sie nicht Platz nehmen? Kommen Sie Joans wegen?«

Es war häßlich von ihr, das ehrliche und anständige Dienstmädchen zu verdächtigen, aber im Moment fiel ihr nichts anderes ein.

»Aber wir wollen leise sein. Mein Mann schläft schon.«

»Dann ist er aber sehr schnell eingeschlafen, Mrs. Landor«, sagte Bray. »Er ist doch erst vor ein paar Minuten gekommen.«

Sie zwang sich zu einem Lächeln.

»Vor ein paar Minuten? Das ist ganz ausgeschlossen! Er ist schon um zehn zu Bett gegangen.«

»Verzeihen Sie, ist dann noch ein anderer Herr in die Wohnung gekommen?«

Sie schüttelte den Kopf.

»Kommen nicht manchmal Einbrecher die Feuerleiter herauf?«

Sie lachte über diese Frage.

»Ich weiß wirklich nicht, welchen Weg die Einbrecher nehmen. Aber ich selbst benütze die Feuerleiter niemals, und ich hoffe auch nicht, daß ich sie jemals benützen muß!«

Elk lächelte.

»Wir möchten Ihren Mann sprechen«, sagte er nach einer kurzen Pause. »Ist das sein Zimmer?« Er zeigte auf eine Türe.

Sie hatte sich an den Tisch gesetzt, auf dem das offene Buch lag, und die Hände im Schoß gefaltet, um ihre Erregung nicht zu verraten. Aber jetzt erhob sie sich rasch.

»Nein, das ist das Mädchenzimmer, das Schlafzimmer liegt hier. Aber ich möchte ihn nicht gern stören, er fühlt sich nicht wohl, weil er auf der Straße gestürzt ist.«

»Das tut mir leid«, entgegnete Elk. »Also hier ist das Zimmer?«

Sie antwortete nicht, sondern ging zur Schlafzimmertür und klopfte an.

»Louis, es sind ein paar Herren da, die dich sprechen wollen.«

Er kam sofort heraus, und zwar ohne Rock und Kragen, aber es war ohne weiteres zu erkennen, daß er sich nicht angezogen hatte, sondern im Ausziehen begriffen war.

»Ach, bist du gerade aufgestanden?« fragte sie schnell.

Elk schüttelte vorwurfsvoll den Kopf.

»Es wäre mir lieber, Sie würden nicht allerhand andeuten, was nicht mit den Tatsachen übereinstimmt, Mrs. Landor. Nehmen Sie das als freundschaftlichen Rat.«

Louis Landor schaute von einem zum andern. Inez hatte ihm das Wort »Detektive« zugeflüstert, aber er brauchte diese Erklärung nicht. Inspektor Bray machte wieder eine Anstrengung, das Verhör zu führen.

»Ich habe Grund zu der Annahme, daß Sie einen Herrn kennen, der augenblicklich im Little Norfolk Hotel in der Norfolk Street logiert. Er heißt Donald Bateman.«

»Nein«, sagte Inez schnell.

»Ich frage Ihren Mann«, wies Bray sie scharf zurecht.

»Nun, was haben Sie darauf zu erwidern, Mr. Landor?«

Er zuckte die Schultern.

»Ich habe keinen persönlichen Bekannten, der Donald Bateman heißt.«

Elk griff wieder ein.

»Wir wollen ja auch gar nicht wissen, ob Sie persönlich mit dem Mann bekannt sind, Mr. Landor. Das ist ganz belanglos. Aber haben Sie jemals von einem Donald Bateman gehört oder mit ihm in Verbindung gestanden? Er kam in den letzten Wochen aus Südafrika hierher. Bevor Sie antworten, möchte ich Ihnen sagen, daß Inspektor Bray und ich die näheren Umstände aufklären wollen, unter denen dieser Mann in der Endley Street in Tidal Basin heute abend um zehn seinen Tod fand.«

»Ist er tot?« fragte Louis. »Wie starb er?«

»Er wurde erstochen«, entgegnete Bray.

Er sah, daß die Frau leicht schwankte.

»Davon weiß ich nichts«, erklärte Louis. »Ich habe niemals ein Messer gegen einen Menschen erhoben.«

Elk betrachtete die Wände eingehend und trat einen Schritt näher. Dann nahm er den Ledergürtel herunter und legte ihn auf den Tisch.

»Was ist denn das hier?« fragte er und zeigte auf das Messer.

»Ein Dolch, den ich aus Südamerika mitgebracht habe«, sagte Louis sofort. »Ich hatte eine Farm dort.«

»Gehört er Ihnen?«

Louis nickte.

»Früher steckten zwei Dolche in dem Gürtel«, meinte Elk. »Wo ist der andere geblieben?«

»Wir haben ihn verloren«, antwortete Inez schnell. »Louis hat ihn verloren. Wir haben ihn schon seit langer Zeit nicht mehr – er ist gar nicht in diese Wohnung mitgekommen.«

Elk fuhr mit dem Finger über den Gürtel.

»Er ist ziemlich verstaubt. Es müßte also auch Staub in dem leeren Halter sein, wenn Ihre Angaben stimmen. Wenn sie aber nicht stimmen, dann war noch heute ein zweites Dolchmesser in dem Gürtel . . .«

Er steckte den Finger in die Öffnung und zog ihn vollkommen sauber wieder heraus.

»Ich habe ihn heute morgen erst abgestaubt«, entgegnete sie verzweifelt.

Elk lächelte. Er konnte ihr seine Bewunderung nicht versagen.

»Aber Mrs. Landor!« meinte er vorwurfsvoll.

»Nun, Sie wollen doch die Wahrheit hören!« Sie war dem Zusammenbruch nahe. »Sie dürfen keine Schlußfolgerungen ziehen, ohne daß ich Ihnen eine Erklärung gegeben habe! Großer Gott, habe ich nicht schon genug durch diesen Mann gelitten!«

»Durch welchen Mann?« fragte Bray scharf.

Sie schwieg.

»Durch welchen Mann, Mrs. Landor?«

Louis Landor hatte inzwischen sein Selbstvertrauen wiedergefunden.

»Meine Frau fühlt sich nicht ganz wohl«, sagte er. »Ich bin lange ausgeblieben, und sie hat sich große Sorgen gemacht.«

»Welchen Zweck hat es denn, etwas zu verheimlichen, was vollkommen klar ist?« fragte Elk. »Ihre Frau hat doch Donald Bateman gekannt?«

Louis antwortete nicht.

»Ich will einmal ganz offen mit Ihnen sprechen«, fuhr Elk fort. »Ich sagte Ihnen schon, daß wir den Mord an diesem Mann aufklären wollen. Das ist unsere Pflicht. Wir fragen weder Sie noch Ihre Frau noch sonst jemand, warum Donald Bateman ermordet worden ist. Verstehen Sie das recht, Mr. Landor. Der einzige Mensch, den wir fassen wollen, ist der Mörder. Alle anderen Leute, die den Mord nicht begangen haben, brauchen wir nicht, selbst wenn sie etwas von ihm wissen. Wenn Sie oder Ihre Frau oder Sie beide schuldig sind, werden Mr. Bray und ich und sämtliche Beamten von Scotland nicht eher ruhen, als bis Sie vor Gericht stehen. Und dann würde Ihnen nur recht geschehen. Wenn Sie aber nicht schuldig sind, wollen wir alles tun, um Sie von dem Verdacht zu entlasten. Sie können uns nur dadurch helfen, daß Sie die Wahrheit sagen.«

»Wir haben doch die Wahrheit gesagt«, erwiderte Inez atemlos.

»Nein, das haben Sie nicht getan.« Elk schüttelte den Kopf. »Ich habe es auch gar nicht erwartet. Die Wahrheit verbirgt sich in solchen Fällen gewöhnlich unter einer Menge von Lügen! Was wollen Sie uns denn verheimlichen, Mrs. Landor? Darauf läuft doch alles hinaus. Sie verbergen etwas, und ihr Mann auch, und wahrscheinlich ist es etwas ganz Nebensächliches.«

»Ich verberge doch nichts«, sagte sie.

»Sie haben Donald Bateman also gekannt?«

»Ich kann mich nicht auf ihn besinnen«, entgegnete sie.

»Sie kannten ihn.« Elk war unendlich geduldig, und als sie den Kopf schüttelte, steckte er die Hand langsam in seine Brusttasche. »Ich möchte Ihnen keine unangenehme Überraschung bereiten, Mrs. Landor, aber ich habe hier eine Fotografie, eine Blitzlichtaufnahme des Mannes, die nach seinem Tode gemacht wurde.«

Sie schrak zurück und streckte abwehrend die Hände aus. »Ich will sie nicht sehen! Nein! Es ist entsetzlich ... Sie haben nicht die Erlaubnis, mir derartige Dinge zu zeigen ... ich will sie nicht sehen!«

Louis legte den Arm um sie, drückte ihr Gesicht an seine Wange und flüsterte ihr etwas zu, das sie sofort beruhigte. Dann streckte er die Hand aus.

»Vielleicht könnte ich den Mann identifizieren«, sagte er. »Ich kenne die meisten Bekannten meiner Frau.«

Elk nahm einen Briefumschlag aus der Tasche und zog einen noch feuchten Abzug heraus. Es war ein fürchterlicher Anblick, aber Landors Hand zitterte nicht, als er die Fotografie hielt.

»Ja, meine Frau hat diesen Mann vor langen Jahren einmal gekannt. Sie war damals noch ein Mädchen.«

»Wann haben Sie ihn zuletzt gesehen?« fragte Bray.

Louis Landor dachte nach.

»Vor ein paar Jahren.«

»Er ist erst vor kurzer Zeit in London angekommen«, entgegnete Bray eisig.

»Er mag jedes Jahr nach England gekommen sein«, erwiderte Louis mit einem leichten Lächeln.

»Wie nannte er sich früher, Mrs. Landor?«

Sie hatte sich jetzt wieder gefaßt, und ihre Stimme klang ruhiger.

»Ich kannte ihn unter dem Namen Donald. Er war eben – ein Bekannter.«

»Aber Mrs. Landor, Sie sagen uns doch auch die reine Wahrheit?« fragte Elk. »Kurz vorher haben Sie noch geklagt, daß Sie soviel durch diesen Mann gelitten hätten. Das kann doch nicht stimmen, wenn er nur ein Bekannter war und Sie ihn nur als Donald kannten!«

Sie schwieg.

»Er war doch sicher sehr eng mit Ihnen befreundet?«

Sie holte tief Atem.

»Ja, ich glaube. Aber ich möchte nicht darüber sprechen.«

»Inez! Diese Leute sollen nicht denken ...«

Elk unterbrach ihn.

»Es ist ganz gleich, was wir denken, Mr. Landor. Wir fassen solche Dinge sehr objektiv auf, wenigstens ich. Sie kannten Bateman schon, bevor Sie Ihren Mann kennenlernten, oder sind Sie erst später mit ihm zusammengekommen, Mrs. Landor?«

»Nein, es war vorher«, erwiderte sie.

»Bedeutete er Ihnen – sehr viel?«

Es fiel Elk schwer, diese heikle Frage in die richtigen Worte zu kleiden, und er sah, daß Mr. Landor die Farbe wechselte.

»Sie sind sehr beleidigend«, sagte Louis und warf ihm einen finsteren Blick zu.

Elk schüttelte müde den Kopf.

»Nein, das bin ich wirklich nicht. Heute abend ist ein Mann ermordet worden, und ich habe das Bestreben, den Täter hinter Schloß und Riegel zu bringen. Das ist nur dadurch zu erreichen, daß ich alle möglichen unschuldigen Leute scharf ausfrage. Die empfinden das natürlich als beleidigend. Aber bedenken Sie doch, der Mann ist mitten durchs Herz gestochen, und der Mörder hat ihn steif und leblos auf einer Straße in Tidal Basin liegenlassen. Ist das nicht entsetzlich? Wie soll ich denn den Mord aufklären, wenn ich keine Fragen stellen darf? Wußten Sie, daß Donald Bateman in London war?« wandte er sich wieder an Inez.

»Nein.«

»Sie behaupten also, nicht zu wissen, daß er seit einigen Tagen in London war?« unterbrach Bray das Verhör ungeduldig.

»Ja.« Ihre Stimme klang trotzig.

»Mrs. Landor, Sie sind in den letzten Tagen sehr unglücklich gewesen«, sagte Elk. »Ihr Dienstmädchen hat uns alles erzählt. Dienstboten sind immer mitteilsam, besonders wenn es sich um eheliche Differenzen handelt.«

»Ich habe mich nicht wohl gefühlt«, erwiderte sie.

»Hängt das damit zusammen, daß Sie Donald Bateman gesehen hatten – den Mann, durch den Sie schon soviel gelitten haben?«

»Nein.«

»Oder Sie?« wandte sich Bray an Louis.

»Nein«, antwortete Landor.

»Heute abend zum Beispiel?« fragte Elk weiter. »Haben Sie nicht Donald Bateman oder einen Mann gesehen, der der Beschreibung entspricht?«

»Nein.«

»Waren Sie heute abend in der Nähe von Tidal Basin? Bevor Sie antworten, möchte ich Sie zur Vorsicht mahnen. Überlegen Sie es sich genau.«

»Nein.«

Elk zog einen kleinen Zettel aus der Tasche.

»Ich stelle jetzt noch eine Frage an Sie, Mr. Landor, auf die Sie sich die Antwort genau überlegen müssen. Bei dem Ermordeten, den wir als Donald Bateman identifiziert haben, wurden zwei Hundertpfundnoten gefunden. Sie tragen die Nummern 33/0 11 878 und 33/0 11 879. Es handelt sich um neue Scheine, die erst kürzlich von der Maida Vale-Filiale der Midland Bank ausgezahlt wurden. Können Sie mir über diese Banknoten etwas mitteilen?«

Louis schwieg.

»Vielleicht wissen Sie etwas, Mrs. Landor?«

»Ich weiß nichts von Banknotennummern –«, begann sie verzweifelt.

»Danach ist auch gar nicht gefragt worden«, erwiderte Bray streng. »Haben Sie irgendeiner Person während der letzten Woche zwei Banknoten von je hundert Pfund übergeben oder zugeschickt?«

»Sie sind von meinem Depot gezahlt worden«, erklärte Louis jetzt ruhig. »Es ist besser, wenn ich die Wahrheit sage. Wir wußten, daß Donald Bateman nach London zurückgekommen war. Er schrieb uns, daß er sich in großen Schwierigkeiten befinde. Ich sollte ihm zweihundert Pfund leihen.«

»Ich verstehe.« Bray nickte. »Sie sandten ihm die beiden Banknoten per Post an seine Adresse in der Norfolk Street?«

Louis bejahte.

»Hat er den Empfang des Geldes bestätigt?«

»Nein.«

»Er hat Sie auch nicht aufgesucht, um Ihnen zu danken?«

»Nein«, entgegnete Inez. Aber ihre Antwort kam ein wenig zu schnell.

»Sie sagen uns wieder beide nicht die Wahrheit.« Elk machte ein bekümmertes Gesicht. »Weder über den Mann noch über das Geld, noch über Ihren Besuch in Tidal Basin. Sie haben eine Beule im Gesicht – haben Sie irgendein Rencontre gehabt?«

»Nein. Ich habe mich an der Schranktüre gestoßen.«

»Ihre Frau erzählte uns, Sie seien auf der Straße hingefallen«, sagte Elk traurig. »Aber es kommt ja schließlich nicht darauf an. Warum haben Sie denn diese Messer in der Wohnung?« Er nahm den Ledergürtel auf und ließ ihn in der Hand pendeln.

»Warum hat er denn die Sättel und das Lasso und die anderen Dinge?« fragte Inez ungeduldig. »Nehmen Sie doch, bitte, Vernunft an. Es sind Preise, die er bei einem Wettkampf in Argentinien gewonnen hat.«

»Wofür bekam er denn die Preise?« fragte Bray.

»Es war ein Wettbewerb im Messerwerfen –«, begann Louis, hielt aber sofort inne.

»Sie verschweigen uns schon wieder etwas«, stöhnte Elk. »Ziehen Sie Ihren Rock an, Landor!«

Inez stürzte auf ihn zu und packte erregt seinen Arm.

»Sie wollen ihn doch nicht abführen?«

»Sie kommen beide mit«, erklärte Elk liebenswürdig, »aber nur nach Scotland Yard. Sie müssen sich einmal ein wenig mit Mr. Mason unterhalten, aber Sie brauchen keine Angst zu haben. Er ist ein sehr netter Herr.«

Sie ging nicht mit ihrem Mann ins Schlafzimmer, denn ihr Ledermantel lag noch über einer Stuhllehne. Das hatte sie vollständig vergessen. Nun sah sie die Nutzlosigkeit all ihrer Anstrengungen ein. Welchen Zweck hatte es, die Leselampe auf den Tisch zu stellen, ein Buch zu öffnen und den Nähtisch ans Sofa zu rücken, wenn ihr nasser Mantel offen bezeugte, daß sie noch vor kurzem auf der Straße gewesen war.

Louis kam zurück und half Inez in den Mantel.

»Es ist alles in Ordnung, wir haben ein Polizeiauto unten«, sagte Bray auf Landors Frage.

Der Inspektor war ein wenig verstimmt, denn es kam ihm zum Bewußtsein, daß er eigentlich wenig dazu beigetragen hatte, etwas aus den Leuten herauszubringen.

»Sie brauchen nicht mitzukommen, Elk«, sagte er kurz. »Bringen Sie die beiden zum Wagen und durchsuchen Sie dann die Wohnung. Wollen Sie den Durchsuchungsbefehl sehen?« wandte er sich an Landor.

Louis schüttelte den Kopf.

»Es ist nichts in der Wohnung, was Sie nicht sehen könnten. In der Schreibtischschublade liegen etwa dreitausend Pfund und Eisenbahnbilletts. Ich wollte morgen mit meiner Frau England verlassen. Gib doch Mr. . . .«

»Elk ist mein Name.«

»Gib doch Mr. Elk die Schlüssel, Inez.«

Ohne ein Wort reichte sie dem Sergeanten das Lederetui. Als sie aus der Wohnung gingen, drehte Bray das Licht aus. Er war verheiratet und infolgedessen sparsam.

Die Tür wurde zugemacht, und der Mann, der hinter der verschlossenen Mädchenkammer wartete, hörte, daß die Schritte immer schwächer wurden.

Geräuschlos kam er heraus. Er hatte den schwarzen Filzhut ins Gesicht gezogen; seine Züge waren durch eine weiße Maske verborgen.

Schnell ging er zum Schreibtisch und nahm ein Instrument aus der Tasche. Gleich darauf splitterte das Holz, und die Schublade öffnete sich. Seine kleine Taschenlampe zeigte ihm, was er suchte. Er steckte gerade Geld, Pässe und Fahrkarten ein, als er hörte, daß Elk zurückkam. Rasch eilte er zur Tür und stellte sich hinter sie, als sie geöffnet wurde. Elk wandte ihm den Rücken zu, drehte sich aber schnell um, als er ein leichtes Geräusch hörte. Aber er war nicht schnell genug. Für den Bruchteil einer Sekunde sah er die weiße Maske, dann erhielt er einen Schlag auf den Kopf, daß er bewußtlos hinfiel.

Weißgesicht schob ihn ein wenig von der Tür fort, so daß sie sich öffnete, und schlüpfte aus der Wohnung. Die Tür ließ er angelehnt. Dann eilte er die Treppe hinauf, stieg durch ein offenes Fenster und kletterte die Feuerleiter hinunter, die auf den Hof führte. Wie er wußte, war dort kein Posten aufgestellt.

Zehn Minuten später stieg einer der Detektive, die vor dem Hause warteten, nach oben, um Elk bei der Durchsuchung zu helfen. Er hörte ein Stöhnen, als er in die Wohnung trat, und fand den Sergeanten in wütender Stimmung.

12

Chefinspektor Mason rühmte sich, überall und zu jeder Zeit schlafen zu können. Und es dauerte auch ziemlich lange, bis man ihn wach hatte, als das Polizeiauto Scotland Yard erreichte.

Michael Quigley dagegen war noch nie in seinem Leben so wach gewesen wie in dieser Nacht, und er brauchte den Kaffee nicht, der in das Büro des Chefinspektors gebracht wurde. Aber Mason wurde durch das Getränk wieder hellwach.

Er beschwerte sich immer darüber, daß ständig Schriftstücke auf ihn warteten, zu welcher Tages- oder Nachtzeit er auch in sein Büro kommen mochte. Auch jetzt lag wieder ein halbes Dutzend Protokolle auf dem Schreibtisch.

»Die können bis morgen warten«, meinte er geringschätzig. Er sah die Notizen über die Telefongespräche durch, erfuhr aber nichts Neues. Von Bray war noch keine Meldung eingelaufen. Das Verhör in der Landorschen Wohnung fand erst eine Viertelstunde später statt.

Michael schaute auf seine Uhr. Es war zu spät, um noch zu Bett zu gehen, denn er wollte Janice in aller Frühe aufsuchen.

»Sie können später anrufen«, sagte Mason. »Ich sage Ihnen dann, was sich inzwischen ereignet hat. Übrigens muß ich wegen des Ringes wohl doch noch eine persönliche Rücksprache mit der jungen Dame haben. Aber ich will es ihr so leicht wie möglich machen. Vielleicht arrangieren Sie eine Zusammenkunft in der Stadt. Ich möchte sie nicht nach Scotland Yard bringen.«

Michael war ihm für dieses Zugeständnis dankbar; damit war ihm eine Sorge genommen, die ihn gequält hatte, seit er die Wahrheit über den Ring gesagt hatte.

»Für einen Polizeibeamten sind Sie wirklich äußerst höflich, Mason.«

»Ich bin in jeder Beziehung ein höflicher Mann.«

Mike schlenderte zum Embankment hinaus und dann die Northumberland Avenue entlang. Er erreichte Trafalgar Square und überlegte sich dort, ob er nicht doch nach Hause gehen und ein paar Stunden schlafen sollte. Oder sollte er noch seinen Klub aufsuchen, der bis vier Uhr geöffnet war?

Plötzlich fuhr ein Taxi in der Richtung nach Admiralty Gate mit rasender Geschwindigkeit an ihm vorbei. Mike erkannte aber trotzdem den Chauffeur; wenn der Wagen langsamer gefahren wäre, hätte er den alten Gregory Wicks angerufen.

»Wünschen Sie ein Auto, Mr. Quigley?«

Ein Polizist war an seine Seite getreten. Mike kannte die Beamten in diesem Bezirk ziemlich gut.

»Nein, danke.«

»Ich dachte, Sie wollten eben den Chauffeur anhalten. Diese Leute nehmen sich in der letzten Zeit allerhand Freiheiten heraus.«

Mike lachte.

»Das war aber ein alter Freund von mir. Ich glaube, Sie kennen Gregory Wicks auch?«

»O ja. Der Alte fährt wieder. Ich hatte ihn seit Monaten nicht gesehen, bis ich ihn endlich an der Ecke der Orange Street beobachtete. Er war auf seinem Führersitz eingeschlafen. Damals hat er eine gute Fahrt versäumt. Er sollte nämlich Mr. Gasso nach Scotland Yard bringen, der dort eine Aussage zu Protokoll geben wollte.«

Wenn man einen Polizisten zufällig mitten in der Nacht trifft, dann ist er meistens sehr gesprächig. Aber Mike war nicht in der Stimmung, sich auf endlose Unterhaltungen einzulassen. Plötzlich fiel ihm jedoch die geheimnisvolle Andeutung des verrückten Mannes in Gallows Alley ein.

»Der alte Gregory war also in jener Nacht hier in der Gegend?« fragte er.

»Er hielt ungefähr fünfzig Meter vom Howdah-Klub entfernt. Er fährt ja nie zu einer richtigen Haltestelle. Aber wir kennen den Alten und sehen ihm das nach. Wenn er irgendwo an einer Ecke hält und schläft, stören wir ihn nicht.«

Mike faßte einen schnellen Entschluß, rief das nächste Taxi an und fuhr nach Tidal Basin. Da Gallows Alley niemals schlief, konnte man dort vielleicht zur Nachtzeit mehr erfahren als im hellen Tageslicht.

Shale kam im gleichen Augenblick in Scotland Yard an, als telefonisch durchgegeben wurde, daß Inspektor Bray mit den beiden Landors unterwegs sei.

Mr. Mason lehnte sich in seinen Sessel zurück und rieb sich befriedigt die Hände. Dann schickte er Shale fort, um Mr. Wender vom Erkennungsdienst zu holen.

Mr. Wender war ein kleiner, etwas untersetzter Herr mit einem dünnen, weißen Schnurrbart und einer großen Hornbrille. Er trug noch seinen Smoking, denn er war direkt aus dem Theater ins Amt gerufen worden, um persönlich die Anhaltspunkte zu prüfen, die sich bis jetzt ergeben hatten.

»Kommen Sie nur herein, Charlie«, sagte Mason. »Aber bevor wir uns über Wirbel, Inseln und Kreise bei Fingerabdrücken unterhalten, sollen Sie mir einmal verraten, was das ist.« Er nahm die kleine Glasröhre aus der Tasche.

Wender nahm sie in die Hand und betrachtete sie.

»Ich weiß es nicht genau – vielleicht Butyl-Ammonal. Ich habe schon öfter gesehen, daß es in solchen Packungen in den Handel kommt. Wo haben Sie das Ding her?«

Mason erzählte es ihm.

»Ich bin natürlich meiner Sache nicht sicher«, erwiderte Wender. »Vor allem müßte man den Geruch prüfen. Die Farbe stimmt. Was wollen Sie denn sonst noch wissen?«

»Haben wir irgendein Aktenstück über die Landors?«

Wender schüttelte den Kopf.

»Nein – höchstens unter einem anderen Namen. Diese Verbrecher wechseln ihre Namen ja nur zu gern. Hier sind die Resultate meiner Untersuchungen.« Er legte verschiedene Schriftstücke auf den Tisch.

»Haben Sie die Fingerabdrücke des Ermordeten?«

Mr. Wender suchte sie aus dem Stoß von Papieren heraus.

»Wer hat sie genommen?« fragte er.

»Ich«, gestand Shale ein.

»Ich habe sie nicht brauchen können. Ich meine die ersten. Ich mußte noch einen Mann ins Schauhaus schicken, um neue zu machen. Ihr jungen Leute seid doch viel zu gleichgültig und oberflächlich. Nicht einmal ordentliche Fingerabdrücke könnt ihr nehmen.«

Mason betrachtete die Karten mit den schwarzen Flecken, die ihm nichts sagten.

»Ist der Mann bekannt?« fragte er.

»Bekannt!« wiederholte Wender spöttisch. »Donald Arthur Bateman, alias Donald Arthur, alias Donald Mackintosh. Er hat mehr Pseudonyme und Künstlernamen als ein richtiger Filmstar!«

Mason runzelte die Stirn.

»Donald Arthur Bateman? Den Namen sollte ich doch kennen. Ich habe ihn doch wegen Einbruchs vor Gericht gebracht!«

»Wegen Betrugs«, verbesserte Wender. »Zwölf Monate Zuchthaus.«

Mason nickte.

»Stimmt – es war Betrug. Er hatte jemand um dreitausend Pfund beschwindelt, und es handelte sich um Ankauf von Land. Das war ja seine Spezialität. Wegen Erpressung wurde er auch einmal verurteilt. Später ging er außer Landes.«

»Und starb dort – wenigstens nach einer halboffiziellen Meldung. Hier, bitte.«

Mason las die Notiz vor:

»Als verstorben gemeldet in Perth, Westaustralien, 1933. Zweifelhaft. Man glaubt vielmehr, daß er nach Südafrika ging. – Hm. Jetzt ist er aber wirklich tot!«

Er saß tief in Gedanken versunken, während er auf ein Schriftstück schaute.

»Erpressung, Betrug – Betrug, Erpressung . . . der Mann wußte sich zu helfen. Verheiratet war er natürlich auch . . . wahrscheinlich ein dutzendmal. ›Ging nach Australien und arbeitete dort mit den Brüdern Walter und Thomas Furse zusammen, die die Depositenkasse der South Australien Bank in Wumarra ausplünderten. War in dem Prozeß Kronzeuge und wurde außer Anklage gestellt. Walter Furse bekam acht, Thomas drei Jahre Zuchthaus. Walter war ein Gewohnheitsverbrecher; Thomas war erst einen Monat vor seiner Verurteilung nach Australien gekommen und wurde nach zwei Jahren auf Bewährung entlassen.‹«

Er hatte alles laut vorgelesen.

»Das ist unser Mann«, sagte Shale.

Mason achtete nicht auf den Einwurf und las noch die vertrauliche Mitteilung, die in kleiner Schrift zugefügt war.

»Während die Brüder Furse im Gefängnis saßen, verschwand Bateman mit der jungen Frau von Thomas.« Er sah auf. »Das ist Lorna. Walter Furse starb 1935 im Gefängnis. Thomas ist der Mörder, Lorna seine Frau, Bateman der Ermordete. Mir ist jetzt alles klar. Nur gut, daß wir das Motiv entdeckt haben! Was wissen wir nun von Tommy? Haben wir irgendwelche Akten aus Australien?«

Mr. Wender legte drei kartonierte Bücher auf den Tisch, von denen er eins wieder aufnahm.

»Wir haben alle möglichen Nachrichten«, sagte er selbstzufrieden. »Sehen Sie, hier: ›Streng vertraulich. Personalakten der Leute, die im Staate Victoria wegen schwerer Verbrechen verurteilt wurden. Herausgegeben von der Behörde‹ –«

Mr. Wender wandte schnell die Seiten um.

»Farrow, Felton, Ferguson, Furse – hier haben wir's: ›Thomas Furse, siehe Band VI, Seite 13‹.«

Er schob Mason das Buch hin. Diese Zusammenstellung war viel interessanter als die meisten Blaubücher der Regierung, denn die Akten jedes einzelnen Mannes waren in Form einer kurzen und lesbaren Biographie abgefaßt.

Thomas Furse wurde in England von seinem Bruder erzogen. Wußte wahrscheinlich nichts von der ungesetzlichen Tätigkeit desselben, als er nach Australien kam. Furse war sicher ein angenommener Name (siehe W. Furse, Band VIII,

Seite 7), und es ist möglich, daß er unter seinem eigenen Namen von seinem Bruder auf dessen Kosten erzogen wurde, obwohl er den Namen Furse annahm, als er nach Australien ging. Er heiratete Lorna Weston, die er auf der Ausreise kennenlernte. Nach seiner Verurteilung verschwand sie. Thomas wurde freigelassen ...

Mason las schweigend weiter und schloß dann plötzlich das Buch.

»Die Identität dieser Leute ist nun zweifelsfrei festgestellt. Auch das Motiv genügt für jeden, der nicht vollständig auf den Kopf gefallen ist. Thomas geht nach Australien, einen Monat später wird er wegen Bankeinbruchs verhaftet und bekommt drei Jahre Zuchthaus. Donald Arthur Bateman geht als Kronzeuge frei aus und verschwindet mit Lorna. Thomas kommt nach England zurück und trifft auf irgendeine Weise gestern abend mit Donald zusammen. Nun müssen wir vor allem prüfen, ob Thomas Furse ein anderer Name für Louis Landor ist. Sollte das der Fall sein, dann ist das Problem gelöst.«

Es lagen noch ein paar andere Papiere auf dem Tisch, die er aufnahm.

»Was ist das?« fragte er.

Es war die große Fotografie eines Daumenabdruckes.

»Den haben wir auf der Rückseite der Uhr gefunden«, sagte Wender. »Harry Lamborn natürlich. So klar wie eine Visitenkarte. Er ist schon fünfmal verurteilt ...«

»Ich kenne seine Akten ganz genau«, unterbrach ihn Mason.

»Ein wunderbarer Abdruck«, erwiderte Wender.

»Sie sollten ihn einrahmen lassen, Charlie«, meinte Mason freundlich. »Ich danke Ihnen übrigens. Heute nacht brauche ich Sie nicht mehr.«

»Dann will ich nach Hause gehen und mich ins Bett legen.« Mr. Wender gähnte. »Wenn ich nicht jemand an den Galgen gebracht habe, war die Zeit verschwendet.«

»Sie bekommen eine Auszeichnung.«

»Ich weiß«, entgegnete Wender ironisch. »Und wenn ich

meine Auslagen für einen Wagen vom Theater nach Scotland Yard aufschreibe, wird mir bei der Abrechnung erklärt, ich hätte im Autobus fahren sollen!«

Er war schon gegangen, als Inspektor Bray siegesbewußt eintrat.

»Ich habe die beiden Landors mitgebracht«, meldete er.

Mason schaute auf. Er hatte noch einmal die Biographie von Thomas Furse gelesen. Es war kein Alter angegeben, was er sehr bedauerte. Aber wenn er telegrafisch in Melbourne anfragte, würde die Antwort am Morgen da sein.

»Haben Sie auch die Wohnung durchsuchen lassen?«

»Ich habe Elk damit beauftragt.«

Mason nickte.

»Nun, wie verhalten sich denn die beiden?«

»Ich weiß es nicht genau. Sicher hätte ich alles herausgefunden, aber unglücklicherweise ist Sergeant Elk ein wenig umständlich. Ich möchte mich ja nicht über ihn beschweren, aber man ist in einer peinlichen Lage, wenn ein Untergebener einem das Verhör gewissermaßen aus der Hand nimmt und einen als Luft behandelt!«

»Das macht er mit mir auch so.« Mason lachte behaglich. »Warum sollte er es also nicht mit Ihnen tun? Sie brauchen sich wahrhaftig nicht über ihn zu beklagen. Diese verdammten Vorschriften über die Führung von Verhören lassen einem so wenig Spielraum, daß es ganz gut ist, wenn man einen anderen Beamten hat, der sich nicht um sie kümmert. Man kann ihm dann später immer die Schuld in die Schuhe schieben. Bringen Sie die Leute herein!«

Mason lachte noch vor sich hin, als Bray gegangen war. Elk war einfach unverbesserlich, aber in seiner Art unbezahlbar. Er hatte entschieden Pech, daß er niemals das Examen bestand, das ihn zum Inspektor befördert hätte. Zum viertenmal faßte Mason den Entschluß, den Polizeipräsidenten dringend um Beförderung seines Untergebenen zu bitten.

Er erhob sich, als sich die Tür öffnete und Inez vor ihrem Mann das Zimmer betrat. Sie war gefaßter, als er erwartet hatte. Freundlich ging er ihr entgegen und gab ihr die Hand.

Diese unerwartete und ungewöhnliche Begrüßung überraschte sie sehr.

»Es tut mir außerordentlich leid, daß Sie mitten in der Nacht hierherkommen mußten, Mrs. Landor«, sagte er liebenswürdig. »Ich hätte weder Sie noch Ihren Mann herbemüht, wenn es sich nicht um einen so ernsten Fall handelte. Auch die Beamten sind alle aufgeblieben und arbeiten fieberhaft, um der Gerechtigkeit Genüge zu tun.«

Er rückte persönlich einen Stuhl für sie zurecht, und Shale holte einen anderen für Mr. Landor.

»Ich hoffe, daß wir Sie nicht zu sehr beunruhigt haben. Aber bei solchen Fällen kommt es häufig vor, daß unschuldige Staatsbürger zu leiden haben.«

»Für mich ist es ja nicht so schlimm«, erwiderte Louis Landor, »aber meine Frau regt die Sache natürlich sehr auf.«

»Selbstverständlich. Das verstehe ich vollkommen«, erwiderte Mason zuvorkommend, setzte sich gleichfalls und sah Inspektor Bray an. »Was hat Ihnen denn nun Mr. Landor erzählt?«

Bray zog ein Notizbuch heraus. In der letzten Viertelstunde, während die beiden Landors in Scotland Yard warteten, hatte er mit größter Genauigkeit den Inhalt der Zeugenaussagen niedergeschrieben.

»Mrs. Landor kannte den Ermordeten, und Mr. Landor hat ihn ebenfalls oberflächlich gekannt. Die beiden Banknoten zu je hundert Pfund, die in der Tasche des Ermordeten gefunden wurden, hatte Mr. Landor in Form einer Anleihe Mr. Bateman gegeben. Diese Feststellung wurde allerdings erst gemacht, nachdem Mr. Landor ausdrücklich betont hatte, daß er Donald Bateman nicht kannte.«

»Aber nachher hat er zugegeben, daß er ihn kannte?«

»Ja. Er sagte auch, daß er niemals in Tidal Basin gewesen sei. Mrs. Landor erklärte, der Ermordete sei vor Jahren eng mit ihr befreundet gewesen, doch habe sie ihn seit dieser Zeit nicht mehr gesehen. In der Wohnung fand ich einen Gürtel mit zwei Dolchmessern. Eins der Messer war noch vorhanden.« Er legte es auf den Tisch. »Das andere fehlt.«

Mason nahm es aus der Scheide und betrachtete die kleine Goldplatte mit dem Monogramm.

»L. L. – das sind Ihre Anfangsbuchstaben?«

Landor nickte.

»Wo ist denn das andere Messer?«

Bray sah wieder in sein Notizbuch.

»Mrs. Landor gab an, es verloren zu haben. Beide Dolche erhielt ihr Mann als Preis bei einem Wettbewerb im Messerwerfen.« Er klappte das Buch geräuschvoll zu. »Das sind alle Aussagen.«

Mason machte ein sehr ernstes Gesicht.

»Geben Sie zu, daß Sie diese Aussagen heute abend Inspektor Bray gemacht haben?«

Die beiden bejahten die Frage.

»Wollen Sie diese Aussagen noch irgendwie erweitern oder korrigieren?«

»Nein«, erklärte Louis Landor.

»Ich möchte noch darauf hinweisen«, bemerkte Bray, »daß er eine Beule im Gesicht hat. Er sagte, er habe sich an der Schranktür gestoßen, während Mrs. Landor erklärte, er sei auf der Straße gefallen.«

»Wollen Sie nicht eine Erklärung hierzu abgeben?« fragte Mason.

Mr. Landor atmete schnell.

»Nein, das möchte ich nicht tun.«

»Haben Sie etwas dagegen, daß ich noch einige Fragen an Sie stelle?«

Landor zögerte einen Augenblick.

»Nein«, erwiderte er dann mit gepreßter Stimme.

»Oder hat Ihre Frau etwas dagegen?«

Inez schüttelte den Kopf.

»Ich will es Ihnen so leicht wie möglich machen, denn ich begreife, daß es sehr aufregend für Sie ist. Waren Sie schon einmal in Australien?«

Zu seinem Erstaunen erhielt er sofort Antwort.

»Ja, vor vielen Jahren, als ich eine Weltreise mit meinem Vater machte. Ich war aber noch sehr jung.«

»Haben Sie damals oder an irgendeinem anderen Ort einen gewissen Donald Arthur Bateman getroffen, der ein früherer Sträfling war, wie ich zufällig weiß?«

Louis schüttelte den Kopf.

»Sie sagten, daß Sie niemals in Tidal Basin waren. Wenn ich Ihnen aber sage, daß Sie erkannt worden sind, als Sie in der Nähe der Endley Street mit Bateman aneinandergerieten – wollen Sie es dann auch noch leugnen?«

Mason bluffte ihn mit dieser Frage nur, aber er hatte Erfolg.

»Nein – ich würde es nicht leugnen.«

Mason strahlte.

»Das ist sehr vernünftig von Ihnen. Es liegt keine Notwendigkeit vor, etwas zu verheimlichen. Nun vergessen Sie einmal, was Sie zu Mr. Bray gesagt haben, und wir wollen es auch vergessen«, sagte er lächelnd. »Sie verbergen etwas, um sich oder Ihre Frau vor einer eingebildeten Gefahr zu schützen. Aber dadurch verwickeln Sie sich immer mehr in Widersprüche und machen sich nur des Mordes verdächtig. Also, wovor fürchten Sie sich denn eigentlich?«

Louis Landor vermied den Blick des Chefinspektors.

»Wahrscheinlich halten Sie etwas zurück, was gar keine Bedeutung hat. Es ist aber sehr wichtig und bedeutungsvoll« – Mason betonte jedes Wort und klopfte mit dem Finger auf den Tisch –, »daß ich genügend Material habe, um Sie des Mordes anzuklagen! Sie waren in Tidal Basin. Ein Messer wie dieses hier war die Mordwaffe. Die Scheide habe ich hier. Sie haben dem Ermordeten Geld gezahlt. Warum haben Sie das getan?«

»Sie wollen uns doch wohl nicht erzählen, daß Sie es aus reiner Menschenfreundlichkeit getan haben?« mischte sich Bray plötzlich ein, aber ein Blick Masons ließ ihn sofort wieder verstummen.

»Sie sind einem Erpresser in die Hände gefallen – stimmt das?« fragte der Chefinspektor.

»Ja, das stimmt«, erwiderte Inez. »Das ist die reine Wahrheit. Ich kann es beschwören.«

»Das hatte ich mir gedacht. Bateman wußte etwas von Ihnen oder von Ihrer Frau. Vielleicht haben Sie irgendwie gegen das

Gesetz verstoßen ...« Er machte eine Pause, als ob er eine Antwort erwartete.

»Ich bin nicht bereit, eine Erklärung zu geben«, sagte Louis schnell.

»Aber Sie sind bereit, auf der Anklagebank Platz zu nehmen und sich des vorsätzlichen Mordes beschuldigen zu lassen? Und Ihre Frau ist damit einverstanden?«

Sie schüttelte den Kopf, konnte aber kein Wort hervorbringen.

»Nun gut, Sie wurden also das Opfer eines Erpressers.«

»Ja«, hauchte Inez mit schwacher Stimme.

»Was hatten Sie denn getan? Haben Sie jemand ermordet oder beraubt?« Plötzlich änderten sich Masons Gesichtszüge, und er lächelte, was gar nicht am Platze zu sein schien. »Ach, jetzt weiß ich es – Bigamie!«

»Nein«, sagte Louis.

»Dieser Bateman war Ihr Mann«, fuhr Mason fort und zeigte auf Inez. »Und er lebte noch, als Sie Ihren jetzigen Gatten heirateten. Ist das nicht richtig?«

»Ich dachte, er sei tot«, erwiderte sie leise, aber er hörte trotzdem jedes Wort. »Ich war meiner Sache ganz sicher, denn ich hatte es in der Zeitung gelesen und mir den Ausschnitt aufgehoben. Als ich ihn später wiedersah, erzählte er mir, er habe die Geschichte nur in die Welt gesetzt, um die Polizei von seiner Spur abzubringen. Ich schwöre, daß ich nichts davon wußte.«

Mason lehnte sich in seinen Stuhl zurück und steckte die Daumen in die Ärmellöcher seiner Weste.

»Auch Scotland Yard wußte es nicht, Mrs. Landor. Ich habe die Akten hier.« Er zeigte auf verschiedene Dokumente, die neben ihm lagen. »Wir haben einen Bericht aus Australien, daß er tot ist. Großer Gott, aber warum ängstigen Sie sich denn? Bigamie ist doch unter diesen Umständen kaum ein Vergehen! Sie werden irgendeine Geldstrafe bekommen und die Summe an die Armenkasse abführen müssen. Wann haben Sie ihn denn zuletzt gesehen?«

Die Blicke der beiden Gatten trafen sich, und Louis nickte.

»Gestern«, sagte Inez.

»Sie hörten schon vor vier Tagen, daß er in London war«, bemerkte Bray. »Ihr Dienstmädchen sagte, daß Sie seit vier Tagen in gedrückter Stimmung gewesen seien.«

Sie zögerte.

»Sie können die Frage ruhig beantworten«, meinte Mason.

»Er schrieb – ich konnte nicht glauben, daß er wirklich noch am Leben war.«

Und nun erzählte sie Einzelheiten. Bateman wußte, daß sie in guten Verhältnissen lebten, und verlangte Geld unter der Drohung, sie öffentlich der Bigamie zu beschuldigen. Er war ohne einen Cent in England angekommen. Andere Verbrecher hatten ihn an Bord um das letzte Geld betrogen. Aber er hatte glänzende Aussichten.

»Ja«, sagte Mason trocken, »ich kenne den Namen der Dame.«

Er setzte sich tiefer in seinen Stuhl und legte die Fingerspitzen zusammen, denn er kam jetzt zu dem schwierigsten Punkt des Verhörs.

»Er hat Sie also in Ihrer Wohnung aufgesucht – wann war denn das?«

»Gestern.«

»Hat er Sie besucht, um das Geld zu holen?«

Sie schüttelte den Kopf.

»Nein, das hatten wir ihm durch die Post geschickt.«

»Warum kam er dann? Um Ihnen zu danken?«

Sie antwortete nicht.

»War Ihr Mann nicht zu Hause?«

Sie schaute starr auf die gegenüberliegende Wand, und Mason sah, daß ihre Lippen zitterten.

»Wurde er – zudringlich?«

Bray stand neben ihr und fing sie auf, bevor sie umsank.

»Schon gut – geben Sie ihr etwas Wasser zu trinken.«

Auf dem Kamin stand eine Karaffe, und Sergeant Shale goß ein Glas ein. Inez öffnete die Augen bald wieder, und ihr Mann hob sie in den Armsessel, den Bray für sie hinschob.

»Sie dürfen sie nichts mehr fragen«, sagte Landor. »Sie können alles von mir erfahren.«

»Ja, das glaube ich auch. Wann kamen Sie gestern in Ihre Wohnung? Nachdem Bateman mit Ihrer Frau gesprochen hatte?«

»Ich kam gleich darauf und begegnete ihm noch auf der Treppe. Aber ich wußte nicht, wer er war.«

»Fanden Sie Ihre Frau sehr aufgeregt? Hat sie Ihnen gesagt, was geschehen war?«

Er nickte.

»Und dann sind Sie ihm nachgegangen?«

»Ja«, entgegnete er trotzig.

»Mit einem Messer, das so aussieht wie dieses hier?«

Inez Landor sprang auf und stützte sich auf den Tisch.

»Das ist eine Lüge! Er ist ihm nicht mit einem Messer nachgeschlichen!« rief sie leidenschaftlich. »Donald hat es genommen – er hat es mir abgenommen. Ich will Ihnen die Wahrheit sagen. Ich versuchte, ihn zu töten, und riß das Messer von der Wand, weil ich ihn haßte wegen all der Jahre, die er mich gequält hat, wegen all des Elends, das ich erdulden mußte, seit er aus dem Gefängnis kam. Um meines kleinen Kindes willen, das durch seine Gemeinheit zugrunde ging!«

Ein tiefes Schweigen folgte. Mason konnte hören, wie schnell ihr Atem ging.

»Er hat Ihnen das Messer abgenommen?« sagte er schließlich.

»Ja; er sagte, er wolle es als Andenken aufbewahren. Er steckte es in die Scheide und nahm es mit. Wissen Sie, was er von mir verlangte? Ich sollte wieder mit ihm zusammenleben!« Ihre Stimme versagte.

Mason trat zu ihr, nahm sie am Arm und drückte sie freundlich in den Sessel zurück.

»Nur ruhig, Mrs. Landor. Regen Sie sich nicht auf. Aber es ist sehr gut, daß Sie das alles gesagt haben.«

Dann wandte er sich an Louis.

»Sie folgten diesem Mann also nach Tidal Basin und hatten dort einen Zusammenstoß mit ihm. Wußten Sie, daß er das Messer in der Tasche hatte?«

»Ich hatte keine Ahnung davon, bis meine Frau es mir am

Telefon mitteilte. Ich habe das Messer weder gesehen noch gebraucht.«

»Warum sind Sie denn davongelaufen?«

Louis machte eine Pause, bevor er antwortete.

»Ich dachte, ich hätte ihn getötet . . . und meine Frau hatte mich dringend gebeten, ihn nicht anzurühren. Er war herzleidend.«

Mason nickte.

»Und trug deshalb Butyl-Ammonal bei sich?«

»Ja«, entgegnete Inez eifrig. »Eine kleine Ampulle, die er im Taschentuch zerdrücken konnte, um dann die Dämpfe einzuatmen. Er hatte es immer bei sich.«

Mason ging langsam im Zimmer auf und ab.

»Sie liefen davon und fanden eine offene Tür, die zu dem Gelände der Eastern Trading Company führte. Ich nenne sie die Biertür, aber das verstehen Sie natürlich nicht, und ich kann es Ihnen auch nicht erklären. Und das ist alles, was Sie von der Sache wissen?«

»Ja, das ist alles«, erklärte Landor mit fester Stimme.

»Sie haben kein Messer gezogen und kein Messer gebraucht?«

»Nein, ich schwöre es.«

»Haben Sie denn nicht den Lärm und den Auflauf gehört, als wir draußen vor dem Tor waren?«

»Nein. Ich suchte einen Ausweg aus dem Grundstück und habe es in der nächsten Stunde nicht wieder verlassen. Eine Zeitlang habe ich mich versteckt und . . .«

In diesem Augenblick wurde die Tür heftig aufgerissen. Erstaunt starrte Mason auf den Mann, der im Eingang stand. Es war Sergeant Elk. Ein Teil seines Gesichtes war von weißen Bandagen bedeckt. Er stützte sich an der Wand und schaute Bray böse an.

»Was ist denn passiert?« fragte Mason bestürzt.

»Rühren Sie mich nicht an«, sagte Elk wütend, als Bray auf ihn zuging, um ihm zu helfen. Dann starrte er Inez an. »Haben Sie gehört, daß vor Ihrem Mann jemand in die Wohnung kam?«

»Ich glaube, ja.«

»Ganz richtig! Er hatte sich in der Wohnung versteckt, und als ich zurückkam, schlug er mich nieder. Aber er kann doch nicht ohne Schlüssel hineingekommen sein.«

»Wo sind denn Ihre Schlüssel?« fragte Mason.

»Ich habe sie verloren!« erwiderte Louis, »bei dem Streit mit Bateman. Ich habe sie erst vermißt, als ich in meine Wohnung kam. Erst da entdeckte ich, daß die Kette gerissen war, an der ich sie trage. Sehen Sie her.«

Er zeigte die goldene Kette, die seitlich aus seiner Tasche hing.

Elk ging schwankend durchs Zimmer zu Louis und legte die Hand auf seine Schulter.

»Hatten Sie Wertsachen in der obersten Schublade Ihres Schreibtisches – etwa Geld?«

Landor starrte ihn an.

»Verschweigen Sie doch jetzt nichts mehr!« fuhr ihn Mason an. »Was war in der Schublade?«

»Geld, Pässe und Fahrkarten«, sagte Louis heiser. »Ich wollte morgen mit meiner Frau das Land verlassen.«

»Wieviel Geld war es denn?« fragte Elk.

»Ungefähr dreitausend Pfund.«

Der Sergeant lachte hart auf.

»Und jetzt ist nichts mehr da! Alles verschwunden! Die Schublade ist aufgebrochen und das Geld herausgenommen worden. Und ich will Ihnen noch etwas erzählen, Mason.« Die vertrauliche Anrede ging unbeanstandet durch. »Der Kerl, der mich niedergeschlagen hat, war – Weißgesicht! Bilden Sie sich ja nicht ein, daß ich phantasiere . . .«

Mason unterbrach ihn mit einer ungeduldigen Handbewegung.

»Natürlich war es Weißgesicht. Es kann niemand anders gewesen sein. Das habe ich schon längst gewußt!«

Michael Quigley war bisher weder bei Tag noch bei Nacht allein durch Gallows Alley gegangen, und er stand zögernd am Eingang der Gasse. Er hatte ein sonderbar unheimliches Gefühl, das er sonst nicht kannte. Vergeblich sah er sich nach einem Polizisten um, dem er sich hätte anschließen können. Er wünschte jetzt, daß er wenigstens den Chauffeur seines Taxis zurückgehalten hätte.

Und doch unterschied sich die Gasse kaum von anderen. Es gab Tausende solcher Straßen in jeder großen Stadt. Schließlich beruhigte sich Mike bei dem Gedanken, daß die Bewohner jetzt wohl doch schlafen mußten, wenn es auch eine feststehende Redensart von Mr. Mason war, daß sie niemals schliefen. Aber der Chefinspektor neigte manchmal zu Übertreibungen.

Mike schaute an der Fassade der Marfordschen Klinik empor. Im oberen Stockwerk standen die Fenster auf – wahrscheinlich lag das Schlafzimmer des Arztes dort. Er hatte eigentlich die schwache Hoffnung gehabt, daß der Doktor noch wach sein würde.

Schließlich nahm er alle Energie zusammen und trat in die dunkle Gasse. Es war totenstill, und aus keinem Fenster schimmerte Licht. Der Wind oder ein Mensch mit bösen Absichten hatte die Gaslaterne am hinteren Ende der Straße ausgelöscht, und Mike mußte sich an den Wänden der Häuser entlangtasten. Nach kurzer Zeit blieb er plötzlich stehen, und ein panischer Schrecken packte ihn. Er hörte ein qualvolles Stöhnen, das in einem langen Schmerzenslaut endete.

Woher kam dieser Ton? Er sah sich um, konnte aber nichts erkennen. Noch einmal klang das Stöhnen unheimlich durch die Stille der Nacht; es schien aus der Nähe zu kommen. Mike wartete und war fest entschlossen, die Sache aufzuklären, aber es wiederholte sich nicht mehr. Statt dessen hörte er ein leises Gekicher, das ihm den Angstschweiß auf die Stirn trieb.

»Gehen Sie weiter, Sie Zeitungsreporter!« sagte eine heisere Stimme. »Es tut Ihnen niemand etwas.«

Mike erkannte den Mann jetzt an der Stimme, obwohl er

ihn nicht sehen konnte. Es war der Verrückte, mit dem Mason vor ein paar Stunden gesprochen hatte.

»Ratten sind wir? Augen wie Ratten sollen wir haben? Ich habe es schon gehört – ich höre alles!«

Michael ging in der Richtung, aus der die Stimme kam, und bemerkte verschwommen eine dunkle Gestalt, die an einer Mauer lehnte.

»Ich weiß, wohin Sie gehen«, flüsterte der Verrückte. »Sie wollen sehen, was bei dem alten Gregory nicht stimmt – das ist sehr schlau von Ihnen, sehr schlau! Sie sind noch gescheiter als Mason.« Plötzlich faßte er Mike am Mantel, und der junge Mann mußte alle Selbstbeherrschung zusammennehmen, um sich nicht loszureißen. »Ich will Ihnen etwas sagen.« Das Flüstern wurde vertraulicher. »Den Polizeidoktor haben sie nicht gefunden. Sie sind schon die ganze Nacht mit ihren Booten auf dem Fluß und haben den ganzen Schlamm durchsucht – aber sie haben ihn nicht gefunden.« Der Alte lachte wieder, bis er einen Hustenanfall bekam. »Alle Polizisten und Wachleute in Tidal Basin suchen nach dem alten Rudd! Halten Sie ihn für einen guten Arzt? Ich nicht. Ich würde ihn niemals um Rat fragen. Machen Sie sich doch einen Scherz mit den Leuten auf der Wache und erzählen sie Ihnen, daß er in einem Omnibus liegt!« Er ließ Mikes Mantel los. »Blaugesicht schläft auf der Treppe des alten Gregory. Blaugesicht – nicht Weißgesicht!«

Wieder hörte Quigley das lange, gurgelnde Lachen, das durch Husten erstickt wurde. Angewidert ging er weiter, bis er zum Haus Nr. 9 kam. Der Schläfer, den er vorher gesehen hatte, saß tatsächlich noch auf den Stufen vor Gregory Wicks' Wohnung. Er kauerte dort und schnarchte regelmäßig.

Michael wagte nicht, den gleichen Weg zurückzugehen, den er gekommen war. Er ging auf die andere Seite, fand aber trotzdem den Verrückten am Eingang der Gasse wieder.

»Der alte Gregory ist zurück – schon seit einer Viertelstunde. Ein alter Mann wie er sollte eigentlich nicht mehr Chauffeur spielen. Und ich bin der einzige, der weiß, warum er das nicht tun sollte! Dr. Marford weiß es allerdings auch, aber er verrät seine Patienten nicht.«

Dr. Marford stand in dem Ruf, Geheimnisse zu kennen, die anderen Leuten die Haare hätten zu Berge stehen lassen, wenn sie nur davon gehört hätten.

»Was stimmt nicht bei dem alten Gregory Wicks? Das frage ich Sie.«

Mit diesen Worten verschwand der alte Mann geräuschlos in der Dunkelheit. Entweder ging er auf Strümpfen, oder seine Füße waren nackt, denn man hörte keinen Laut, als er sich bewegte. Er wirkte so gespenstisch und unheimlich, als ob er der böse Geist dieser verrufenen Gasse wäre.

Aber Mike hatte wenigstens etwas durch ihn erfahren, was er gern wissen wollte: Gregory war zurückgekommen, und zwar vor einer Viertelstunde. Langsam ging er zur Polizeiwache und sprach dort mit dem Sergeanten.

»Nein, Dr. Rudd haben wir noch nicht gefunden. Die Strompolizei ist eifrig auf der Suche. Es besteht ja immer noch die Möglichkeit, daß er vielleicht nach dem Westen gegangen ist. Er hat eine Wohnung in der Nähe von Langham Place, und dort taucht er am Ende noch auf. Mr. Mason ist übrigens auf dem Weg hierher, wenn Sie ihn sprechen wollen.«

»Warum kommt er denn zurück?« fragte Mike überrascht.

Aber der Sergeant konnte ihm keine Antwort geben.

Mike fühlte sich erleichtert, denn er brannte darauf, mit dem Chefinspektor zu sprechen.

»Persönlich mache ich mir keine Sorgen um Rudd«, meinte der Sergeant. »Er ist ein merkwürdiger alter Kauz. Wie alt er eigentlich ist, weiß ich gar nicht. Aber wenn einer Geld hat, sollte er sich nicht in dieser Gegend herumtreiben.«

»Hat er denn Geld?«

»Eine Unmenge. Eine seiner Patientinnen ist gestorben und hat ihm ihr ganzes Vermögen vermacht. Wenn er ein besserer Arzt wäre, würde sie wahrscheinlich noch leben«, fügte er sarkastisch hinzu. Er hielt die Hand vor den Mund und gähnte. »Ja, Säcke voll Geld hat der Mensch. Treibt sich die ganze Nacht in den Klubs herum. Ich weiß es von meinen Kollegen, die immer dorthin geschickt werden. Da sieht man wieder einmal: Alter schützt vor Torheit nicht.«

Nach einiger Zeit erschien Mason mit Bray und Shale. Er war in der besten Stimmung und sah so frisch aus, als ob er eben nach einem erquickenden Schlaf aufgestanden wäre. Mike begrüßte er in seiner jovialen Art. Aber als er die Meldung des diensttuenden Sergeanten erhielt, schwand das Lächeln aus seinem Gesicht.

»Was, Rudd ist immer noch nicht aufgetaucht?« fragte er bestürzt.

Den Polizeiarzt hatte er ganz und gar vergessen. Lange Zeit sprach er nicht, sondern stand vor dem Kamin und wärmte sich die Hände.

»Übrigens regt mich das nicht so auf, wie es eigentlich sollte«, sagte er schließlich. »Rudd ist ein komischer Mensch, und ich ärgere mich mehr über ihn als über alle andern, obwohl ich es mir hoffentlich nicht merken lasse. Aber ich glaube wirklich nicht, daß man sich über sein Verschwinden beunruhigen sollte.«

»Ich habe Ihnen aber eine Mitteilung zu machen, die Sie beunruhigen wird«, sagte Mike.

Der Chefinspektor sah ihn scharf an.

»Das klingt ja beinahe wie eine Drohung. Nun gut. Können wir in ein anderes Zimmer gehen, Bray?«

Der Inspektor sah mißvergnügt drein, weil er nicht zu der Besprechung eingeladen wurde. Er konnte diese Zeitungsreporter, die sich mit der Aufdeckung von Verbrechen beschäftigten, nicht leiden, und er machte auch keine Anstrengung, seine Abneigung zu verbergen. Die Antipathie war aber gegenseitig, denn die Reporter schrieben in ihren Artikeln seinen Namen absichtlich falsch, oder sie erwähnten ihn überhaupt nicht.

Hinter der verschlossenen Tür des Büros enthüllte Mike dem Chefinspektor seine geheimsten Vermutungen.

»Ich habe auch schon daran gedacht«, entgegnete Mason, der gespannt zugehört hatte. »Ich will Sie nicht schulmeistern, Mike, oder den Versuch machen, mir Ihre Verdienste anzueignen, aber der alte Gregory Wicks ist wirklich ein ehrlicher, aufrichtiger Mensch. Ich kenne ihn seit meiner Kindheit. Ich bin nämlich in dieser Gegend geboren, aber das brauchen Sie niemand weiterzuerzählen. Gregory hat die besten Personalakten sämtlicher Chauffeure Londons – er hat alle Fundsachen ehrlich abgeliefert wie kein anderer.«

»Hinkt er nicht?« fragte Michael.

Mason runzelte die Stirne.

»Ja«, sagte er langsam. »Er wurde einmal von seinem Führersitz auf die Straße geschleudert. Natürlich hinkt er! Merkwürdig, daß ich das vergessen hatte«, meinte er.

»Sie sagten mir, daß der Mann, der Mrs. Westons Wohnung durchsuchte, ebenfalls hinkte.«

»Ja. Ich hatte die beiden allerdings noch nicht in Verbindung gebracht. Aber Gregory Wicks kommt doch überhaupt nicht in Frage!« Mason lachte. »Der Gedanke ist wirklich absurd! Der Mann ist sechsundsiebzig Jahre alt und hat sich nie etwas zuschulden kommen lassen.«

»Aber der Verrückte in Gallows Alley hat doch gesagt, daß etwas nicht stimmt bei ihm?«

Mason rieb sein Kinn.

»Es gibt viele verrückte Leute, die Theorien aufstellen«, sagte er etwas anzüglich. »Nein, Sie meine ich nicht damit, Michael.«

»Wie wäre es denn, wenn wir einmal den Doktor fragten?«

»Marford? Den kann ich doch nicht mitten in der Nacht aus dem Bett holen, damit er mir die zusammenhanglosen Angaben eines Verrückten bestätigt? Und glauben Sie vielleicht, daß er mir Auskunft über seinen Patienten geben würde? Dazu können Sie einen Arzt niemals zwingen, höchstens wenn er als Zeuge vor Gericht vereidigt wird. Aber auch dann muß man noch sehr vorsichtig sein, weil durch das Berufsgeheimnis gewisse Grenzen gezogen sind. Die Ärztekammer macht sofort einen Heidenspektakel, wenn man etwas zu sehr ins Detail geht.«

»Sie können ihn aber doch unter irgendeinem anderen Vorwand aufwecken«, meinte Michael. »Vielleicht kann er uns bei der Suche nach Rudd behilflich sein.«

Mason vergrub die Hände tief in den Hosentaschen und klapperte nervös mit losem Silbergeld.

»Der Mann, der in Mrs. Westons Wohnung war, hinkte tatsächlich, wenn die Frau von gegenüber die Wahrheit gesagt hat. Und nun fällt mir auch ein, daß Weißgesicht immer gehinkt hat. Das stand in den ersten Personalbeschreibungen, die über ihn ausgegeben wurden. Er benützte ein Motorrad – Michael, das erledigt eigentlich Ihre Theorie.«

»Motorradfahrer sind immer gesehen worden, wenn irgendwo ein Einbruch verübt wurde. Aber niemand kann einen Eid darauf leisten, daß das auch wirklich die Räuber waren. Bedenken Sie auch, daß Motorräder nach einer gewissen Stunde abends unbedingt auffallen müssen! Ist es nicht viel wahrscheinlicher, daß sich Weißgesicht als Chauffeur eines Wagens davonmachte?«

»Aber es ist doch höchst unwahrscheinlich, daß Gregory zum Verbrecher wurde, nachdem er fünfzig Jahre lang einer der ehrlichsten Chauffeure war. Er hat sich Geld gespart, hat keine Verwandten und Freunde, trinkt und raucht nicht. Niemals hat er etwas Unehrliches in seinem Leben getan. Nein, Michael, ich werde Ihnen sagen, wer Weißgesicht ist – Tommy Furse!«

»Und wer, zum Donnerwetter, ist Tommy Furse?« fragte Mike erstaunt.

»Das erfahren Sie, wenn die Geschichte genügend durchgekocht ist. Im Augenblick heizen wir erst den Herd an.« Er erhob sich rasch. »Ich werde den Doktor anrufen und ihm sagen, daß ich ihn sprechen möchte. Ach, Bray kann das auch erledigen.«

Er öffnete die Tür, rief nach dem Inspektor und gab ihm den Auftrag.

»Sagen Sie ihm, daß ich sehr ängstlich wegen Dr. Rudds geworden bin und ihn deswegen aufsuchen möchte.«

Bray entfernte sich.

»Darf ich mitkommen?« fragte Mike.

»Ja, Sie können mich begleiten. Aber Sie warten besser draußen. Bei einem offiziellen Besuch kann ich Sie nicht gut mitnehmen.«

»Er liebt mich auch nicht besonders«, erwiderte Mike und dachte daran, wie kühl sich Dr. Marford immer gegen ihn benommen hatte.

Als Mason mit Bray und Shale in der Klinik ankam, fand er Marford angekleidet. Der Arzt erzählte ihm, daß er überhaupt noch nicht zu Bett gekommen und eben erst von einem Krankenbesuch zurückgekehrt sei.

»Wegen Dr. Rudd mache ich mir keine großen Sorgen. Ich habe übrigens noch einmal im Krankenhaus vorgesprochen, um zu sehen, ob Mrs. Weston wieder zu sich gekommen ist. Aber da sie schlief, hielt es der Arzt für besser, sie nicht zu stören.«

»Wann wird sie in der Lage sein, eine Aussage zu machen?«

»Wahrscheinlich morgen früh.«

Der Doktor holte eine Whiskyflasche, einen Siphon und Gläser aus einem Schrank und stellte sie auf den Tisch.

»Mehr kann ich Ihnen leider nicht anbieten. Ich halte die Getränke nur für meine Gäste im Haus. Persönlich trinke ich nach zehn nichts mehr.«

Über den Verbleib Rudds wußte er auch nichts.

»Er kommt bestimmt wieder zum Vorschein«, meinte er. »Und ich prophezeie Ihnen, daß er dann Kopfschmerzen hat und ein paar Tage Urlaub nimmt.«

»Was hat er denn Ihrer Meinung nach gemacht?«

»Das will ich lieber nicht sagen.«

»Sie scheinen überhaupt sehr verschwiegen zu sein, Doktor.« Mason schenkte sich einen Whisky-Soda ein. »Soviel ich gehört habe, könnten Sie die Hälfte der Bewohner von Gallows Alley an den Galgen und die andere Hälfte lebenslänglich ins Zuchthaus bringen!«

»Wenn ich das könnte, würde ich es tun. Sie dürfen mir glauben, daß ich mich nicht zu diesen entsetzlichen Menschen hingezogen fühle.«

»Aber Gregory Wicks haben Sie doch gern?«

Ein Schatten glitt über das Gesicht des Arztes.

»Ja, den habe ich gern«, sagte er bedächtig.

»Er ist einer der anständigsten Leute, die in dieser Gegend wohnen«, begann Bray.

»Was ist eigentlich mit ihm los? Sie behandeln ihn doch?« fragte Mason.

Dr. Marford lächelte schwach.

»Ich behandle viele Leute, aber ich sage niemals etwas über sie, selbst wenn mich Polizeibeamte ausfragen.«

»Aber es ist doch etwas Besonderes mit ihm?« bestand Mason.

Der Doktor nickte.

»Man kann nicht sechsundsiebzig Jahre alt werden, ohne daß sich gewisse körperliche Beschwerden einstellen. Es treten Schwächen ein, für die es keine Medizin gibt. Das sind eben Alterserscheinungen. Ich bin immer erstaunt, wenn ich höre, was er bei seinen Jahren noch alles leistet. Und niemals habe ich ihn wirklich krank oder traurig gesehen. Er hat die lauteste Stimme im ganzen Bezirk, und ich kann bezeugen, daß er noch ein gefährlicher Gegner beim Boxen ist, denn ich habe den Mann behandelt, den er neulich knockout geschlagen hat. Aber warum interessieren Sie sich eigentlich so sehr für ihn?« Er warf Mason einen forschenden Blick zu. »Ich glaube fast, Sie sind gar nicht hergekommen, um mit mir über Dr. Rudd zu sprechen, sondern um etwas über Gregory Wicks zu erfahren. Es lebt hier ein Halbverrückter – seinen Namen habe ich vergessen, aber er war früher Schuhputzer. Er hat eine fixe Idee über Gregory. Sooft ich durch Gallows Alley gehe, hängt sich der Mensch an mich und erzählt mir, daß mit Gregory Wicks etwas nicht in Ordnung sei – vielleicht hat er Sie auch belästigt?«

Mason war verlegen. Es behagte ihm nicht, daß er durchschaut wurde.

»Gewiß – er hat auch mit mir darüber gesprochen. Aber Sie halten mich doch hoffentlich nicht für so wenig intelligent, daß ich Sie mitten in der Nacht störe, um Sie deshalb auszufragen? Nein, ich interessiere mich nun mal für den alten Gregory.«

Dr. Marford saß hinter seinem Schreibtisch. Er hatte die Arme verschränkt und sah sehr müde aus.

»Dann fragen Sie ihn am besten selbst. Es tut mir leid, aber ich möchte nichts über ihn sagen. Es ist nicht nur eine Frage des Berufsgeheimnisses. Wenn ein höherer Polizeibeamter ein schweres Verbrechen aufzuklären hat, nehme ich darauf keine Rücksicht. Aber ich kann mir wirklich nicht denken, daß der arme alte Gregory etwas Unrechtes getan haben könnte. Außerdem bin ich ihm auch persönlich verpflichtet.«

»Ist mit seinem Gesicht etwas nicht in Ordnung?«

Marford zögerte.

»Ja, so könnte man es vielleicht ausdrücken.« Er hob den Blick langsam zu Mason. »Sie wollen doch nicht etwa sagen« – seine Lippen zuckten –, »daß der alte Mann mit Weißgesicht identisch ist?«

»Nein, das behaupte ich keineswegs«, entgegnete Mason schnell und vorwurfsvoll. »Ich bin nur neugierig. Dieser verrückte Mensch ist mir auf die Nerven gefallen – ich gebe es zu. Ich werde Gregory am Morgen selbst fragen. Ich hätte es schon heute nacht getan, wenn ich nicht diesen Betrunkenen hätte stören müssen, der seit Mitternacht auf seiner Treppe schläft.«

»Ist es ein Mann mit einer roten Nase?« fragte Bray interessiert. »Den habe ich schon öfters dort beobachtet. Ich gehe oft allein durch Gallows Alley – das heißt, mehr oder weniger allein. Es ist ein betrunkener Mann mit einer roten Nase ...«

»Ich habe mir seine Nase nicht angesehen«, erwiderte Mason eisig. »Wahrscheinlich ist sie davon rot geworden, daß er sich um Dinge kümmerte, die ihn nichts angingen.«

»Meinen Sie?« fragte Bray, und Sergeant Shale wunderte sich über den geringen Verstand seines Vorgesetzten.

»Glauben Sie, daß jeder Mann, der eine Leinenmaske vor dem Gesicht trägt, ein Verbrecher ist?« fragte Marford ruhig. »Das tun Sie natürlich nicht, dazu sind Sie viel zu vernünftig. Ebensowenig glauben Sie, daß alle Chinesen schlechte Menschen sind. Ich frage Sie das, weil der Mann, von dem wir früher sprachen, heute abend hierherkommt.« Er schaute auf seine Uhr. »Und zwar in weniger als zehn Minuten.«

»Weißgesicht?« fragte Mason verblüfft.

»Er telefonierte kurz vor Ihrer Ankunft.«

»Sagen Sie, Dr. Marford«, mischte sich Bray wieder ein, »wie ist denn dieser Mann gekleidet, wenn er zu Ihnen kommt?«

Marford überlegte einen Augenblick.

»Gewöhnlich trägt er einen langen, schwarzen Mantel und einen dunklen, weichen Filzhut.«

»Ist der Hut schwarz?« fragte Bray eifrig.

»Möglich. Ich habe mich niemals genau darum gekümmert.«

»Warum kommt er so früh am Morgen?« fragte Mason.

»Er sagte, er wäre schon früher gekommen, wenn nicht so viele Polizisten auf der Straße gewesen wären. Ich berichte Ihnen genau, was er mir erzählte. Es spricht nicht gerade für ihn, daß er sich vor der Polizei fürchtet, aber er ist überempfindlich und zeigt sich nicht gerne.«

»Von wo aus hat er Sie denn angerufen?«

»Das weiß ich nicht.«

Der Doktor ging zu dem großen Fenster, zog den Vorhang beiseite und schaute auf die Straße hinaus.

»Dort draußen steht jemand. Ist das auch ein Polizeibeamter? Ach nein, es ist der junge Zeitungsreporter, nicht wahr?«

»Ja.«

»Sagen Sie ihm doch, daß er hereinkommen soll.«

Mason gab Shale einen Wink, und dieser ging hinaus, um Michael Quigley einzulassen.

»Ich muß Sie aber darauf aufmerksam machen, daß Sie nicht alles schreiben dürfen, was Sie hören«, ermahnte ihn Mason. »Sie müssen diskret sein. Und in dieser Beziehung kann ich mich ja auf Sie verlassen.«

»Um was handelt es sich denn?«

»Um Weißgesicht«, erklärte Mr. Bray und räusperte sich verlegen, als ihn Masons Blick traf.

»Ja, es handelt sich um jemand, der ein weißes Tuch vor dem Gesicht trägt, um einen Mann, der hier und sonstwo schon gesehen worden ist. Ich glaube, Sie sind ihm im Howdah-Klub begegnet. In den nächsten Minuten wird er hier sein. Er wird allerdings nicht gern mit so vielen Leuten zusammentreffen wollen«, wandte er sich an Marford, »aber Sie sehen doch ein, daß ich ihm einige Fragen stellen muß.«

Der Doktor beschäftigte sich mit einer Quarzlampe, die er mitten ins Zimmer rückte. Er nickte.

»Ich kann nur wiederholen, daß der Mann sehr scheu ist. Aber wenn ich schon jemand im Interesse der Justiz betrügen soll, so kann ich das ja schließlich auch mit ihm tun. Ich bin allerdings auf eine solche Handlungsweise nicht sehr stolz.«

Er rückte die Lampe näher an den Schreibtisch und schaltete sie ein. Ein grüner Lichtkreis erschien auf dem Boden, in dem sich die Schatten der anderen Lichter rötlich färbten. Marford drehte die Lampe wieder aus und erklärte, daß sie nicht an das elektrische Netz angeschlossen sei, sondern einen eigenen Akkumulator habe.

»Ich muß Sie noch darauf aufmerksam machen«, sagte er, »daß der Mann eventuell nicht hereinkommen will. Das letztemal fiel es mir schon sehr schwer, ihn dazu zu überreden.«

»Welchen Weg kommt er gewöhnlich?«

»Über den Hof und durch den hinteren Gang zu dieser Tür.« Er zeigte auf den Ausgang neben dem Medizinschrank. »Er gibt immer ein besonderes Klingelzeichen – zweimal lang und zweimal kurz. Das habe ich selbst so mit ihm vereinbart. Wenn er von Ihnen etwas sieht oder hört, werde ich ihn niemals hereinbringen.«

Mason ging zur Tür und drückte die Klinke herunter. Sie war verschlossen. Als alle aufs höchste gespannt waren, klingelte plötzlich das Telefon. Marford nahm den Hörer ab.

»Ja, Dr. Marford ist am Apparat ... es geht ihr besser? Das freut mich ... ja, er ist hier ... gewiß!« Er reichte Mason den Hörer. »Mrs. Weston hat ihr Bewußtsein zurückerlangt. Sie möchte zur Polizeiwache kommen, um mit Ihnen zu sprechen.«

Mason lauschte einige Zeit und gab nur einsilbige Antworten. Als er den Hörer auflegte, sah er sehr nachdenklich aus.

»Ich glaube, das war Elk. Ich habe ihn an der Stimme erkannt. Sie will mich tatsächlich auf der Wache sprechen. Ich möchte nur wissen, ob ich Elk noch rechtzeitig herbringen könnte. Er würde sich sehr für Weißgesicht interessieren, denn er ist ihm heute abend schon einmal begegnet.«

»Vielleicht ist noch Zeit –«, begann Marford, als plötzlich eine schrille Glocke ertönte.

Zweimal lang, zweimal kurz.

Die Anwesenden sahen sich betroffen an.

»Jetzt kommt also Weißgesicht?« fragte Mason mit heiserer Stimme. Mechanisch faßte er nach seiner Hüfttasche. Bray beobachtete es mit Genugtuung. Es war also wahr, daß der Chefinspektor stets eine Feuerwaffe bei sich trug. Michael Quigley überlief ein Schauder, als Mason seine Anordnungen traf.

»Bray und Shale – hinter die Vorhänge! Michael, Sie gehen besser in die Diele. Ich selbst verstecke mich hinter dem Schreibtisch, wenn Sie nichts dagegen haben, Dr. Marford.«

»Und was soll ich tun?« fragte der Arzt.

»Lassen Sie ihn herein. Das genügt. Ich werde schon dafür sorgen, daß er nicht wieder hinauskommt. Aber Sie können uns helfen, indem Sie die Tür sofort wieder hinter ihm zuschließen.«

Marford nickte. Er schloß auf und öffnete die Tür langsam. Mason sah von seinem Versteck aus, daß er lächelte.

»Guten Abend – wollen Sie nicht hereinkommen?«

Er trat auf den Gang hinaus, und sie konnten ihn nicht mehr sehen. Sie hörten Stimmen, vermochten aber nicht zu verstehen, was gesprochen wurde. Die eine Stimme klang so undeutlich, als ob jemand hinter einer Maske spräche.

»Aber mein Verehrter, ich habe Ihnen niemals versprochen, daß ich ganz allein sein werde«, hörten sie Marford sagen. »Sie brauchen sich doch nicht zu fürchten – kommen Sie herein.«

Mason hielt vor Spannung den Atem an. Plötzlich wurde die Türe zugeschlagen und von außen ein Riegel vorgeschoben.

»Hilfe! Hilfe!« schrie Marford im nächsten Augenblick. »Mason – Mason – um Himmels willen, helfen Sie mir!«

Dann gellte ein furchtbarer Schrei durch das Haus, der ihnen das Blut in den Adern erstarren ließ.

Mason sprang sofort auf, aber als er die Tür fast erreicht hatte, ging das Licht aus. Aus dem Korridor hörten sie schwache Geräusche, als ob dort ein Handgemenge im Gange wäre.

»Bray, gehen Sie schnell zur Haustür – Shale, begleiten Sie den Inspektor.«

Aber die beiden fanden die Zimmertür von außen verschlossen und konnten sie nicht öffnen, so sehr sie sich auch abmühten.

In der Dunkelheit konnten sie sich nur schwer zurechtfinden. Mason ergriff einen Stuhl und schlug damit gegen die Türfüllung. Plötzlich fiel Bray die Quarzlampe ein. Er suchte nach dem Schalter, fand ihn, und das gespensterhafte grüne Licht erschien wieder auf dem Fußboden. Sie konnten jetzt jedenfalls genügend sehen, um die Türfüllung einzuschlagen. Bray faßte durch die Öffnung und zog den Riegel zurück, aber es zeigte sich, daß die Tür weiter unten noch einmal gesichert war. Es dauerte noch einige Minuten, bis auch die dritte Füllung zusammenbrach.

Mason eilte zuerst in den Gang hinaus, sah aber niemand mehr. Die Tür am Ende stand weit offen – aber auch im Hof war kein Mensch zu entdecken.

»Hier sind Blutspuren«, sagte er. »Marford ist verschwunden. Können Sie nicht die Lampe herausbringen?«

Shale mühte sich mit der Quarzlampe ab, und es gelang ihm unter großer Anstrengung, sie auf den Gang hinauszubringen. An den Wänden und auf dem Fußboden des Ganges zeigten sich unregelmäßige Flecken. Der Doktor und der Angreifer waren verschwunden.

14

Der Mann, der über den Hof eilte, hörte das Splittern der Türfüllungen. Weißgesicht öffnete das Hoftor und warf einen Blick in das Innere des Wagens. Auf dem Boden lag eine bewußtlose Gestalt.

»Doktor, ich fürchte, ich muß Sie auf eine weite, unangenehme Reise mitnehmen«, sagte Weißgesicht.

Er hätte ihn auch zurücklassen können, aber dann hätten die Detektive ihn gefunden, und auf keinen Fall durfte der Arzt erzählen, was er wußte, denn er hatte Weißgesicht ohne Maske gesehen.

Der Wagen fuhr schnell auf die Straße hinaus. Als er vorn an der Klinik vorbeikam, hörte der Fahrer, daß jemand versuchte, die Haustüre zu öffnen. An der Ecke der Straße sah er einen Polizisten.

»Hallo, Gregory!« rief ihm der Mann zu.

Weißgesicht lachte in sich hinein.

Die Hände, mit denen er das Steuer hielt, waren noch feucht

von der roten Flüssigkeit, die er auf den Fußboden und auf die Wände des Ganges gesprengt hatte. Hoffentlich würden sie die Farbe nicht genauer untersuchen, damit er seine Verfolger wenigstens bis zum Morgen täuschen konnte.

Es stand ihm nur noch wenig Zeit zur Verfügung. Er überlegte sich, wie lange Mason brauchen konnte, um eine Beschreibung des Wagens nach Scotland Yard durchzugeben, und wie lange es dauern würde, bis diese Beschreibung allen Polizeiposten in London ausgehändigt war. Es mochte sich um eine Dreiviertelstunde handeln.

Er fuhr nach Norden, und dreißig Minuten später hatte er den Außenbezirk von Epping Forest erreicht. Es war sicher, daß Scotland Yard allen außerhalb liegenden Revieren die Nummer des Autos bekanntgeben würde. Er mußte sich deshalb auf Nebenwege beschränken und alle Punkte vermeiden, an denen Autokontrollen zu vermuten waren.

Wenn er Glück hatte, konnte er die kleine Farm, die zwischen Epping und Chelmsford lag, unentdeckt erreichen. Hätte er den direkten Weg eingeschlagen, so wäre er schon längst dort gewesen.

Er kam schließlich zu einer Stelle, an der ein ziemlich schlechter Landweg im rechten Winkel von der Chaussee abbog. Diesen benützte er. Er mußte mit größter Vorsicht fahren, denn er hatte die Lampen abgeschaltet. Der Weg war uneben und holperig, aber immer noch besser als der Feldpfad, den er später einschlug. Hier mußte er noch behutsamer manövrieren. Der Motor machte verhältnismäßig viel Geräusch, und Weißgesicht war in großer Sorge, daß dadurch ein Polizist auf ihn aufmerksam werden könnte. Aber er hatte Glück.

Er hatte keine Uhr bei sich, schätzte aber, daß es ungefähr vier sein mußte. Der Himmel hellte sich noch nicht auf.

Endlich kam er zu einer alten Scheune, die neben einem niedrigen, unscheinbaren Haus stand. Er hielt an, öffnete die Wagentür, zog den bewußtlosen Arzt heraus und legte ihn ins Gras. Dann fuhr er das Auto in die Scheune, schloß das große Tor, öffnete die Haustür und schleifte den besinnungslosen Mann über den Rasen in die Diele.

Außer ein paar unansehnlichen Gegenständen, die der frühere Eigentümer zurückgelassen hatte, war das Haus nicht möbliert. Ein schmutziger Teppich lag in der Diele, und in einem anstoßenden Zimmer stand ein altes Sofa. Dort legte Weißgesicht seinen Gefangenen nieder. Dann blieb er einige Zeit vor ihm stehen und betrachtete ihn.

»Es war ein großer Fehler von Ihnen, daß Sie die Polizei auf meine Spur hetzen wollten«, sagte er. »Ich hoffe, daß Ihnen die Sache nicht schlecht bekommt.«

Aber der Doktor war bewußtlos und hörte nichts. Weißgesicht hatte in der letzten Zeit die Angewohnheit, laut mit sich selbst zu sprechen.

Er wandte sich ab, ging wieder in die Scheune und brachte von dort eine kleine Flasche Wein und eine Schachtel Keks zurück, die er für Notfälle unter dem Führersitz hatte.

Den Wagen konnte er jetzt nicht mehr gebrauchen. Er mußte seinen Weg quer durchs Land nach Harwich auf andere Weise antreten. Aber darauf war er vorbereitet. Von Woche zu Woche hatte er mit größerer Sorgfalt eine Liste über alle Autobus-Sonderfahrten in die Umgebung Londons geführt, und er wußte, daß an diesem Morgen ein Autobus von Forest Gate nach Felixstowe fuhr. Er hatte sich entschlossen, diese Route zu wählen, und er glaubte sicher, daß er unter einer Anzahl von Ausflüglern nicht auffallen würde.

Nur der Doktor war eine Schwierigkeit. Weißgesicht wünschte jetzt fast, daß er den Mann nicht mitgenommen hätte.

Er goß etwas Wein in eine alte Tasse, die er in der Küche fand, und trank ihn aus. Dann füllte er die Tasse noch einmal und brachte sie in das Zimmer, wo der Doktor auf dem Sofa lag. Er stellte die Lampe, die er trug, auf einen wackligen Tisch, setzte sich auf die Ecke des Sofas und wartete.

Nach einer Weile blinzelte der Doktor und schaute sich dann verwundert um. Schließlich bemerkte er Weißgesicht.

»Wo bin ich denn?« fragte er heiser.

»Auf einer kleinen Farm in der Nähe von Romford. Und ich möchte Ihnen sagen, daß ich Weißgesicht bin, was Ihr Freund Mason bereits vermutet hat.«

Der Doktor sah ihn ungläubig an.

»Sie?«

»Das wundert Sie? Aber ich glaube, Sie haben es selbst geahnt und wollten es Ihren Freunden in Scotland Yard verraten. Ich habe nicht die Absicht, Sie zu chloroformieren oder durch ein anderes Mittel wieder bewußtlos zu machen. Wenn ich mich nicht sehr irre, schlafen Sie bald wieder ein und werden dann sehr lange schlafen. Und wenn Sie wieder aufwachen, finden Sie Ihren Weg zur nächsten Polizeistation schon selber. Sollten Sie Auto fahren, so kann ich Ihnen zu Ihrer Beruhigung sagen, daß Sie in der Scheune einen Wagen finden. Mein Hauswirt« – er lachte bei diesem Wort – »war nämlich Mr. Gregory Wicks, und ich habe seinen Wagen viel benützt. Diese Erklärung sagt Ihnen vielleicht manches, aber wahrscheinlich kümmern Sie sich augenblicklich nicht um so unwichtige Details.«

Der Doktor starrte ihn müde an.

»Legen Sie sich wieder auf die Seite«, befahl Weißgesicht. »Und schließen Sie die Augen.«

Er wartete noch einige Minuten, bis der Betäubte fest schlief; dann ging er wieder zur Scheune und holte dort einen kleinen Lederkoffer, in den er verschiedene Toilettenartikel eingepackt hatte.

15

Mason fand endlich den Hauptschalter auf dem Gang und drehte ihn an. Das Licht leuchtete wieder auf. Bray, der inzwischen den Hof abgesucht hatte, kam zurück und erstattete Bericht.

»Überall ist Blut«, sagte er. »Sehen Sie doch.« Er zeigte auf eine große, rote Stelle an der Tür. »Hier haben sie ihn hinausgetragen.«

»Gibt es denn vielleicht noch einen anderen Ausgang?« fuhr ihn Mason ärgerlich an.

Im Hof standen die Torflügel weit offen, ebenso in der Garage. Gregory Wicks' Taxi war verschwunden.

»Sie haben ihn im Wagen weggeschafft«, sagte Bray aufgeregt. »Es müssen mindestens zwei oder drei Mann gewesen sein.«

»Warum nicht vier oder fünf?« erwiderte Mason sarkastisch. »Sie können ja auch sechs oder sieben annehmen.«

»Ich wollte damit nur ausdrücken«, entgegnete der Inspektor kleinlaut, »daß ihn ein Mann unmöglich auf so weite Entfernung getragen haben kann. Am besten rufe ich Hilfe herbei.«

Er hatte die Trillerpfeife schon zum Mund erhoben, als Mason sie ihm aus der Hand schlug.

»Gibt es vielleicht kein Telefon?« knurrte er gereizt. »Ich will wissen, wer hier in der Nähe wach ist, aber ich will den Leuten keine Entschuldigung für ihr Wachsein geben! Lassen Sie alle Reservemannschaften sofort herkommen.«

Als Bray gegangen war, untersuchte Mason so schnell wie möglich den Hof. Er fand eine offene Grube, die von einem niedrigen Zaun umgeben war. Mit seiner Taschenlampe beleuchtete er den Schacht und sah unten Wasser aufblitzen. Es war ein Brunnen. Wie tief mochte er sein?

Plötzlich hörte er eine Stimme hinter sich.

»Haben Sie den Brunnen entdeckt?«

Er sah sich um und entdeckte Elk, der mit seinem weißen Verband gespenstisch aussah.

»Wußten Sie denn, daß ein Brunnen auf dem Hof ist?«

»Ja – die Winde ist über Ihrem Kopf.«

Mason schaute auf und sah die eiserne Rolle.

»Gregorys Auto ist verschwunden«, sagte Elk. »Ich vermutete schon, daß so etwas passieren würde, und kam deshalb her.«

Die beiden gingen zur Garage und durchsuchten sie, aber sie fanden nur ein paar Werkzeuge, einen Reservereifen und mehrere Kannen voll Benzin. Die Blutspur führte bis zur Garage. Mason betrachtete sie und schüttelte den Kopf.

»Ich kann mir die Sache nicht erklären«, sagte er verzweifelt. »Aber das war doch Weißgesicht. Und er hat den Doktor entführt. Der Kerl besitzt allerdings Frechheit!«

Sie hörten, daß Michael auf sie zukam, und schauten sich um.

»Wollen Sie jetzt Gregory verhören?« fragte der Reporter.

»Ich denke, er ist mit seinem Auto fortgefahren.«

»Das wollen wir erst einmal sehen«, erwiderte Michael.

Sie gingen rasch Gallows Alley entlang, bis sie zu Nr. 9 kamen. Der Mann auf der Treppe schnarchte immer noch.

Mason klopfte laut an die Tür, aber es antwortete niemand. Auch ein zweites Klopfen hatte keinen Erfolg.

»Er muß fort sein.«

Aber Michael schüttelte energisch den Kopf.

»Das glaube ich nicht. Wie konnte er denn aus dem Haus gehen, wenn der Mann hier liegt?«

Der Schläfer war nun wach geworden. Er stand geräuschvoll auf, gähnte und schimpfte. Bray erkannte in ihm einen berüchtigten Trinker der Gegend. Auf Befragen gab der Mann an, daß er etwa eine halbe Stunde nach Mitternacht hierhergekommen und eingeschlafen sei. Er hatte nicht gehört, daß jemand ins Haus gegangen war oder es verlassen hatte.

Mason klopfte noch einmal.

Die Leute in Gallows Alley wurden nun lebendig. Dunkle Gestalten zeigten sich an den Fenstern und kamen aus den Häusern. Sie sprachen nicht und waren unheimlich anzusehen.

Dann wurde plötzlich das obere Fenster von Nr. 9 aufgestoßen.

»Wer ist da unten?«

Mason erkannte sofort Gregory Wicks' schneidende Stimme.

»Ich möchte Sie sprechen, Gregory.«

»Wer ist denn da?«

»Chefinspektor Mason. Sie können sich doch noch auf mich besinnen?«

Der alte Mann dachte nach.

»Nein, einen Chefinspektor Mason kenne ich nicht. Aber vor ein paar Jahren habe ich einen Sergeanten Mason gekannt.«

»Nun, das ist aber schon viele Jahre her«, meinte Mason lachend. »Also, ich bin Sergeant Mason. Kommen Sie herunter und lassen Sie uns herein.«

»Was wollen Sie denn?« fragte Gregory vorsichtig.

»Ich möchte mich einmal mit Ihnen unterhalten.«

Der Chauffeur zögerte noch eine Weile, dann schloß er das

Fenster und kam die Treppe herunter. Gleich darauf öffnete sich die Haustür.

»Kommen Sie mit nach oben in mein Zimmer.«

Es brannte kein Licht im Haus, und die Beamten halfen sich mit ihren Taschenlampen. Auch das Wohnzimmer oben war dunkel.

»Nehmen Sie Platz. Hier ist ein Stuhl, Sergeant – Inspektor. Ja, die Zeit vergeht!«

»Haben Sie denn kein Licht?«

Die Frage schien den Alten in Verlegenheit zu bringen.

»Doch. Irgendwo muß eine Lampe sein. Ich glaube, sie steht in der Küche. Sie sind doch zu dritt, nicht wahr? Meine Augen sind nicht mehr so gut wie früher, aber ich habe drei verschiedene Tritte auf der Treppe gehört, als wir heraufgingen.«

Michael ging nach unten und fand eine Petroleumlampe. Er steckte sie an und trug sie vorsichtig in das Wohnzimmer hinauf.

»Ich habe Ihre Lampe nicht gefunden, Mr. Wicks«, sagte er zu Masons größter Überraschung.

Der Alte lächelte.

»Na, was haben Sie denn da in der Hand? Stellen Sie doch die Lampe auf den Tisch, junger Mann, und versuchen Sie nicht, mich zum besten zu halten.«

Michael machte ein enttäuschtes Gesicht, und Mason grinste.

»Nun setzen Sie sich alle hin. Was wollen Sie denn von mir wissen?«

»Sind Sie heute nacht ausgewesen?« fragte Mason.

Gregory fuhr über sein unrasiertes Kinn.

»Ja, für kurze Zeit«, erwiderte er vorsichtig. »Warum interessiert Sie denn das?«

»Fährt noch jemand anders Ihren Wagen?«

»Ja, ich habe ihn schon früher vermietet. Ich bin nicht mehr der Jüngste, und ein Taxibesitzer will schließlich auch leben. Das kann er aber nur, wenn der Wagen dauernd unterwegs ist.«

»Wer fährt denn Ihren Wagen?«

Der Alte gab erst Antwort, als Mason seine Frage wiederholte.

»Nun, sehen Sie . . . mein Mieter ist ein Chauffeur.«
»Ist das der Mann, der das Zimmer im Erdgeschoß hat?«
»Jawohl, Sergeant – ich meine Inspektor. Merkwürdig, wie schnell doch die Zeit vergeht. Ich kann mich noch erinnern, wie Sie Ihren ersten Streifen bekamen.«
Mason klopfte ihm freundlich aufs Knie.
»Wo ist denn Ihr Mieter jetzt?«
»Vermutlich ist er ausgefahren. Das macht er nachts gewöhnlich so. Ein sehr netter junger Mann, und ein ruhiger Mieter. Er ist ungefähr fünfunddreißig Jahre alt, hat aber früher viel Schwierigkeiten gehabt. Mehr weiß ich nicht von ihm. Er ist doch nicht wieder mit der Polizei in Konflikt gekommen?« fragte er plötzlich bestürzt.
»Ach, das haben Sie wohl eben mit den Schwierigkeiten gemeint?« fragte Mason. »Wo ist denn Ihre Marke, Gregory?«
Die Marke ist für einen Chauffeur ungefähr das Heiligste, was er besitzen kann. Sie bedeutet ihm soviel wie einer Frau ihr Trauschein.
Gregory bewegte sich unruhig in seinem Stuhl und rieb sich verlegen das Kinn.
»Ich habe sie irgendwie verlegt«, erwiderte er unsicher.
»Gregory, wo ist Ihre Marke? Wenn Sie heute nacht fort waren, haben Sie sie doch getragen? Aber Sie sind gar nicht ausgefahren – schon seit Monaten sind Sie nicht mehr ausgefahren. Das wissen Sie ganz genau, alter Junge.«
Mason klopfte ihm wieder freundlich aufs Knie, denn er hatte wirklich Mitleid mit dem Mann.
»Und ebenso genau wissen Sie, warum Sie nicht mehr ausgefahren sind. Der Doktor weiß es auch.«
»Hat er Ihnen etwas gesagt?« fragte Gregory schnell.
»Nein, das habe ich mir selbst gedacht. Sie wußten vorhin, daß eine Lampe ins Zimmer getragen wurde, weil Sie das Petroleum rochen, aber nicht, weil Sie die Lampe sahen. Höchstens haben Sie einen schwachen Schein bemerkt. Stimmt das?«
Der alte Mann fuhr erschrocken zusammen.
»Seit fünfundfünfzig Jahren habe ich meinen Führerschein, Mr. Mason«, sagte er bittend.

»Ich weiß. Ich hoffe auch, daß man Ihnen den Führerschein nicht nehmen wird. Nur dürfen Sie keinen Wagen mehr fahren, Gregory, wenn Sie fast blind sind!«

»Meine Augen sind nicht mehr so gut wie früher, Mr. Mason – aber ich wollte das nicht zugeben. Ich hatte meinen Führerschein und meine Marke all die Jahre lang, und ich wollte mich nicht von ihnen trennen. Als nun dieser junge Mann das Zimmer bei mir mietete und keinen Führerschein bekam, weil er einmal Unannehmlichkeiten mit der Polizei gehabt hatte, sagte er, daß er mit meinem Wagen ausfahren wollte. Und da habe ich ihm – meine Marke geliehen. Das ist verboten, ich weiß es. Nun muß ich eben die Folgen dafür tragen.«

»Haben Sie Ihren Mieter eigentlich einmal gesehen?«

»Nein, gesehen habe ich ihn nicht. Aber ich habe ihn gehört. Manchmal besucht er mich, und wir sprechen dann miteinander. Ich höre ihn auch, wenn er unten in seinem Zimmer ist. Und er bezahlt seine Miete pünktlich.«

»Woher wissen Sie denn, daß er fünfunddreißig und ein netter junger Mann ist?«

»Das habe ich gehört – ein Freund hat es mir erzählt.«

Mason ging mit seinen Begleitern die Treppe hinunter und versuchte, die Tür des unteren Zimmers zu öffnen. Das Schloß war leicht aufzubrechen, und nach kurzer Zeit traten die Beamten in den Raum.

In der Ecke stand ein Bett, aber seit langer Zeit schien niemand darin geschlafen zu haben. Die Laken waren sauber zusammengefaltet, und das Kissen hatte keinen Bezug. Auf dem Fußboden lag ein großer, viereckiger Teppich. Ein Tisch, ein Stuhl und ein Spiegel über dem Kamin bildete die übrige Ausstattung des Raumes. Elk untersuchte den Spiegel und entdeckte, daß hinter ihm ein Loch in die Wand geschlagen war. Dort fand er eine Kassette.

»Vielleicht gibt uns das eine Aufklärung«, sagte Mason.

Er öffnete den Deckel und erblickte ein kurzes, starkes Messer. Die Klinge war mit Blut befleckt. Sorgfältig nahm er es heraus und legte es auf den Tisch.

»Mit diesem Messer wurde Donald Bateman erstochen!«

Nur ein Mann in Gallows Alley hatte Gregorys Mieter gesehen. Als bekannt wurde, daß die Polizei jetzt verhören wollte, verschwanden die Leute wieder in ihren Häusern. Nur der halbverrückte Mann blieb auf der Straße.

»Habe ich Ihnen das nicht schon vorher gesagt?« schrie er, als er Mason sah. »Etwas stimmt nicht bei Gregory. Ich wußte es. Und ich wette, daß es Dr. Marford auch wußte. Aber der hätte ihn nicht verraten. Ist das wahr, daß sie den Doktor verschleppt haben? Jemand wird kaltgemacht, wenn sie ihm ein Haar krümmen ... alle Leute in Gallows Alley werden hinter ihm her sein und ihn hierherbringen ... dann stecken sie ihn in einen Keller und bringen ihn um.«

Der Mann grinste den Chefinspektor tückisch an.

»In diesem Fall komme dann ich und nehme mir die Leute vor, die das getan haben!« erwiderte Mason. »Und die sterben dann auch. Nein, ich weiß nicht, wer den Doktor fortgebracht hat.«

»Ich hörte, wie er um Hilfe schrie. Es war schrecklich. Und dann fuhr der Wagen fort«, flüsterte der Mann. »Wenn wir gewußt hätten, daß es der Doktor war, wären wir hinter ihm hergewesen.«

»Wer ist denn eigentlich der Mieter vom alten Gregory?«

Der Mann schüttelte den Kopf.

»Er ist groß und schlank – mehr weiß ich nicht. Ich habe ihn ein paarmal ins Haus gehen sehen, gewöhnlich nachts. Aber ich habe ihn niemals aus nächster Nähe betrachtet. Er hat nicht in dem Haus geschlafen – der alte Gregory glaubte es wohl, aber es stimmte nicht.«

Das kam der Wahrheit so nahe, daß Mason sich jetzt doch geneigt fühlte, den Mann ernst zu nehmen. Aber der Alte sagte nichts mehr.

Inspektor Bray hatte wenigstens einen Vorzug: er konnte ausgezeichnet und schnell telefonieren. Bevor Mason die Klinik verließ, wußte Scotland Yard bereits alle Einzelheiten über das Taxi Nr. 93 458, besaß die genaue Beschreibung, kannte Farbe,

Modell und die Richtung, in der der Wagen davongefahren war. Die Beamten waren auch darüber informiert, daß Dr. Marford entführt und daß der Chauffeur ein Untermieter von Gregory Wicks war.

Der Fernschreiber im Polizeipräsidium arbeitete unausgesetzt, um diese Neuigkeiten allen Revieren bekanntzugeben.

Als Mason wieder auf die Wache kam, fand er dort Lorna Weston vor. Aber sie war noch in einem so apathischen Zustand, daß sie nicht fähig war, eine Aussage zu machen. Sie wiederholte nur immer wieder, daß sie mit dem Chefinspektor sprechen müsse. Mason wunderte sich, daß man sie in dieser Verfassung aus dem Krankenhaus entlassen hatte, und übergab sie der Obhut der Wärterin. Dann erkundigte er sich bei Bray, ob neue Berichte eingelaufen seien.

»Nein, aber ich glaube, ich halte es jetzt nicht mehr aus. Ich muß mich legen. Schließlich bin ich doch auch nur ein Mensch.«

»Nein, das sind Sie nicht«, erwiderte Mason scharf. »Sie sind Polizeibeamter und noch nicht einmal vierundzwanzig Stunden im Dienst. Auf jeden Fall müssen Sie noch weitere vierundzwanzig Stunden die Augen aufhalten. Die ersten achtundvierzig Stunden sind das schlimmste, nachher wacht man schon von ganz allein.«

»Ich nehme an, daß dieser Kerl das Auto direkt in die Themse gefahren hat . . .«

»Ja, ja, das glaube ich auch. Vielleicht ist er auch ins Britische Museum gefahren. Sie können ja dort anfragen.«

Inspektor Bray dachte darüber nach.

»Nein, ich glaube doch nicht, daß er ins Britische Museum –«

Mason zeigte zur Tür. Es war ihm unmöglich, Inspektor Brays Gegenwart noch länger zu ertragen.

Er ging wieder in das kleine Büro des Inspektors, wo jetzt die verschiedenen Gegenstände auf dem Tisch lagen, die man in dem Zimmer von Gregorys Untermieter gefunden hatte. Da stand ein großer Zinnkasten, halb gefüllt mit Platinschmuck, aus dem die Steine herausgebrochen waren. Als Mason in ihm herumkramte, fand er noch allerhand Werkzeuge, wie sie sonst nur Goldschmiede und Juweliere brauchen. Weißgesicht hatte also stets die Steine aus den Schmucksachen gelöst, die ihm bei seinen verschiedenen Raubüberfällen in die Hand fielen. Es war merkwürdig, daß er das Platin nicht verkauft hatte. Er mußte sich sehr sicher gefühlt haben unter dem Schutz des alten Gregory, dessen allbekannte Ehrlichkeit die beste Empfehlung für ihn selbst war.

Man hatte den Raum auch nach Schußwaffen abgesucht und vorsichtshalber in der Personalbeschreibung vermerkt, daß der Mann vielleicht einen Revolver bei sich trüge. Aber nirgends fand sich eine Bestätigung dieser Vermutung. Man entdeckte weder Patronen noch Patronenschachteln, und außer dem blutigen Dolchmesser war keine Waffe im Zimmer zu finden.

In einer Schublade stießen die Beamten auf eine Pappschachtel mit weißen Baumwollhandschuhen und einem Dutzend weißer Tücher, in die Löcher für die Augen geschnitten waren. An allen Tüchern waren Gummibänder befestigt, und der Rand war mit Fischbein versteift, so daß man sie bequem anlegen konnte.

Weißgesicht schien gut versorgt zu sein. Er besaß auch noch zwei lange, schwarze Umhänge, die anscheinend aus dem Ausland stammten, und drei Paar Gummischuhe. Aber das Merkwürdigste war eine Holzpistole. Sie war so gut nachgeahmt, daß selbst Mason sich täuschen ließ, bis er sie in die Hand nahm und die Imitation erkannte.

Er war davon überzeugt, daß Weißgesicht keine anderen Waffen besaß und daß er auch bei seinen Überfällen diese Scheinpistole benützt hatte.

Elk war in dem anderen Zimmer halb eingeschlafen, als Mason eintrat.

»Wissen Sie, woran ich gerade dachte?«

»Was, Sie denken auch? Na, schießen Sie los.«

»Selbst wenn wir Weißgesicht fangen, weiß ich jemand, durch dessen Aussagen er entlastet wird. Man kann es betrachten, wie man will, es kommt immer auf das gleiche hinaus. Wir können ihn nicht überführen, solange Lamborn bei seinen blödsinnigen Aussagen bleibt.«

»Ach ja!« Mason verzog das Gesicht. »Das ist doch der Taschendieb! Hm!«

Er dachte einige Zeit nach.

»Sie haben ganz recht, Elk«, sagte er schließlich. »Bei der Aussage, die der Kerl gemacht hat, wird eine Verurteilung kaum möglich sein. Immerhin könnten sich ja die Geschworenen unseren Standpunkt zu eigen machen, aber man kann sich nicht darauf verlassen.«

»Die Geschworenen hören auf alle Leute, nur nicht auf die Polizei. Diese Menschen haben überhaupt keinen Verstand ...«

»Wir wollen nicht weiter darüber reden«, wehrte Mason ab.

Er nahm einen Schlüssel von der Wand und ging durch den Korridor zu Lamborns Zelle, hob die Klappe hoch und schaute hinein. Der Mann lag auf seiner Pritsche und hatte zwei Dekken über sich gezogen. Er war wach, und bei dem Geräusch wandte er den Kopf.

»Hallo, Lamborn, haben Sie gut geschlafen?« fragte der Chefinspektor.

Der Gefangene blinzelte ihn an, richtete sich dann aber auf.

»Wenn es überhaupt noch ein Gesetz in diesem Lande gäbe, dann wären Sie schon längst ohne Pension entlassen worden für all das, was Sie mir angetan haben!«

»Haben Sie sich noch nicht beruhigt?«

Mason schloß die Tür auf.

»Kommen Sie heraus und trinken Sie Kaffee mit mir.«

»Das tue ich nicht – ich weiß, daß die Polizei schon viele Leute vergiftet hat«, erwiderte Lamborn argwöhnisch.

»Ein bißchen Strychnin tun wir immer hinein – aber das ist nicht gefährlich.«

Mason führte den Mann durch den langen Korridor zu einem kleinen Zimmer. Als Lamborn das verbundene Gesicht Elks sah, grinste er vergnügt.

»Hallo, haben Sie eins an den Ballon gekriegt?« fragte er. »Manchmal werden also doch stille Gebete erhört. Ich hoffe, daß Sie nicht ernstlich verletzt sind, Mr. Elk?«

»Sie meinen natürlich gerade das Gegenteil«, erwiderte Elk. »Setzen Sie sich, Sie armseliger Halunke!«

»Ich wünsche wirklich nicht, daß Sie schon das Zeitliche segnen – Blumenkränze sind augenblicklich ziemlich teuer.«

Lamborn ließ sich, immer noch grinsend, auf einem Stuhl nieder, und als der Kaffee gebracht wurde, füllte er sich die halbe Tasse mit Zucker.

»Na, haben Sie den Mörder nun erwischt?« fragte er vergnügt.

»Sie haben wir ja gefaßt, Harry«, erwiderte Mason ebenso.

Lamborn brummte.

»Sie können mir nicht das geringste nachweisen. Höchstens wenn Sie Ihren Beamten wieder befehlen, Meineide zu leisten. Wenn Sie dann ein halbes Dutzend Ihrer Kreaturen als Zeugen aufmarschieren lassen, können Sie alles beweisen. Aber es gibt noch einen Gott im Himmel!«

»Wo haben Sie denn das Deklamieren so schön gelernt?«

Lamborn zuckte die Schultern.

»Wenn ich im Gefängnis bin, lese ich immer Gedichtbücher. Man hat länger daran, weil man es nicht so genau versteht.«

Er schlürfte seine Tasse leer, setzte sie geräuschvoll auf den Tisch und neigte sich dann zu Mason hinüber.

»Sie haben nicht die geringste Aussicht, daß Sie mir etwas beweisen können. Das habe ich mir schon die ganze Zeit in meiner Zelle überlegt.«

Mason sah ihn an und lächelte mitleidig.

»In dem Augenblick, in dem Sie anfangen zu denken, Harry, haben Sie das Spiel schon verloren. Das können Sie ebensowenig wie eine Kuh das Seilspringen. Dazu sind Sie nicht geboren. Übrigens habe ich gar nicht die Absicht, Ihnen den Mord nachzuweisen.« Mason sprach jetzt sehr ernst, und es gelang ihm dadurch, auf Lamborn Eindruck zu machen. »Ich will weiter nichts erreichen, als daß Sie die Wahrheit sagen. Glauben Sie denn, ich würde mir soviel Mühe machen, um einen kleinen Taschendieb ins Gefängnis zu bringen? Seien Sie doch vernünftig, Harry. Ein Chefinspektor von Scotland Yard kommt doch nicht nach Tidal Basin und opfert seine Nachtruhe, um einen so belanglosen Menschen wie Sie zu überführen! Das wäre ja gerade so, als ob man ein Kriegsschiff aufbieten würde, um einen kleinen Fisch totzuschießen!«

Lamborn konnte sich dieser Logik nicht verschließen.

»Ja, das wäre natürlich sehr komisch«, sagte er.

»Komisch? Einfach lächerlich! Ich muß doch irgendeinen Grund haben, wenn ich die Wahrheit von Ihnen hören will, und ohne Grund verspreche ich Ihnen doch auch nicht, daß ich keine Anklage gegen Sie erheben will. Nehmen Sie doch Ihren Verstand zusammen und sagen Sie mir, warum ich mir soviel Mühe geben sollte, wenn nichts dahintersteckte!«

Lamborn vermied es, ihn anzusehen.

»Es kommt mir wirklich komisch vor«, wiederholte er.

»Dann lachen Sie doch wenigstens«, brummte Elk.

Lamborn achtete aber nicht auf ihn. Er legte die Stirn in Falten und schaute auf die Tischplatte. Offenbar dachte er tief nach, um zu einem Entschluß zu kommen.

»Nun gut, Chef, die Wette gilt«, sagte er nach einer Weile. Er streckte die Hand aus, und Mason ergriff sie. Mit diesem Händedruck schlossen sie einen Vertrag.

»Ich habe seine Taschen geleert – das gebe ich zu. Ich sah, wie er umfiel und hielt ihn für betrunken. Als ich zu ihm kam, wunderte ich mich fast zu Tode, daß es ein so vornehmer Herr war.«

»Er lag auf der Seite und hatte das Gesicht von der Laterne abgekehrt – stimmt das?« fragte Mason.

Lamborn nickte.

»Nun erklären Sie mir einmal ganz genau, wie Sie es machten – einen Augenblick.«

Er rief Inspektor Bray.

»Legen Sie sich einmal auf den Boden«, sagte er zu ihm. »Ich möchte den Fall rekonstruieren.«

Bray warf einen bezeichnenden Blick auf Elk.

»Der Sergeant kann sich doch nicht hinlegen, wenn er eine Verletzung am Kopf hat«, fuhr Mason den Inspektor ärgerlich an.

Bray kniete umständlich nieder und legte sich auf den

Boden. Lamborn trat zu ihm und zeigte, wie er es gemacht hatte.

»Also, es war so. Ich öffnete seinen Mantel – sehen Sie, so – und dann steckte ich meine Hand in die innere Tasche . . .«

»Links oder rechts?« fragte Mason.

»Links. Dann habe ich seine Uhr genommen – ich mache das immer mit dem kleinen Finger – sehen Sie, so.«

Seine Hände bewegten sich schnell, und im nächsten Augenblick hielt er Mr. Brays Brieftasche in den Fingern. Als er sie herauszog, fiel die Fotografie eines hübschen Mädchens auf den Boden. Bray nahm sie rasch auf und steckte sie wieder ein.

»Und dabei ist der Mann verheiratet«, sagte Elk entrüstet. Bray wurde rot.

»Schon gut, stehen Sie wieder auf«, befahl Mason.

Er nahm ein Blatt Papier und schrieb schnell einige Zeilen nieder. Als er fertig war, reichte er Lamborn das Schriftstück, der es durchlas und unterzeichnete.

»Warum wollten Sie das denn nun wissen?« fragte er. »Was hat das mit dem Mord zu tun?«

Mason lächelte.

»Das können Sie alles in den Abendzeitungen lesen – ich werde dafür sorgen, daß Ihre Fotografie veröffentlicht wird. Lassen Sie den Mann frei, Bray, und ziehen Sie die Anklage zurück. Lamborn, morgen früh müssen Sie zum Polizeigericht kommen, aber Sie brauchen nicht auf der Anklagebank Platz zu nehmen.«

»Sie ist das einzige, was er von den Polizeigerichten bisher kennengelernt hat«, erklärte Elk im Brustton der Überzeugung.

Lamborn reichte dem Chefinspektor und Elk verzeihend die Hand.

»Noch eins, Harry«, sagte Mason. »Sie bekommen Ihre Sachen alle zurück, natürlich mit Ausnahme des zusammenlegbaren Stemmeisens, das wir in Ihren Taschen gefunden haben. Ich habe es Ihnen noch nicht gesagt, aber eigentlich wollte ich auch noch eine Anklage wegen versuchten Einbruchs gegen Sie erheben. Nun kann man Ihnen ja gratulieren, daß Sie mit einem blauen Auge davongekommen sind!«

Lamborn sah zu, daß er schleunigst auf die Straße kam. Zu Hause legte er sich ins Bett, aber er mußte immer noch über Masons sonderbares Verhalten nachdenken. Vergebens bemühte er sich, eine Erklärung dafür zu finden, daß man ihn auf freien Fuß gesetzt hatte. Er wurde an den Methoden der englischen Polizei irre.

17

Sobald sich Lamborn entfernt hatte, rief Mason Michael Quigley.

»Sagen Sie, was macht denn eigentlich die junge Dame, die Sie kennen, in der Klinik?«

»Sie ist Krankenschwester und, ich glaube, auch Marfords Sekretärin«, erwiderte Michael überrascht. »Sie wollen sie doch nicht etwa noch heute nacht aufsuchen?« fügte er ängstlich hinzu.

Mason war sich noch nicht klar.

»Es wäre wohl das beste. Irgend jemand müssen wir doch mitteilen, daß der Doktor entführt wurde – ich meine, jemand, der in der Klinik Bescheid weiß. Außerdem kann sie uns wahrscheinlich helfen.«

»In welcher Weise denn?« fragte Michael argwöhnisch.

»Wenn Sie glauben, daß ich sie mitten in der Nacht aufwecken will, um sie einmal im Negligé zu sehen, dann irren Sie sich. Ich habe nur den einen Wunsch, das Verbrechen aufzuklären, und vor allem muß ich wissen, wer Marfords Freunde sind und ob er Feinde hat. Ich wüßte nicht, wer mir das sonst sagen könnte. Sie kann es, weil sie mit ihm zusammengearbeitet hat. Elk hat sogar den Eindruck, daß er sich in gewisser Weise in sie verliebt hatte.«

»Das ist der größte Unsinn, den ich je gehört habe«, entgegnete Michael wütend. »Ich glaube, er hat sich noch nicht zweimal nach ihr umgesehen.«

»Einmal genügt schon für die meisten Männer«, meinte Mason. »Wollen Sie mit mir hingehen und mich der Dame vorstellen?«

»Janice – ich meine Miss Harman – wird aber sehr erschrekken«, sagte Mike.

»Nennen Sie sie ruhig Janice. Das klingt viel freundlicher. Ja, sie wird natürlich einen Schrecken bekommen. Marford ist ein Mensch, dem man unwillkürlich Sympathie und Zuneigung entgegenbringt.«

»Hat man seine Leiche schon gefunden?«

Mason schüttelte den Kopf.

»Er ist sicher nicht tot – trotz der Blutspuren. Wäre er tot gewesen, so hätte ihn Weißgesicht nicht mitgeschleppt.«

Die Bury Street war wie ausgestorben, als das Auto vor Janices Wohnung hielt, und es dauerte eine Viertelstunde, bis sie den Portier geweckt hatten. Mason zeigte seinen Ausweis, und die beiden stiegen zum ersten Stock hinauf. Das Dienstmädchen hatte einen sehr festen Schlaf, und Janice hörte das Klingeln zuerst. Im Morgenrock eilte sie zur Tür.

Mike stellte Mason vor, und sie führte die beiden in das Wohnzimmer. Etwas erstaunt fragte sie nach dem Grund ihres Kommens.

»Ich fürchte, ich bringe Ihnen eine unangenehme Nachricht, Miss Harman«, begann Mason. Er sprach so niedergeschlagen und traurig, daß sie glaubte, er wolle ihr von der Ermordung Batemans erzählen.

»Ich weiß schon alles«, erwiderte sie schnell. »Mr. Quigley hat es mir mitgeteilt. Wollen Sie wegen des Ringes noch etwas fragen? Ich habe ihn . . .«

Mr. Mason schüttelte den Kopf und unterbrach sie.

»Nein. Ich wollte Ihnen mitteilen, daß Dr. Marford verschwunden ist.«

Sie sah ihn entsetzt an.

»Sie meinen – es ist doch nichts passiert?«

»Ich hoffe nicht.«

Michael hatte den Chefinspektor bisher zwar für einen sehr gediegenen, aber im allgemeinen trockenen und phantasielosen Beamten gehalten. Er war daher sehr erstaunt, als Mason mit knappen, gutgewählten Worten seine Geschichte äußerst gewandt und interessant erzählte, ohne eine wichtige Tatsache auszulassen. Janice hörte ihm gespannt zu. Der Vorfall, von dem er berichtete, erschreckte sie zwar nicht so sehr wie der Tod Batemans, aber dafür schmerzte es sie um so tiefer, denn Marford war für sie das Ideal eines aufopfernden, selbstlosen Menschen gewesen.

»Das Traurige ist, daß wir nichts über den Doktor und seine Freunde wissen. Wir haben keine Ahnung, wo wir mit unseren Nachforschungen beginnen sollen. Sie waren doch seine Sekretärin ...«

»Nein, das war ich nicht. Ich habe nur manchmal die Abrechnungen für die Klinik und für das Erholungsheim gemacht. Auch bei den Vorbereitungen für die Gründung des Tuberkuloseheims in Annerford habe ich geholfen.« Janice erzählte von den Plänen des Doktors, in Annerford eine Lungenheilstätte für die kranken Kinder von Tidal Basin einzurichten.

Mason nickte.

»Sie kennen doch die Patienten der Klinik, Miss Harman? Ist jemand darunter, der etwas gegen den Doktor hat? Oder hatte er besondere Freunde unter seinen Angestellten – Mann oder Frau?«

Sie schüttelte den Kopf.

»Er beschäftigte nur wenige Leute. Eine ältere Krankenschwester und gelegentlich eine oder zwei Helferinnen. In Eastbourne hatte er auch nur eine ältere Dame und eine Helferin. Er war immer bemüht, die Klinik und das Erholungsheim zu vergrößern, und er wußte sehr wohl, daß das Personal nicht ausreichte. Aber bei seinen geringen Mitteln konnte er nicht mehr Leute einstellen.«

»Hatte er denn keinen Vertrauten unter seinen Angestellten in der Klinik, in Eastbourne oder in Annerford?«

Sie lächelte.

»In Annerford bestimmt nicht. Nein, ich wüßte niemanden. Er hatte keine Freunde. Sie glauben doch nicht, daß ihm ein Unfall zugestoßen ist?«

Mason erwiderte nichts darauf.

»Hatte Donald Bateman eigentlich Freunde?« fragte er.

Sie dachte nach.

»Ja. Er sprach von einem Herrn, den er von Südafrika her kannte, aber er nannte niemals seinen Namen. Der einzige andere Mensch, den er zu kennen schien, war Dr. Rudd.«

Mason schaute sie groß an.

»Wissen Sie das bestimmt?«

Sie nickte und erzählte ihm, wie sich Bateman benommen hatte, als Rudd an jenem Abend in Begleitung mehrerer junger Damen ins Restaurant gekommen war.

»Das gibt allerdings zu denken. Wo konnte er nur Rudd kennengelernt haben? Ich kann mir schon vorstellen, wie er dort aufgetreten ist – ich meine, der Doktor. Aber das ahnte ich allerdings nicht – hm!«

Er schaute lange Zeit nachdenklich auf den Teppich.

»Ja«, sagte er plötzlich. »Natürlich. Ich verstehe jetzt, warum er Dr. Rudd nicht begegnen wollte.« Er warf Michael einen Blick zu. »Wollen Sie bei Miss Harman zum Frühstück bleiben?«

Mike schaute ihn vorwurfsvoll an und schüttelte den Kopf.

»Dann gehen Sie am besten nach Tidal Basin und warten dort in der Wache auf mich. Ich fahre nur noch nach Scotland Yard, um ein paar Angaben zu vergleichen. In einer Stunde bin ich bei Ihnen.«

Weißgesicht wartete geduldig bis Tagesanbruch. Er hatte sich umgekleidet und war nun sicher, daß er kein Aufsehen erregen würde, wenn er mit den anderen Fahrgästen im Autobus saß. Ein paarmal sah er sich nach seinem Gefangenen um, fand ihn aber jedesmal in friedlichem Schlaf.

Er trat ins Freie hinaus. Aus der Ferne drangen die Geräusche des Straßenverkehrs zu ihm. Bestimmt kontrollierte die Polizei schon seit Stunden jedes Auto, das die Stadt verlassen wollte. Die Londoner Polizei besaß intelligente Beamte, die sich alle Vorteile zunutze machten, und es war nicht nur schwer, sondern auch gefährlich, gegen sie zu arbeiten. Weder verachtete Weißgesicht die Polizei, noch fürchtete er sie. Es bestand nur geringe Wahrscheinlichkeit, daß er entkommen konnte, aber er wollte doch jede Gelegenheit ausnützen.

Niemand, der gesucht wurde und von dem man eine Fotografie besaß, hatte jemals England verlassen können. Vielleicht war es doch dem einen oder anderen gelungen, aber die Polizei gab solche Ausnahmen niemals zu.

Gefahren bedeuteten ihm nichts. Er bereute keine Tat seines Lebens, am wenigsten, daß er Donald Bateman ermordet hatte. Vielleicht wäre Walter nicht damit einverstanden gewesen, aber er selbst fühlte Befriedigung und Genugtuung über seine Handlungsweise.

Der arme, alte Gregory! Dem Doktor wollte er noch Wasser und ein paar Keks zur Erfrischung zurechtstellen. Er bedauerte nur eins, aber daran wollte er nicht denken. Wenn er sein Leben aufgeben mußte, war er dazu bereit. Und mit dem Leben gab man auch alle seine Pläne, Hoffnungen und Wünsche auf.

Langsam ging er wieder ins Haus zurück. Er hatte sich eben rasiert, als er Schritte im Gang hörte. Der Doktor war also doch schon wieder zu sich gekommen! Das hatte er allerdings nicht vorausgesehen. Er trat auf die Türe zu, aber im gleichen Augenblick öffnete sie sich, und Mason kam ihm entgegen. Er hatte den Hut ins Genick geschoben.

»Ich war so frei, durch ein Fenster einzusteigen. Die meisten stehen ja offen«, sagte er. »Und außerdem verhafte ich Sie!«

»Selbstverständlich«, erwiderte Weißgesicht. Seine Stimme zitterte nicht. »Den Doktor finden Sie nebenan. Es ist ihm nichts passiert.«

Er streckte die Hände aus, aber Mason schüttelte den Kopf.

»Handschellen sind heutzutage altmodisch geworden. Haben Sie eine Pistole bei sich?«

»Nein.«

»Dann wollen wir gehen«, sagte Mason höflich, nahm seinen Gefangenen am Arm und führte ihn in die Dämmerung hinaus.

Im Freien hielt er einen Augenblick an, um seine Leute zu beauftragen, sich um den Doktor zu kümmern. Dann brachte er Weißgesicht zum Polizeiwagen.

»Man hat Sie nicht gesehen, aber man hat Sie gehört«, erklärte er.

Weißgesicht lachte.

»Ein Auto, das ganz langsam fährt, macht natürlich zuviel Spektakel«, erwiderte er leichthin.

18

Auf der Polizeiwache waren noch keine neuen Nachrichten eingetroffen, als Michael Quigley dort hinkam. Um sich die Zeit zu vertreiben, ging er in den Straßen auf und ab und kam auch wieder zu dem Schauplatz des Mordes. Schließlich wandte er sich nach Gallows Alley, um vielleicht dort Neuigkeiten zu erfahren. Sofort kam der verrückte Mann wieder auf ihn zu.

»Hören Sie zu«, rief er Michael an. »Ich habe Ihnen etwas zu erzählen.«

»Sagen Sie mir zunächst einmal, wie Sie heißen.«

Der Alte lachte.

»Ich habe keinen Namen. Meine Eltern haben vergessen, mir einen zu geben. Aber die Leute nennen mich hier meistens Shoey, weil ich früher Stiefel geputzt habe.«

»Was wollten Sie mir denn erzählen?«

»Er hat den Doktor weggebracht«, flüsterte der Mann.

»Wer – Weißgesicht?«

Shoey nickte heftig.

»Ich weiß jetzt alles. Er hat ihn in seinen Wagen gelegt, unten auf den Boden, als er fortfuhr. Niemand hat es gewußt.« Er lachte wieder, als ob er den größten Witz erzählt hätte. »Mason weiß nichts davon. All die klugen Beamten von Scotland Yard wissen es nicht – darüber muß ich lachen!«

Der Chefinspektor hatte Mike schon gesagt, daß dieser merkwürdige Mensch manchmal ein klareres Urteil hatte als alle vernünftigen Leute.

»Elk weiß es.« Shoey tippte Michael mit dem Zeigefinger an. »Der ist gescheiter als alle anderen zusammen. Ich wette, daß er es schon die ganze Zeit gewußt hat, aber er behält alles für sich, bis er die Beweise dafür hat. Bray sagt das auch, aber der hat nicht mehr Verstand als ein Schaf.«

Auf dem Gehsteig kam ihm jemand entgegen.

»Das ist er«, flüsterte der Verrückte und schlich sich weg.

Bray war noch so weit entfernt, daß es Michael fast unmöglich erschien, ihn schon zu erkennen. Der Inspektor ging spazieren, um seinen Ärger zu vergessen.

»Sobald diese Geschichte vorüber ist«, beschwerte er sich bei Mike, »muß ich doch einmal mit Mason sprechen. Mason sollte das wirklich nicht tun. Sie verstehen doch, Quigley, daß ein Mann von meinem Rang auf seine Stellung sehen muß. Und wie kann ich das tun, wenn wichtige Verhöre meinen Untergebenen überlassen werden?«

»Was macht Elk denn jetzt?«

Michael brauchte nicht erst zu fragen, gegen wen sich der Unwille des Inspektors richtete.

»Mason ist ein guter Kerl«, fuhr Bray fort, »einer der besten Leute in der ganzen Polizei. Wenn Sie jemals Gelegenheit haben, machen Sie ihm doch eine Andeutung, daß ich Ihnen das gesagt habe. Ich wäre Ihnen dafür wirklich zu großem Dank verpflichtet, Quigley. Sie brauchen ja nicht unsere ganze Unterhaltung wiederzuerzählen, aber diese eine Bemerkung können Sie so zufällig einmal einfließen lassen. Er gibt sehr viel auf das, was Sie sagen. Aber Elk beurteilt er vollkommen falsch. Er denkt sich natürlich nichts bei diesen Dingen. Ich sagte ihm, daß ich die Frau verhören wolle, sobald sie sich soweit erholt habe, daß sie sprechen könne – aber nein, Elk mußte das Verhör übernehmen! Elk kennt sie allem Anschein nach. Aber ich frage Sie, Quigley, ist es notwendig, eine Person zu kennen, wenn man sie verhört? Bin ich vielleicht Lamborn offiziell vorgestellt worden? Das ist übrigens auch so ein Skandal – den haben sie ohne weiteres entlassen!«

Michael langweilte sich bei diesen endlosen Tiraden und schlug vor, wieder auf die Wache zu gehen. Sie kamen in einem interessanten, für Bray allerdings peinlichen Augenblick dort an, denn Lorna Weston hatte sich entschlossen, zu sprechen.

Sie hatte nicht in das kleine Büro des Inspektors kommen wollen und saß im Wacht-Raum. Elk hatte ihr gegenüber Platz genommen, und Shale stenographierte ihre Aussage mit.

»Also, Sie sind Lorna Weston, die Frau von ...?«

Sie wollte gerade antworten, als Mason schnell hereinkam. Ihm folgten zwei Detektive, und zwischen ihnen ging der Mann, den der Chefinspektor verhaftet hatte.

Lorna Weston sprang auf und starrte den Gefangenen an, der sich wenig aus seiner Verhaftung zu machen schien. Er schaute ruhig um sich, und nichts deutete darauf hin, daß er sich fürchtete.

»Da steht er – das ist er!« rief sie laut und zeigte auf ihn. »Das ist der Mörder! Du hast ihn getötet – du hast gesagt, daß du es tun wolltest, wenn du ihm begegnetest! Und nun hast du es getan!«

Mason betrachtete Weißgesicht interessiert, aber der Mann schwieg.

»Nicht meinetwegen hast du ihn gehaßt, und weil er mich entführt hat, sondern deines Bruders wegen, der im Gefängnis saß.«

»Ja, das ist richtig«, erwiderte er einfach. »Und wenn Bateman von den Toten wieder auferstände, und ich frei wäre, so würde ich ihn noch einmal töten.«

»Hören Sie doch!« schrie sie. »Das ist mein Mann – Tommy Furse!«

»Nenne mich doch bei meinem wirklichen Namen – Thomas Marford!« Er wandte sich lächelnd an Mason. »Sie brauchen diese Frau nicht zu verhören. Ich kann Ihnen alles sagen, was Sie zu erfahren wünschen, und ich werde alles aufklären, was Sie noch nicht wissen.«

Michael Quigley stand wie zu Stein erstarrt. Er konnte weder sprechen noch sich rühren. Marford war der Täter! Dieser ruhige, stille Mann ... Weißgesicht ... Mörder ... Bankräuber ... Er glaubte zu träumen, und doch war alles unerbittliche Wahrheit.

Marford bewahrte seine Fassung. Er spielte mit seiner Uhrkette und sah halb belustigt, halb mitleidig auf die Frau, die er einmal geheiratet hatte. Am allerwenigsten schien er an seine eigene Lage zu denken.

»Ich hoffe, daß das Abenteuer keine nachteiligen Folgen für

Dr. Rudd hat«, meinte er. »Ich deutete Ihnen ja schon früher an, daß er mit Kopfschmerzen davonkommen wird. Er hat die ganze Nacht in meiner Garage gelegen, denn ich mußte ihn aus einem sehr stichhaltigen Grund aus Ihrem Gesichtskreis entfernen. Er behauptete doch, eine Theorie zu haben, und die war für mich sehr gefährlich, besonders da er soviel schwätzte und nicht gerade allzuviel Verstand besaß. Er war nämlich der Ansicht, daß nur eine Person Bateman getötet haben könne – und zwar ich. Er hielt die ganze Sache für einen großen Spaß, aber für mich konnte sie sehr unangenehm werden. Als er auf seinem Weg zur Wache in meinem Büro vorsprach und mir das erzählte, erkannte ich sofort die Gefahr. Und ich erkannte auch, daß meine Lebensarbeit in der Klinik, in dem Erholungsheim an der See und in Annerford damit abgeschlossen war. Wie haben Sie eigentlich den Weg nach Annerford gefunden? Aber vielleicht wollen Sie mir das nicht sagen. Also, es wurde mir klar, daß ich mich nun in Sicherheit bringen mußte.«

Als er sich umsah, begegnete er Elks Blick und schüttelte traurig den Kopf.

»Es tut mir leid, daß ich Sie zu Boden schlagen mußte, Elk. Sie waren der letzte, dem ich ein Leid antun wollte.«

Zu Masons größter Überraschung grinste Elk den Doktor freundlich an.

»Es macht nichts. Von Ihnen habe ich es gern angenommen. Ich bin Ihnen deshalb nicht böse«, sagte er freundlich.

»Sie waren ein gefährlicher Gegner«, erwiderte Marford mit einem leichten Lächeln. »Aber ich konnte Ihnen nicht einen Whisky-Soda mit einem kleinen Schlafmittel vorsetzen wie etwa Dr. Rudd. Der war auf der Stelle erledigt. Ich gab ihm dann noch eine Spritze und brachte ihn in die Garage. Später fürchtete ich, er könnte mich durch sein Stöhnen verraten. Vielleicht haben Sie es auch gehört. Aber nun quält mich vor allem eine Frage – wie geht es dem alten Gregory? Hat er es sehr schwer genommen?«

Marford sprach zwar fließend, aber doch irgendwie gehemmt, als ob er einen Zungenfehler hätte. Mason bemerkte zum erstenmal, daß der Mann ein wenig lispelte.

»Ich glaube, es ist besser, wenn Sie meine Aussagen gleich protokollieren lassen«, fuhr der Doktor fort.

Mason nickte.

»Ich muß Sie auf die Bedeutung Ihrer Angaben aufmerksam machen, Dr. Marford – ich nehme an, daß Sie Ihr medizinisches Examen tatsächlich abgelegt haben?«

»Ja, ich habe mein Diplom. Sie können mir viel vorwerfen, aber nicht, daß ich ein Kurpfuscher bin. Sie können sich darüber Gewißheit verschaffen – in meinem Sprechzimmer finden Sie alle Papiere.«

»Trotzdem muß ich Sie darauf aufmerksam machen, daß alles, was Sie jetzt sagen, bei Ihrem Prozeß gegen Sie verwandt werden kann.«

»Das weiß ich wohl.«

Marford sah zu seiner Frau hinüber. Sie war näher an ihn herangetreten und warf ihm einen haßerfüllten Blick zu.

»Dafür kommst du an den Galgen!« sagte sie atemlos. »Wie freue ich mich, daß dich die gerechte Strafe erreicht!«

»Warum nicht?« fragte er kühl, wandte sich um und folgte Mason in das kleine Büro des Inspektors.

»Eine anhängliche Frau«, war die einzige Bemerkung, die er über diesen leidenschaftlichen Ausbruch machte. »Die Treue, die sie ihrem unglücklichen Freund beweist, ist beinahe rührend. – Aber ich kann mich immer noch nicht beruhigen, daß ich dem armen Gregory so geschadet habe.«

Mason zweifelte nicht an der Aufrichtigkeit dieser Worte. Wer Thomas Marford auch sonst sein mochte, auf keinen Fall war er ein Heuchler.

Der Chefinspektor bot ihm ein Glas Wasser an, aber der Doktor lehnte es ab, setzte sich an den Tisch und bat nur, das Fenster zu öffnen, weil die Luft in dem Raum verbraucht war.

»Sind Sie fertig?« fragte er.

Sergeant Shale nickte. Er hatte einen neuen Stenogrammblock vor sich liegen und hielt den Bleistift schreibbereit in der Hand

19

»Wenn man solche Aussagen macht, fängt man gewöhnlich damit an, die Eigenschaften seiner Eltern aufzuführen und von dem Familienleben zu Hause zu erzählen. Das will ich aber unterlassen.

Mein Bruder Walter und ich waren schon in früher Jugend Waisen. Ich war noch auf der Volksschule, als Walter nach Australien ging, um dort sein Glück zu versuchen. Er war ein anständiger Kerl und der beste Bruder, den man sich wünschen kann. Das wenige Geld, das von dem Erlös aus der Praxis meines Vaters noch auf der Bank war, übergab er einem Rechtsanwalt, damit ich eine gute Erziehung erhalten sollte. Ich möchte nur einflechten, daß mein Vater auch Arzt war. Walter fand bald Beschäftigung in Australien und schickte die Hälfte seines Monatsgehaltes pünktlich meinem Rechtsanwalt. Wann er zum Verbrecher wurde, weiß ich nicht, aber als ich fünfzehn Jahre alt war, bekam ich einen Brief von ihm, in dem er mich bat, künftig unter der Adresse von Walter Furse an ihn zu schreiben. Er hielt sich damals in Perth in Westaustralien auf. Sein voller Name war Walter Furse Marford. Ich erfüllte selbstverständlich seinen Wunsch, und kurz darauf schickte er größere Summen an den Rechtsanwalt. Ich freute mich sehr darüber, denn ich hatte bis dahin kein Taschengeld bekommen, und meine Kleidung war auch nicht die beste.

Damals ging ich aufs Gymnasium, und eines Tages besuchte mich der Rechtsanwalt und fragte, ob ich etwas von meinem Bruder gehört habe. Ich erzählte ihm, daß ich seit vier Monaten keinen Brief erhalten habe, und er sagte, daß es ihm ebenso ergangen sei. Bevor Walter aufhörte mir zu schreiben, hatte er noch tausend Pfund geschickt. Die Briefe, in denen der Rechtsanwalt ihn fragte, wie er das Geld anlegen solle, hatte er jedoch unbeantwortet gelassen. Ich war bestürzt, weil ich meinem Bruder sehr zugetan war und mir gerade in jenen Jahren zum Bewußtsein kam, wieviel ich ihm verdankte. Ich wollte Arzt werden, und nur das Geld meines Bruders ermöglichte es mir, diesen Beruf zu ergreifen.

Das Geheimnis seines Schweigens klärte sich später auf, als ich auf Umwegen einen Brief von ihm bekam. Er war auf blauem Papier geschrieben, und als ich den Aufdruck las, wäre ich beinahe zusammengebrochen. Walter saß in einem australischen Gefängnis! Er verhehlte mir nichts. Nach einem Banküberfall, bei dem ihm und seinen Freunden nahezu zwanzigtausend Pfund in die Hände gefallen waren, hatte man ihn verhaftet. Er bat mich, so gut an ihn zu denken, wie es mir möglich sei, und schrieb, daß er mir dies alles mitgeteilt habe, damit ich es nicht unvorbereitet von anderer Seite erführe. Ich muß Ihnen aber sagen, daß ich nach dem ersten Schrecken über diese Enthüllungen nicht aufgebracht und entrüstet über meinen Bruder war. Walter war schon immer mehr oder weniger ein Abenteurer gewesen, und in jenem Alter hatte ich eine romantische Ader. Ich verurteilte Verbrechen nicht so, wie vielleicht in späteren Jahren. Im Gegenteil, ich verehrte Walter noch mehr, denn er hatte ja alle diese Opfer für mich gebracht, um mir den Aufstieg zu sichern. Ich stellte ihn über alle Menschen, die ich kannte, und das tue ich auch heute noch. Hätte er nicht das Geld für meine Erziehung und für mein Studium beschaffen müssen, so hätte er sich als ehrlicher Mann durchs Leben schlagen können.

Und obwohl er es mir nie sagte, bin ich doch davon überzeugt, daß nur ich und ich allein dafür verantwortlich bin, daß er zum Verbrecher wurde.

Ich antwortete ihm in einem begeisterten Brief, aber er behielt einen klaren, kühlen Kopf.

Als er aus dem Gefängnis kam, schrieb er mir mit nüchternen Worten, daß nichts Bewunderungswürdiges in seiner Lebensweise liege und daß er mich lieber tot sehen möchte als auf einer abschüssigen Bahn.

Ich war sehr fleißig in meinem Beruf und fest entschlossen, das Opfer zu rechtfertigen, das er für mich gebracht hatte. Von Zeit zu Zeit schrieb er mir, einmal aus Melbourne, einmal aus Brisbane und mehrmals aus einer Stadt in New South Wales, deren Namen ich vergessen habe. Offenbar hatte er jetzt einen ehrlichen Beruf. Er teilte mir auch mit, daß er beabsichtige, eine kleine Farm zu kaufen und daß er bereits ein Haus mit einem kleinen Grundstück erworben habe in der Hoffnung, seinen Landbesitz zu vergrößern.

In diesem Brief erfuhr ich auch zum erstenmal von Donald Bateman. Mein Bruder schrieb, daß er ein sehr kluger Mensch sei, allerdings auch ein Verbrecher, der ihn beinahe um eine große Summe betrogen hätte. Später habe Bateman ihn jedoch um Verzeihung gebeten, und sie seien jetzt die besten Freunde.

Bateman hatte eine bestimmte Spezialität. Er lieh von Leuten Geld unter dem Vorwand, Land zu kaufen, und unterschlug es später. In gewisser Beziehung war er einer der bestinformierten Leute in Australien, denn er wußte ungewöhnlich gut Bescheid mit Banken und deren Depots. Er selbst war kein Bankräuber, aber er gab den verschiedenen Banden so gute Auskünfte, daß diese mit einem denkbar kleinen Risiko arbeiten konnten.

Es war Walters Wunsch, daß ich auf sechs Monate zu ihm nach Australien kommen sollte, sobald ich mein Examen gemacht hatte. Dann wollte er weitere Pläne mit mir besprechen. Um diese Zeit bat er mich auch, den Namen Furse anzunehmen, und verschaffte mir einen Paß und eine Schiffskarte auf diesen Namen. Es war nur unangenehm, daß mein Examen am Freitag zu Ende ging und ich am folgenden Sonnabend nach Australien abfahren mußte, so daß ich das Resultat der Prüfung nicht mehr erfahren konnte. Ich verabredete daher mit dem Direktor meiner Bank, mir die Zeugnisse an die Adresse meines Bruders nachzuschicken. Inzwischen hatte ich auch einen Vorwand für die Änderung meines Namens gefunden, und alles schien gutzugehen.

Am Sonnabendnachmittag war ich an Bord des Dampfers im Kanal. Meine Stimmung war so gehoben wie noch nie vorher in meinem Leben.

Bei der Abfahrt von England hatte ich Lorna Weston schon gesehen. Im Suezkanal kam ich aber erst mit ihr ins Gespräch, und in Colombo gingen wir zusammen an Land. Sie war sehr schön, temperamentvoll und sie reiste wie ich nach Australien, um dort eine Stellung als Gouvernante anzutreten. Wenn ich es jetzt überlege, muß ich sagen, daß sie viel zu jung dazu war, und später habe ich auch erfahren, daß sie nur in der Hoffnung hinfuhr, auf leichte Weise Geld zu verdienen.

Ich sprach wenig über mich selbst und sagte nur, daß ich Student der Medizin sei. Aber aus irgendeinem Grund hielt sie mich für einen reichen jungen Mann oder nahm wenigstens an, daß ich reiche Verwandte habe. Vielleicht hatte sie auch herausgebracht, daß ich viel bares Geld bei mir trug, denn ich hatte mir mehrere hundert Pfund gespart. Ich wollte meinem Bruder eine Freude machen und ihm dieses Geld zurückzahlen. An Bord eines Schiffes ist man auf engem Raum zusammen, und aus einer flüchtigen Bekanntschaft wird leicht leidenschaftliche Liebe. Wir waren kaum fünf Tage von Colombo entfernt, da hatte sie mich schon vollkommen in der Hand, und wenn sie mir damals gesagt hätte, ich solle über Bord springen, so hätte ich es getan. Ich betete sie an, ich liebte sie über alles, und sie liebte mich. Das erzählten wir uns wenigstens. Ich will mich nicht über sie beklagen oder ihr Vorwürfe machen. Ich will auch kein Wort sagen, das ihr Leben noch härter gestalten könnte, aber ich muß erklären, warum sie in Tidal Basin wohnt. Sie hat nur einen Mann in ihrem Leben wirklich geliebt, und das war Bateman. Ich erzähle Ihnen das ohne Bitterkeit und Haß, wenn sie sich auch den schlechtesten Mann ausgesucht hat, mit dem sie jemals in Berührung kam.

Über den Rest der Reise ist nicht viel zu berichten. Ich war manchmal begeistert und voll Hoffnung, manchmal verzweifelt und niedergeschlagen. Vor allem war ich aber gespannt, was Walter zu meiner Absicht sagen würde, ein vollkommen fremdes Mädchen zu heiraten, obwohl ich erst am Beginn meiner Karriere stand und noch kein Geld verdiente.

Er holte mich am Pier ab, und ich stellte ihm Lorna vor. Als ich später im Hotel mit ihm sprach, nahm er zu meinem größten Erstaunen die Nachricht ruhig auf.

›Du bist zwar noch ziemlich jung‹, meinte er, ›aber vielleicht ist es gerade das richtige für dich. Hätte ich beizeiten geheiratet, so hätte sich mein Leben wahrscheinlich auch anders gestaltet. Oder willst du doch lieber noch ein Jahr warten?‹

Ich verneinte sofort, und schließlich willigte er ein.

›Es geht mir im Augenblick pekuniär nicht gerade gut. Ich habe an der Börse spekuliert und viel Geld verloren. Aber es wird sich wohl bald ändern, und ich sorge schon dafür, daß du heiraten kannst.‹

Wie schlecht es ihm in finanzieller Hinsicht ging, erfuhr ich später zufällig. Er hatte sein Anwesen verkaufen müssen und war im Augenblick ohne Stellung. Der Aufenthalt im Gefängnis hatte ihn natürlich mit allen möglichen zweifelhaften Charakteren in Verbindung gebracht, aber bis jetzt hatte er allen weiteren Versuchungen widerstanden und sich auf ehrliche Weise durchgeschlagen.

Walter war nicht willensstark, sondern in gewisser Weise ein Schwächling, weil er gewöhnlich den leichtesten Weg wählte. Aber er hatte ein unendlich gutes Herz. Er schenkte mir zur Hochzeit fünfhundert Pfund, aber ich wurde dadurch nicht glücklicher, denn ich hatte in der Zeitung gelesen, daß wieder eine Bank in einer kleinen Landstadt überfallen worden war. Eine große Summe war den Räubern dabei in die Hände gefallen. Ich sagte Walter auf den Kopf zu, daß er daran beteiligt gewesen sei, aber er lachte mich aus.

Ein paar Tage nach der Hochzeit faßte ich einen Entschluß. Ich ließ Lorna im Hotel und suchte Walter in einem Restaurant auf, wo er mit Donald Bateman zusammensaß. Bei der Gelegenheit lernte ich diesen Verbrecher persönlich kennen. Als er nach einiger Zeit den Raum verließ, nahm ich die Gelegenheit wahr und machte meinem Bruder den Vorschlag, ihm bei seinen gefährlichen Unternehmungen zu helfen.

›Du bist wahnsinnig‹, sagte er, als er begriff, was ich wollte. Ich glaube, er hat recht gehabt, aber ich bestand auf meinem Vorhaben.

›Du hast jahrelang das Risiko auf dich genommen, und du warst meinetwegen im Gefängnis. Laß mich dir doch helfen.‹

In diesem Augenblick kam Bateman zurück, und ich merkte bald, daß mein Bruder ihm volles Vertrauen schenkte.

›Warum willst du denn nicht darauf eingehen, Walter?‹ fragte er. ›Es ist doch viel besser, als irgendeinen Fremden mitzunehmen. Dein Bruder ist außerdem ein Gentleman, und niemand würde vermuten, daß er an einer solchen Sache beteiligt sein könnte.‹

Mein Bruder war zuerst wütend, aber nachher beruhigte er sich. Wie ich schon gesagt habe, er hatte keinen starken Charakter, aber ich kann ihn deswegen nicht tadeln. Und hätte er es mir abgeschlagen, so hätte ich sicher auf eigenes Risiko versucht, bei einer Bank einzubrechen.

Wir gingen alle drei zum Hotel zurück, und ich stellte Mr. Bateman meiner Frau vor. Er sah damals sehr gut aus und verstand glänzend, mit Frauen umzugehen. Je weniger Charakter sie hatten, desto größeren Einfluß schien er auf sie auszuüben.

Ich bemerkte auch sofort, wie stark sie sich zu ihm hingezogen fühlte. Am nächsten Tag ging ich aus, um weitere Einzelheiten mit Walter zu besprechen, und als ich zum Hotel zurückkam, erfuhr ich, daß Bateman schon mit Lorna zu Mittag gespeist hatte. Von da ab waren die beiden immer zusammen. Ich fühlte keine Eifersucht, denn der erste Liebeswahn war verflogen, und ich hatte erkannt, welch großen Fehler ich gemacht hatte.

Natürlich wollte ich nicht mit Bateman in Differenzen kommen. Ich wußte, daß er verheiratet war und seine Frau in England gelassen hatte. Tatsächlich war er schon verheiratet, bevor er die jetzige Mrs. Landor kennenlernte und sich mit ihr trauen ließ. Diese Dame kam übrigens zu mir, bevor ich Bateman tötete, und sie erzählte mir – aber das hat noch Zeit.

Walter willigte schließlich ein, daß ich ihm bei einem Bankeinbruch in einer Landstadt helfen solle. Wir hatten erfahren, daß dort große Depots von Papiergeld vorhanden waren, besonders während des Wochenendes. Wir beide wollten das Unternehmen allein durchführen, Bateman hatte keinen aktiven Anteil daran. Er spionierte nur die Gelegenheit aus und verschaffte uns alle Einzelheiten über die Gewohnheiten der Angestellten und so weiter.

Die kleine Stadt lag ungefähr fünfundsechzig Meilen von Melbourne entfernt. Walter und ich fuhren über Nacht in einem Auto dorthin und blieben bis zum Morgen bei einem seiner Freunde. Ich war sehr erregt und wollte vor allem einen Revolver mitnehmen, aber davon wollte Walter nichts wissen. Er trug niemals Feuerwaffen bei sich, nur eine Scheintodpistole.

›Entweder willst du jemand totschießen oder nicht‹, sagte er. ›Wenn du Geld nehmen willst, ist eine Scheintodpistole so gut wie eine andere. Damit kannst du die Leute derartig erschrecken, daß sie tun, was du von ihnen verlangst.‹

In diesem einen Punkt blieb er absolut fest. Er verabscheute alle Verbrecher, die Waffen mit sich führten.

›Es ist die Pflicht eines Bankbeamten, die Bank zu verteidigen, und wenn du ihn dabei tötest, bist du ein Schuft‹, erklärte er. ›Es ist die Pflicht eines Polizisten, dich zu verhaften, und wenn du ihn erschießt, bist du ein gemeiner Kerl.‹

Unser Unternehmen hatte Erfolg. Einen Bericht darüber habe ich in ein kleines Notizbuch geschrieben, das in meinem Schlafzimmer in der Klinik liegt. Genau auf die Minute erschienen wir mit weißen Masken vor dem Gesicht in der Bank. Ich hielt den Kassierer und seinen Assistenten mit einer Scheintodpistole in Schach, während Walter hinter den Schalter ging und das Geld aus dem offenen Safe nahm. Wir hatten die Stadt bereits verlassen, bevor die Polizei aus ihrem Mittagsschlaf alarmiert wurde.

Auf einem großen Umweg kamen wir wieder nach Melbourne zurück, und am Nachmittag waren die Zeitungen schon voll von dem Raub. Die Bank hatte fünftausend Pfund für die Verhaftung der Täter ausgesetzt, und die Polizei machte bekannt, daß allen an dem Einbruch beteiligten Personen Pardon gegeben würde, wenn sie als Kronzeugen aufträten. Walter machte ein sehr niedergeschlagenes Gesicht, als er das las. Er kannte Donald Bateman besser als ich.

›Wenn er die Belohnung und außerdem Straffreiheit erhält, sind wir erledigt‹, sagte er. Er erkundigte sich telefonisch bei der Redaktion einer Zeitung und erfuhr, daß die Belohnung auch einem Komplicen ausgezahlt würde.

›Hole sofort deine Frau, Tommy‹ befahl er mir. ›Wir müssen die Stadt gleich verlassen. Heute nachmittag ist ein Dampfer nach San Franzisko fällig, vielleicht erreichen wir ihn noch. Ich will mit dem Zahlmeister sprechen, daß wir in verschiedenen Klassen reisen.‹

Ich eilte zu dem Hotel, aber Lorna war ausgegangen. Der Portier erzählte mir, daß sie mit Mr. Bateman zu den Rennen gefahren sei. Ich kehrte zu Walter zurück und erzählte es ihm.

›Dann sieht er vielleicht die Zeitungen erst, wenn die Rennen vorbei sind. Das ist unsere einzige Chance. Lasse Lorna einen Brief und Geld zurück. Schreibe ihr, du würdest ihr später mitteilen, wohin sie kommen soll.‹

Im Hotel packte ich rasch einige Sachen zusammen und schrieb den Brief, wie Walter mir geraten hatte. Als ich aus dem Fahrstuhl in die Halle trat, sah ich Jack Riley, den Chef des Geheimdienstes, vor mir. Ich wußte, was die Uhr geschlagen hatte, als er mir den Koffer aus der Hand nahm und ihn einem anderen Herrn übergab, der ihm folgte.

›Zahlen Sie Ihre Hotelrechnung, Tommy. Das wird allen Beteiligten viel Unannehmlichkeiten ersparen.‹

Er ging mit mir zum Hotelbüro, und ich beglich meine Rechnung. Dann nahm er mich mit zur Polizeiwache. Walter war schon eingeliefert worden. Sie hatten ihn sofort verhaftet, nachdem ich ihn verlassen hatte, und ich erfuhr später, daß man mich zum Hotel verfolgt hatte. Sie warteten nur, bis ich meinen Koffer gepackt hatte, denn es gehörte zu Rileys Spezialitäten, die Leute, die er im Hotel verhaftete, erst ihre Rechnung zahlen zu lassen. Die Polizei fand nicht das ganze Geld, denn Walter hatte viertausend Pfund versteckt. Bateman hatte uns natürlich verraten. Er war nicht zu den Rennen gegangen, sondern saß im Polizeipräsidium und wurde später zugezogen, um uns zu identifizieren. Walter sagte nichts, er sah ihn nicht einmal an. Er war vollkommen gebrochen und niedergeschlagen. Aber ich schaute Bateman an, und ich glaube, er fühlte schon damals, daß der Tag der Abrechnung kommen würde.

Walter wurde zu acht, ich zu drei Jahren Zuchthaus verurteilt. Ich sah meinen Bruder dann nur noch einmal in dem Anstaltskrankenhaus, in dem er starb. Er war damals schon so krank, daß er mich nicht mehr erkannte. Riley war auch dort, denn er wollte sehen, ob er nicht noch eine Nachricht über die viertausend Pfund erhalten könne, die nicht aufzufinden waren. Kurz bevor ich in meine Zelle zurückgeführt wurde, trat er auf mich zu und erklärte mir, daß mir ein Jahr meiner Strafe erlassen würde, wenn ich das Versteck des Geldes angäbe. Ich fühlte mich so elend, daß ich ihm das Geheimnis beinahe verraten hätte. Im letzten Augenblick überlegte ich es mir aber noch und sagte nur die halbe Wahrheit. Zweitausend Pfund waren nämlich an einer Stelle versteckt, zweitausend an einer anderen. Das Geld wurde entdeckt, und eine Woche später entließ man mich. Ich blieb dann noch einen Monat lang in Melbourne. Nach Lorna Weston brauchte ich mich nicht mehr zu erkundigen, denn ich wußte bereits, daß sie mit Bateman nach England gegangen war. Auch im Gefängnis erhält man allerhand Nachrichten. Ich hatte die feste Überzeugung, daß ich früher oder später wieder mit Bateman zusammentreffen würde. Aber sonderbarerweise hielt ich mich immer an Walters Warnung und kaufte niemals eine Feuerwaffe, selbst während ich auf Rache sann. Alle Post, die aus England für mich ankam, ging damals an eine bestimmte Adresse in Melbourne, und als ich sie dort abholte, fand ich unter den Briefen einiger Freunde auch ein großes, langes Kuvert.

Im Gefängnis dachte ich in der ersten Zeit manchmal darüber nach, wie wohl mein Examen ausgefallen sein mochte, aber später verlor ich das Interesse daran, da mir doch eine ehrliche Karriere versagt zu sein schien. Nach dem Bekanntwerden meiner Verurteilung würde ich von der Liste der Ärzte gestrichen werden. Ich überlegte mir nicht, daß die australischen Behörden nichts von einem Marford wußten, sondern nur einen Tommy Furse kannten. Erst als ich den Briefumschlag öffnete und die Zeugnisse herauszog, kam mir dieser Gedanke. In England war ich immer noch Dr. Marford, ein Mann, der sein Examen gut bestanden hatte. Ich konnte sofort mit einer Praxis beginnen. Diese Aussichten gaben mir neuen Mut, denn ich war von meinem Beruf begeistert.

So nahm ich denn die zweitausend Pfund und fuhr nach England zurück. Unterwegs hielt ich mich einige Zeit in Ägypten auf, um alle Verbindung mit Australien zu lösen und mich von allen Leuten zu trennen, mit denen ich an Bord des Schiffes Bekanntschaft geschlossen hatte. In Kairo reichte ich meine Papiere dem englischen Gesandten ein und erhielt einen neuen Paß, weil ich erklärte, meinen alten verloren zu haben. Von dort reiste ich nach Italien, dann über die Schweiz und Frankreich nach England.

Ende September kam ich in London an. Ich hatte den Plan, eine Kinderklinik zu gründen, denn ich liebe Kinder über alles. Sie kennen ja mein Institut in Tidal Basin. Von Anfang an hatte ich viele Patienten; sie kamen jedoch aus den untersten Volksschichten, und ich verdiente nicht viel. Die Arbeit war sehr interessant, und ich hatte noch genügend Geld, um mich unter gewöhnlichen Umständen zwei Jahre halten zu können. Aber eines Tages geschah das Unglück, daß Lorna Weston zu mir kam. Ich hatte sie vollständig vergessen, sie war aus meinem Leben und aus meinem Gedächtnis gestrichen. Auch die Erinnerung an Donald Bateman war verblaßt. Im ersten Augenblick erkannte ich sie nicht einmal. Aber dann lächelte sie mich an, und mein Herz wurde schwer.

›Was willst du?‹ fragte ich.

Sie war ärmlich gekleidet und wohnte damals bei Mrs. Albert. Und sie sagte mir, daß sie die Miete schon vier Wochen schuldig geblieben sei.

›Ich brauche Geld‹, sagte sie kaltblütig.

›Existiert denn Bateman nicht mehr?‹

Sie tat meine Frage mit einer Handbewegung ab, aber ich wußte sofort, daß sie ihn noch liebte, obwohl er sie verlassen haben mußte.

›Wir haben uns seit zwei Jahren nicht mehr gesehen. Er ist fort.‹

Sie erzählte mir, was für ein armseliges Leben sie führen müsse, und ich hatte Mitleid mit ihr. Aber ich wußte, daß auch sie an dem Verrat ihren Anteil gehabt hatte, ich dachte an die vielen Qualen, die mein Bruder ausgestanden hatte, und verweigerte ihr jede Hilfe. Ich war über ihre Kaltblütigkeit erstaunt, denn sie sagte mir, sie selbst habe der Polizei die weißen Masken ausgehändigt, die wir bei unserem Überfall benützt hatten.

Ich stand auf und öffnete die Tür.

›Bitte geh‹, forderte ich sie auf.

Aber sie rührte sich nicht.

›Ich brauche hundert Pfund‹, erklärte sie. ›Ich will nicht länger in Armut leben.‹

Ich sah sie entsetzt an.

›Warum sollte ich dir denn hundert Pfund geben, selbst wenn ich sie hätte?‹

›Wenn du mir das Geld nicht gibst, brauche ich ja nur zu sagen, daß du im Gefängnis gesessen hast. Dann ist es mit deiner Praxis vorbei.‹

Von dieser Zeit an hat sie mich erpreßt. Durch ihr Dazwischentreten wurden alle meine Besprechungen über den Haufen geworfen. Ich hatte Lampen, Bettstellen und Instrumente bestellt und konnte nun meinen Verpflichtungen nicht nachkommen.

Wenn ich sie hätte bestimmen können, Tidal Basin zu verlassen, hätte ich wenigstens etwas Ruhe gehabt. Aber obwohl ich ihr jede Woche eine größere Summe gab, konnte ich sie nicht bewegen, nach dem Westen zu ziehen.

Warum sie sich weigerte, eine andere Wohnung zu nehmen, wußte ich nicht, bis mir eines Tages blitzartig die Erklärung kam. Sie glaubte, daß ich früher oder später mit Donald Bateman zusammenstoßen würde, und sie wollte in der Nähe sein, um mich zu beobachten und ihrem Liebhaber das Leben zu retten. Vielleicht hat sie eine Vorahnung gehabt – darüber will ich nicht urteilen. Es schien nicht die geringste Möglichkeit zu bestehen, daß ich Donald Bateman noch einmal begegnen würde. Selbst wenn er wieder in London auftauchte – würde er ausgerechnet in die abgelegene, traurige Gegend von Tidal Basin kommen?

Und doch gibt es merkwürdige Zufälle im Leben. Der erste Arzt, den ich traf, als ich in diesen Bezirk kam, war Dr. Rudd. Und Bateman hatte öfter von diesem Mann gesprochen, denn Rudd war Anstaltsarzt in einem Zuchthaus gewesen, in dem

Bateman eine zweijährige Strafe absaß. Ich erinnerte mich sofort an den Namen. Bateman haßte ihn, weil er auf Rudds Veranlassung eine Zusatzstrafe bekommen hatte. Er hatte ihn mir auch so genau beschrieben, daß ich ihn sofort erkennen konnte.

Ich mußte immer mehr Gelder für die Klinik aufbringen, denn ich war ehrgeizig und wollte sie vergrößern. Auch Lorna forderte ständig mehr von mir.

Ich weiß nicht, wie ich auf den Gedanken kam, aber wahrscheinlich faßte ich den Plan, als mir der alte Gregory Wicks seinen Kummer anvertraute. Er konnte seinen Beruf als Chauffeur nicht mehr ausüben, weil er fast blind geworden war. Der Mann tat mir leid. Ich dachte darüber nach, wie nützlich ein Taxi war, und wie leicht ich mich als Gregory verkleiden konnte. Ein Gedanke jagte den anderen, und als der Plan schließlich greifbare Gestalt gewann, packte mich eine fast fieberhafte Erregung. In meiner Jugend hatte ein Märchen großen Eindruck auf mich gemacht, in dem ein alter Wegelagerer die Reichen beraubte, um ihre Schätze den Armen zu geben. Und der Gedanke faszinierte mich, von den wohlhabenden Leuten, die meine Bitten zur Unterstützung meiner Klinik ignoriert hatten, einen gewissen Zoll einzutreiben.

Ich plante meine Unternehmungen sehr vorsichtig, brachte die Nächte im Westend zu und beobachtete die Lokale und ihre Gäste. Mein erstes Abenteuer bereitete ich besonders sorgfältig vor. Um Gregory Wicks zu überreden, erfand ich einen früheren Sträfling, der in London keinen Führerschein bekommen konnte, aber ein sehr guter und vorsichtiger Chauffeur sei. Ich mietete für ihn das Zimmer in Gregorys Haus und bereitete dem Alten dadurch eine große Freude. Keinem anderen Menschen hatte er je erlaubt, mit seinem Wagen auszufahren, denn er ist sehr stolz auf seinen Ruf als Chauffeur. Nur der Gedanke, daß jemand, der ihm äußerlich aufs Haar glich, für ihn auftrat und die alte Tradition aufrecht erhielt, sagte ihm außerordentlich zu.

Der erste Überfall, den ich machte, gelang fast zu leicht. Ich fuhr in die Nähe eines vornehmen Restaurants, ging einfach hinein, hielt die Anwesenden durch meine Pistole in Schach und nahm einer Dame den Schmuck ab. Ich bedauere das durchaus nicht. Sie ist dadurch nicht viel ärmer geworden.

Durch meine Berührung mit den Ärmsten der Armen kam ich auch in Kontakt mit der Unterwelt und lernte einen Hehler in Antwerpen, einen anderen in Birmingham kennen. Diesen Leuten verkaufte ich die Steine, und mein erster Beutezug genügte, um die Klinik neu auszustatten. Außerdem konnte ich an die Gründung des Erholungsheims in Eastbourne denken.

Aber ich hatte nicht mit Lorna gerechnet. Sie hatte den Bericht über den Überfall gelesen, stellte mir nach und beobachtete mich. Nach einiger Zeit hatte sie herausgefunden, daß ich der Verbrecher mit der weißen Maske war, und verlangte ihren Anteil.

Mein zweites und mein drittes Unternehmen verliefen noch erfolgreicher als das erste. Ich beteiligte Lorna, und sie lebte in größerem Luxus als jemals zuvor in ihrem Leben.

Im Verlauf meiner Tätigkeit hatte ich das Glück, Miss Harman zu finden, die mich aus reiner Begeisterung für meine Arbeit unterstützte und die Stelle einer ersten Krankenpflegerin bei mir versah.

Von Bateman hatte ich nichts gesehen. Ich hatte keine Ahnung, daß er in England war und daß Lorna ihn im Westend getroffen hatte. Zufällig erfuhr ich durch Mrs. Landor von seiner Anwesenheit. Sie war in einer so verzweifelten Verfassung, daß sie mir alles anvertraute, was sie quälte, und sie erzählte mir auch von dem Mann, der sie erpreßte. Es war Donald Bateman.

Aber diese Nachricht hatte mir die Ruhe vollkommen geraubt, und ich konnte kaum noch zusammenhängend denken. Der alte Haß gegen Bateman erwachte plötzlich wieder in mir. An seiner großen Narbe unter dem Kinn hätte ich ihn sofort wiedererkannt. Sie rührte von einem Messerstich her, den ihm eine Frau in Australien beigebracht hatte.

Mrs. Landor hatte mich kaum verlassen, als ich Stimmen auf der anderen Seite der Straße hörte. Es regnete, und die Gegend war menschenleer. Ich schaute hinaus und entdeckte einen Mann in Gesellschaftskleidung. Eine Frau eilte auf ihn zu. Er mußte in ihrer Wohnung gewesen sein und dort etwas vergessen haben, denn ich hörte, wie er sich bei ihr bedankte. Dann bemerkte ich, daß sie herüberschauten, und wußte, daß sie ihm bereits mitgeteilt hatte, wer ich war. Aber er ahnte nicht, daß ich ihn auch erkannt hatte!

Nachdem er sie weggeschickt hatte, ging er langsam weiter, und ich wollte ihm gerade folgen, als plötzlich Landor auf ihn zustürzte. Ich hörte einen kurzen Wortwechsel, sah, daß Landor zuschlug und daß Bateman zu Boden stürzte. Es gehörte zu seinen Tricks, beim Kampf einen Knockout vorzuspiegeln, und auch Landor ließ sich täuschen. Er lief davon, und ich verlor ihn aus den Augen.

Ich war noch unentschlossen, was ich tun sollte, als der Polizist Hartford näherkam. Sein Helm blitzte unter einer Laterne auf. Ich konnte also im Augenblick nichts unternehmen.

Dann erhob sich Bateman, wischte den Schmutz von seinem Mantel und ging Hartford entgegen. Der Polizist unterhielt sich kurz mit ihm und ging dann weiter. Gleich darauf stürzte Bateman zu Boden, als ob ihn ein Schuß getroffen hätte.

Ich wußte genau, was geschehen war: er hatte einen Herzkrampf. Aus rein beruflichem Interesse wollte ich gerade zu ihm eilen, als ein Mann über die Straße ging und sich über ihn beugte. Hartford drehte sich gerade um und sah es. Er sprang sofort auf die beiden zu, und ich folgte ihm. Plötzlich sah ich einen Schlüsselbund zu meinen Füßen, hob ihn auf und steckte ihn ein. Der Mann, der Batemans Taschen durchsucht hatte, war ein bekannter Dieb, ein gewisser Lamborn. Er sah den Polizisten und lief davon, aber Hartford hatte ihn bald eingeholt. Während die beiden miteinander kämpften, kam ich näher und sah ein Messer neben Bateman liegen, das ihm aus der Tasche gefallen sein mußte. Und da kam es plötzlich über mich. Ich sah diesen gemeinen Menschen, diesen Lügner, diesen Verräter vor mir, der für den Tod meines Bruders verantwortlich war. Ich kann mich nicht erinnern, daß ich zustieß, aber als ich im nächsten Augenblick wieder zu mir kam, bemerkte ich, daß sich Bateman nicht mehr rührte. Er war sofort tot.

Der Polizist war noch mit Lamborn beschäftigt, und ich steckte das Messer in die Tasche. Es fiel später nicht weiter auf, daß ich blutige Hände hatte, da ich Bateman ja als Arzt untersucht hatte. Niemand verdächtigte mich, im Gegenteil, ein Polizist brachte mir noch Wasser, damit ich meine Hände waschen konnte. Ich habe die Tat nicht bereut, und ich bereue sie auch jetzt nicht. Ich bin froh, ja ich bin stolz, daß ich diesen Schuft bestrafen konnte!

Später kam Rudd, der nicht gerade sehr intelligent ist. Aber manchmal finden selbst solche Leute die Lösung auf eine schwierige Frage. Sergeant Elk hatte mich auch im Verdacht, das wußte ich von Anfang an. Aber gefährlich würde die Sache erst, als Lorna plötzlich auf der Bildfläche erschien. Instinktiv ahnte sie sofort das Richtige. Sie hatte nur gehört, daß ein Mann ermordet worden war, und bahnte sich nun einen Weg durch die Menge.

Sie sah mich nicht. Aber ich wußte, daß sie mich beschuldigen würde, und überlegte, wie ich sie daran hindern konnte. Glücklicherweise wurde sie ohnmächtig, und ich erhielt den Auftrag, sie zur Wache zu bringen. Hier bot sich eine günstige Gelegenheit für mich. Ich ließ bei einer Apotheke anhalten und schickte den Polizisten, der uns begleitete, hinein, um eine Medizin zu holen. In den kurzen Augenblicken, in denen ich mit ihr allein war, gab ich ihr eine Morphiumspritze. Ich hatte eine gefüllte Spritze bei mir, weil ich zu einer Entbindung gerufen worden war. Als der Polizist zurückkam, hatte sie bereits gewirkt. Später machte ich auf der Wache eine zweite Injektion und versteckte die Spritze dann in ihrer Handtasche. Auf diese Weise konnte ich ihren Zustand leicht erklären. Ich hätte ihr auch noch eine dritte und eine vierte gegeben, wenn mich der Arzt im Krankenhaus zu ihr gelassen hätte. Nun mußte ich aber auch noch Rudd zum Schweigen bringen. Ich freute mich schon, als ich hörte, daß er zu Bett gegangen sei, und war deshalb sehr erstaunt, als er auf dem Weg zur Polizeiwache später an mein Fenster klopfte. Er erzählte mir dann, wie er sich die Sache erklärte.

Er sagte, daß Bateman in der Zeit ermordet worden sein

mußte, in der Hartford Lamborn verhaftete. Er zog dieselben Schlußfolgerungen wie Sie, Mason, und Lamborn hätte Ihnen Ihre Aufgabe sehr erleichtern können, wenn er gleich die Wahrheit gesagt hätte. Es war ja klar, daß Bateman nicht ermordet werden konnte, solange der Dieb seine Taschen durchsuchte. Sonst wären seine Hände und die Brieftasche doch blutbefleckt gewesen. Von diesen Tatsachen ging auch Rudd aus. Im Scherz sagte er, ich müsse der Mörder sein, und zeigte auf verschiedene Blutflecken an meinem Rock, die nur in dem Augenblick dorthin gekommen sein konnten, in dem Bateman erstochen wurde. Rudd mußte also unter allen Umständen zum Schweigen gebracht werden. Ich lud ihn zu einem Whisky-Soda ein und lenkte seine Aufmerksamkeit dadurch ab, daß ich ihm eine neue Quarzlampe zeigte. Inzwischen mischte ich ein Schlafmittel in das Getränk. Er merkte nichts und sank kurz darauf bewußtlos zu Boden. Ich gab ihm eine Morphiumspritze und trug ihn dann in die Garage.

Es war höchste Zeit, daß ich fortkam, aber wenn ich reisen wollte, brauchte ich Geld, Fahrkarten und Paß – Dinge, die ich nicht besaß. Von Inez Landor hatte ich erfahren, daß ihr Mann Vorbereitungen zur Flucht ins Ausland getroffen hatte. und eine große Summe in seinem Schreibtisch verwahrte. Das war meine einzige Chance. Ich fuhr sofort dorthin. Ich vermutete, daß das Haus bewacht wurde, aber der Mut der Verzweiflung hatte mich gepackt. Glücklicherweise stand im Hof kein Posten, und ich fand eine Feuerleiter, auf der ich in die Wohnung einsteigen konnte. Ich besaß alle Schlüssel – auf dem Schlüsselring waren der Name ›Landor‹ und die genaue Adresse eingraviert. Als ich die Tür leise hinter mir zugezogen hatte, hörte ich plötzlich eine Frauenstimme. Ich habe ein gutes Gedächtnis für Stimmen und erkannte Inez Landor sofort, die noch vor wenigen Stunden in meinem Sprechzimmer gesessen hatte. Ich verhielt mich ganz ruhig und fürchtete, sie würde im nächsten Augenblick in die Diele kommen und Licht machen. Aber sie ging in ihr Zimmer zurück, und ich suchte schnell ein Versteck. Nach kurzer Überlegung wagte ich es, die Mädchenkammer zu öffnen, und fand sie leer. Der Schlüssel steckte auf der Innenseite, und ich drehte ihn um. Kurz darauf kam Landor selbst, und ein paar Minuten später hörte ich zu meinem Entsetzen auch die Stimmen von Bray und Elk. Aber wieder begünstigte mich das Glück, denn die beiden Detektive entfernten sich mit den Landors.

Nun nahm ich rasch Geld, Fahrkarten und Pässe an mich, aber Elk kam ein paar Augenblicke zu früh in die Wohnung zurück. Ein Totschläger war die einzige Waffe, die ich bei mir hatte, und ich mußte sie in diesem Augenblick höchster Gefahr anwenden. Es tat mir unendlich leid, daß ich gerade den Mann verletzte, den ich stets als einen Freund betrachtet hatte.

Als ich zu meiner Klinik zurückkehrte, erwartete mich eine andere Gefahr. Rudd kehrte langsam zum Bewußtsein zurück. Ich hörte ihn stöhnen und gab ihm eine zweite Spritze.

Nun hatte ich eine Chance zu entkommen. Ich war mit meinen Vorbereitungen fertig und brachte den Wagen heraus, als Bray plötzlich anrief, daß Sie zu mir kommen wollten. Nun hing meine Rettung nur noch an einem Seidenfaden, und unter dem Druck der Verhältnisse erfand ich im Augenblick die Geschichte von dem angekündigten Besuch Weißgesichts. Wie mir die Durchführung gelang, wissen Sie. Ich muß nur noch erwähnen, daß ich unter meiner Schreibtischplatte seitlich eine Klingel habe. Damit gebe ich immer das Zeichen, wenn der nächste Patient hereinkommen kann. Alles andere war nachher leicht.«

20

Dr. Marford lehnte sich in seinen Stuhl zurück. Ein trauriges Lächeln spielte um seine Lippen.

»Sind Sie müde, Doktor?« fragte Mason.

»Ja, sehr, sehr müde.«

»Ich habe noch gar nicht gewußt, daß Sie lispeln.«

Marford überhörte die Bemerkung.

»Erzählen Sie mir doch, wie Sie nach Annerford kamen«, bat er. »Ach, jetzt weiß ich es! Sie haben Miss Harman aufgesucht, und sie hat Ihnen erzählt, daß ich schon Grund und

Boden für das neue Tuberkuloseheim gekauft habe. Deshalb fuhren Sie hin.«

Mason nickte.

»Wollen Sie sonst noch etwas wissen?« fragte der Doktor.

Der Chefinspektor überlegte lange.

»Ich glaube nicht. Höchstens könnten Sie mir noch die Namen der beiden Hehler in Antwerpen und Birmingham nennen, denen Sie die gestohlenen Steine verkauften.«

Marford schüttelte langsam den Kopf und lächelte dann ironisch.

»Das wäre doch gegen die Regel.«

»Shoey hat wohl etwas gemerkt? Wußte er es? Oder war er eingeweiht?«

»Er kann sehr gut kombinieren. Sooft ich ihm begegnete, warf er mir einen merkwürdig verstehenden Blick zu.«

»Ich habe vorhin erwähnt, daß Sie lispeln, Doktor – früher habe ich das nie wahrgenommen.«

»Ich lisple auch nicht.« Marford lehnte sich noch tiefer in den Sessel zurück. »Ich habe auch keinen Sprachfehler. Aber ich bin auf das Unvermeidliche gefaßt, und seit den letzten anderthalb Stunden trage ich eine kleine Glasphiole im Mund, die Zyankali enthält.«

Drei Detektive warfen sich auf ihn, aber sie kamen zu spät. Ein Zucken durchlief Marfords Körper, und ein schmerzlicher Ausdruck erschien auf seinem Gesicht. Dann wurde er steif und bewegte sich nicht mehr.

Mason sah ihn erschüttert an.

»Er hat das Spiel zum Schluß doch noch gewonnen«, sagte er heiser. »Und was für ein Spiel!«

Er wandte sich plötzlich ab und verließ den Raum. Ohne Hut trat er auf die Straße und atmete frische Morgenluft ein.

Im Osten dämmerte der junge Tag.

(11501) DM 9,80

(11502) DM 9,80

(11503) DM 9,80

(11504) DM 8,80

(11505) DM 12,80

(11239) DM 9,80

(6952) DM 9,80

(6953) DM 9,80

(6954) DM 7,80

Edgar Wallace

Alle Wallace-Krimis auf einen Blick

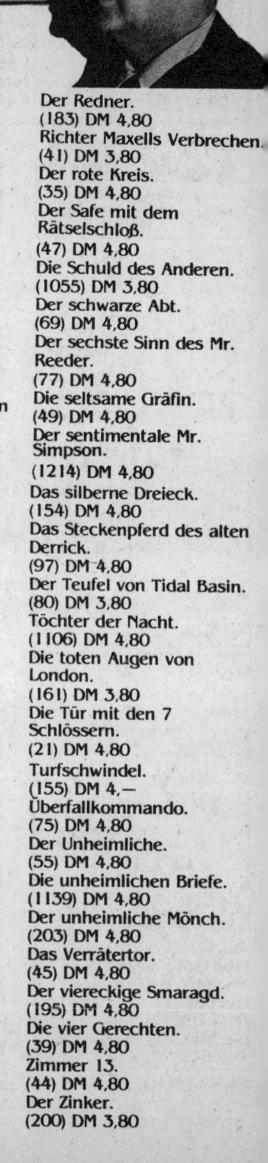

Die Abenteuerin.
(164) DM 4,80
A.S. der Unsichtbare.
(126) DM 4,80
Die Bande des Schreckens.
(11) DM 4,80
Der Banknotenfälscher.
(67) DM 4,80
Bei den drei Eichen.
(100) DM 4,80
Die blaue Hand.
(6) DM 4,80
Der Brigant.
(111) DM 4,80
Der Derbysieger.
(242) DM 4,80
Der Diamantenfluß.
(16) DM 4,80
Der Dieb in der Nacht.
(1060) DM 3,80
Der Doppelgänger.
(95) DM 4,80
Die drei Gerechten.
(1170) DM 4,—
Die drei von Cordova.
(160) DM 4,80
Der Engel des Schreckens.
(136) DM 3,80
Feuer im Schloß.
(1063) DM 3,80
Der Frosch mit der Maske.
(1) DM 5,80
Gangster in London.
(178) DM 5,80
Das Gasthaus an der Themse.
(88) DM 3,80
Die gebogene Kerze.
(169) DM 3,80
Geheimagent Nr. sechs.
(236) DM 4,80
Das Geheimnis der gelben Narzissen.
(37) DM 4,80
Das Geheimnis der Stecknadel.
(173) DM 4,80
Das geheimnisvolle Haus.
(113) DM 4,80
Die gelbe Schlange.
(33) DM 4,80
Ein gerissener Kerl.
(28) DM 4,80
Das Gesetz der Vier.
(230) DM 4,80
Das Gesicht im Dunkel.
(139) DM 4,80
Im Banne des Unheimlichen
(117) DM 5,80

In den Tod geschickt.
(252) DM 3,80
Das indische Tuch.
(189) DM 4,80
John Flack.
(51) DM 4,80
Der Joker.
(159) DM 4,80
Das Juwel aus Paris.
(2128) DM 3,80
Kerry kauft London.
(215) DM 4,80
Der leuchtende Schlüssel.
(91) DM 4,80
Lotterie des Todes.
(1098) DM 3,80
Louba, der Spieler.
(163) DM 4,80
Der Mann, der alles wußte.
(86) DM 4,80
Der Mann, der seinen Namen änderte.
(1194) DM 3,80
Der Mann im Hintergrund.
(1155) DM 4,—
Der Mann aus Marokko.
(124) DM 4,80
Die Melodie des Todes.
(207) DM 3,80
Die Millionengeschichte.
(194) DM 3,80
Mr. Reeder weiß Bescheid.
(1114) DM 3,80
Nach Norden, Strolch!
(221) DM 4,80
Neues vom Hexer.
(103) DM 4,80
Penelope von der »Polyantha«.
(211) DM 3,80
Der goldene Hades.
(226) DM 3,80
Die Gräfin von Ascot.
(1071) DM 3,80
Großfuß.
(65) DM 4,80
Der grüne Bogenschütze.
(150) DM 4,80
Der grüne Brand.
(1020) DM 4,80
Gucumatz.
(248) DM 4,80
Hands up!
(13) DM 4,80
Der Hexer.
(30) DM 4,80
Der Preller.
(116) DM 4,80
Der Rächer.
(60) DM 4,80

Der Redner.
(183) DM 4,80
Richter Maxells Verbrechen.
(41) DM 3,80
Der rote Kreis.
(35) DM 4,80
Der Safe mit dem Rätselschloß.
(47) DM 4,80
Die Schuld des Anderen.
(1055) DM 3,80
Der schwarze Abt.
(69) DM 4,80
Der sechste Sinn des Mr. Reeder.
(77) DM 4,80
Die seltsame Gräfin.
(49) DM 4,80
Der sentimentale Mr. Simpson.
(1214) DM 4,80
Das silberne Dreieck.
(154) DM 4,80
Das Steckenpferd des alten Derrick.
(97) DM 4,80
Der Teufel von Tidal Basin.
(80) DM 3,80
Töchter der Nacht.
(1106) DM 4,80
Die toten Augen von London.
(161) DM 3,80
Die Tür mit den 7 Schlössern.
(21) DM 4,80
Turfschwindel.
(155) DM 4,—
Überfallkommando.
(75) DM 4,80
Der Unheimliche.
(55) DM 4,80
Die unheimlichen Briefe.
(1139) DM 4,80
Der unheimliche Mönch.
(203) DM 4,80
Das Verrätertor.
(45) DM 4,80
Der viereckige Smaragd.
(195) DM 4,80
Die vier Gerechten.
(39) DM 4,80
Zimmer 13.
(44) DM 4,80
Der Zinker.
(200) DM 3,80

Freeling, Nicolas
Castangs Stadt.
(5221) DM 5,80
Die Formel.
(5213) DM 6,80
Inspektor Van der Valks Witwe.
(4897) DM 5,80
Der schwarze Rolls-Royce.
(5206) DM 5,80

Gores, Joe
Dashiell Hammetts letzter Fall.
(4801) DM 4,80
Der Killer in dir.
(4838) DM 4,80

Hare, Cyril
Erschlagen bei den Eiben.
(4774) DM 3,80
Er hätte später sterben sollen.
(4782) DM 3,80

Hill, Reginald
Noch ein Tod in Venedig.
(5219) DM 4,80
Das Rio-Papier u.a. Kriminalgeschichten.
(5216) DM 5,80
Der Calliope-Club.
(4836) DM 5,80

Hughes, Dorothy B.
Wo kein Zeuge lauscht.
(5210) DM 4,80

Maling, Arthur
Zuletzt gesehen...
(5201) DM 6,80

Neely, Richard
Der Attentäter.
(4556) DM 4,–
Lauter Lügen.
(4816) DM 4,80
Schwarzer Vogel über der Brandung.
(4748) DM 4,80
Flucht in die Hölle.
(4866) DM 4,80
Die Nacht der schwarzen Träume.
(4778) DM 4,80
Das letzte Sayonara.
(5208) DM 6,80

Ruhm, Herbert (Hrsg.)
Die besten Stories aus dem weltberühmten »Black Mask Magazine«
(4818) DM 6,80

Simon, Roger L.
Die Peking-Ente.
(5202) DM 4,80

Swarthout, Glendon
Das Wahrheitsspiel.
(5218) DM 6,80

Symons, Julian
Der Fall Adelaide Bartlett.
(5220) DM 6,80
Am Ende war alles umsonst.
(4773) DM 4,80
Roulett der Träume.
(4792) DM 4,80
Damals tödlich.
(4855) DM 5,80

Taibo II., Francisco J.
Die Zeit der Mörder.
(5222) DM 4,80

Tynan, Kathleen
Agatha.
(5204) DM 5,80

Weverka, Robert
Mord an der Themse.
(5211) DM 4,80

Action-Krimi

Charles, Robert
Sechs Stunden nach dem Mord.
(4760) DM 3,80

Copper, Basil
Mord ersten Grades.
(5408) DM 4,80
Geld spielt (k)eine Rolle.
(5410) DM 4,80

Crowe, John
Ein Weg von Mord zu Mord.
(4766) DM 4,80

Crumley, James
Der letzte echte Kuß.
(5414) DM 5,80

Downing, Warwick
...Zahn um Zahn.
(4747) DM 3,80

Faust, Ron
Der Skilift-Killer.
(4832) DM 3,80

Fish, Robert L.
Die Insel der Schlangen.
(5426) DM 4,80
Ein Kopf für den Minister.
(5415) DM 4,80

Gores, Joe
Überfällig.
(5419) DM 5,80
Zur Kasse, Mörder!
(5418) DM 4,80

Hallahan, William H.
Ein Fall für Diplomaten.
(4823) DM 5,80

Hamill, Pete
Ich klau' dir eine Bank.
(5413) DM 4,80
Jeder kann ein Mörder sein.
(5417) DM 4,80

Harrington, William
Scorpio 5.
(4739) DM 4,80

Hubert, Tord
Wenn der Damm bricht.
(4828) DM 4,80

Irvine, R.R.
Der Katzenmörder.
(4745) DM 3,80
Bomben auf Kanal 3.
(4850) DM 4,80

Israel, Peter
Der Trip nach Amsterdam.
(4876) DM 3,80

Jobson, Hamilton
Ein bißchen sterben.
(4888) DM 3,80
Kontrakt mit dem Killer.
(4755) DM 3,80
Richtet mich morgen.
(4808) DM 3,80

Jones, Elwyn
Chefinspektor Barlow in Australien.
(4862) DM 3,80

Kyle, Duncan
Todesfalle Camp 100.
(5402) DM 5,80

Lacy, Ed
Mord auf Kanal 12.
(5422) DM 4,80
Verdammter Bulle.
(5416) DM 4,80
Zahlbar in Mord.
(5406) DM 4,80
Geheimauftrag Harlem.
(5404) DM 5,80

Lecomber, Brian
Schmuggelfracht nach Puerto Rico.
(4861) DM 5,80

MacDonald, John D.
Die mexikanische Heirat.
(5420) DM 4,80

MacKenzie, Donald
Nicht nur Schnappschüsse.
(5425) DM 5,80

Martin, Ian Kennedy
Regan und das Geschäft des Jahrhunderts.
(4834) DM 3,80

Marshall, William
Bombengrüße aus Hongkon
(4738) DM 3,80
Dünne Luft.
(4722) DM 4,80
Das Skelett auf dem Floß.
(5403) DM 4,80

Pronzini, Bill / Malzberg, Barry
Jagt die Bestie!
(5423) DM 5,80

Rifkin, Shepard
Die Schneeschlange.
(4863) DM 3,80

Ross, Sam
Der gelbe Jaguar.
(5411) DM 4,80

Simon, Roger L.
Das Geschäft mit der Macht.
(4874) DM 3,80
Hecht unter Haien.
(4880) DM 3,80

Stein, Aaron Marc
Der Kälte-Faktor.
(4841) DM 3,80
Unterwegs in den Tod.
(4835) DM 4,80
Auftrag mit heißen Kurven.
(5412) DM 4,80

Straker, J.F.
Mord unter Brüdern.
(4870) DM 4,80

Topor, Tom
Verblichener Ruhm.
(5424) DM 5,80

Wainwright, John
Joey.
(4810) DM 3,80
Requiem für einen Verlierer.
(4733) DM 3,80
Gutschein für Mord.
(4848) DM 4,80
Nachts stirbt man schneller.
(5407) DM 4,80

Waugh, Hillary
Fünf Jahre später.
(4875) DM 3,80

Way, Peter
Der tödliche Irrtum.
(5421) DM 4,80

Weverka, Robert
Mord an der Themse.
(5409) DM 4,80

Wilcox, Collin
Der tödliche Biß.
(5401) DM 4,80
Das dritte Opfer.
(4689) DM 4,80
Der Profi-Killer.
(5405) DM 4,80

Wilcox, Collin / Pronzini, Bill
Montag mittag San Francisco.
(4884) DM 5,80

Wren, M.K.
Gewiß ist nur der Tod.
(4839) DM 4,80

Rote Krimi

Bagby, George
Ein Goldfisch unter Haien.
(4768) DM 3,80
Die schöne Geisel.
(4853) DM 3,80
Toter mit Empfehlungsschreiben.
(4864) DM 3,80

Beare, George
Die teuerste Rose.
(4843) DM 3,80

Blake, Nicholas
Das Biest.
(4889) DM 4,80

Brett, Simon
Generalprobe für Mord.
(4826) DM 3,80

Bunn, Thomas
Leiche im Keller.
(4846) DM 5,80

Carmichael, Harry
Liebe, Mord und falsche Zeugen.
(4847) DM 4,80
Der Tod zählt bis drei.
(4785) DM 3,80

Christie, Agatha
Alibi.
(12) DM 4,80
Dreizehn bei Tisch.
(66) DM 4,80
Das Geheimnis von Sittaford.
(73) DM 4,80
Das Haus an der Düne.
(98) DM 4,80
Mord auf dem Golfplatz.
(9) DM 4,80
Nikotin.
(64) DM 4,80
Der rote Kimono.
(62) DM 4,80
Ein Schritt ins Leere.
(70) DM 4,80
Tod in den Wolken.
(4) DM 4,80

Dolson, Hildegarde
Schönheitsschlaf mit Dauerwirkung.
(4825) DM 4,80

Durbridge, Francis
Der Andere.
(3142) DM 3,80
Die Brille.
(2287) DM 4,80
Charlie war mein Freund.
(3027) DM 4,—
Es ist soweit.
(3206) DM 4,80
Das Halstuch.
(3175) DM 4,—
Im Schatten von Soho.
(3218) DM 4,—
Keiner kennt Curzon.
(4225) DM 4,—
Das Kennwort.
(2266) DM 4,—
Kommt Zeit, kommt Mord.
(3140) DM 4,—
Ein Mann namens Harry Brent.
(4035) DM 3,80
Melissa.
(3073) DM 4,—
Mr. Rossiter empfiehlt sich.
(3182) DM 4,80
Paul Temple — Banküberfall in Harkdale.
(4052) DM 3,80
Paul Temple — Der Fall Kelby.
(4039) DM 3,—
Paul Temple jagt Rex.
(3198) DM 4,80
Paul Temple und die Schlagzeilenmänner.
(3190) DM 4,80
Der Schlüssel.
(3166) DM 4,80
Die Schuhe.
(2277) DM 4,80
Der Siegelring.
(3087) DM 4,—
Tim Frazer
(3064) DM 3,80
Tim Frazer und der Fall Salinger.
(3132) DM 4,80
Wie ein Blitz.
(4205) DM 3,—
Tim Frazer weiß Bescheid.
(4871) DM 4,80
Die Kette.
(4788) DM 4,80
Zu jung zum Sterben.
(4157) DM 3,—

Fleming, Joan
Das Haus am Ende der Straße.
(4814) DM 3,80

Fletcher, Lucille
Taxi nach Stamford.
(4723) DM 3,80

Francis, Dick
Der Trick, den keiner kannte.
(4804) DM 4,80
Die letzte Hürde.
(4780) DM 4,80

Gardner, Erle Stanley (A.A. Fair)
Alles oder nichts.
(4117) DM 4,80
Der dunkle Punkt.
(3039) DM 4,80
Goldaktien.
(4789) DM 4,80
Die goldgelbe Tür.
(3050) DM 4,—

Heiße Tage auf Hawaii.
(3106) DM 4,80
Im Mittelpunkt Yvonne.
(4749) DM 4,80
Kleine Fische zählen nicht.
(4802) DM 4,80
Lockvögel.
(3114) DM 4,80
Per Saldo Mord.
(3121) DM 4,—
Ein schwarzer Vogel.
(2267) DM 4,—
Der schweigende Mund.
(2259) DM 5,80
Ein pikanter Köder.
(3129) DM 3,80
Sein erster Fall.
(2291) DM 4,—
Treffpunkt Las Vegas.
(3023) DM 4,80
Wo Licht im Wege steht.
(3048) DM 4,—
Der zweite Buddha.
(3083) DM 4,80
Das volle Risiko.
(4852) DM 4,80
Die Pfotenspur.
(4309) DM 4,—

Gilbert, Michael
Geliebt, gefeiert und getötet.
(4911) DM 5,80
Das leere Haus.
(4868) DM 4,80

Goodis, David
Schüsse auf den Pianisten.
(4894) DM 4,80

Gordons, The
Letzter Brief an Cathy.
(4898) DM 5,80
Beeile dich zu leben.
(4765) DM 4,80
FBI-Aktien.
(2260) DM 4,80
FBI-Aktion »Schwarzer Kater«.
(4661) DM 3,—
FBI-Auftrag.
(3053) DM 3,—
Feuerprobe.
(4670) DM 4,—
Geheimauftrag für Kater D.C.
(3072) DM 3,—
Der letzte Zug.
(3074) DM 4,80

Gunn, Victor
Das achte Messer.
(201) DM 4,80
Auf eigene Faust.
(162) DM 4,—
Die Erpresser.
(148) DM 4,80
Das Geheimnis der Borgia-Skulptur.
(205) DM 4,—
Die geheimnisvolle Blondine.
(1232) DM 4,-
Gelächter in der Nacht.
(175) DM 4,—
Gute Erholung, Inspektor Cromwell.
(1137) DM 4,—
Im Nebel verschwunden.
(140) DM 4,80
In blinder Panik.
(1104) DM 4,—
Inspektor Cromwell ärgert sich.
(2036) DM 4,—
Inspektor Cromwells großer Tag.
(143) DM 4,—
Inspektor Cromwells Trick.
(294) DM 4,—
Die Lady mit der Peitsche.
(261) DM 4,80
Lord Bassingtons Geheimnis.
(3028) DM 3,—
Der Mann im Regenmantel.
(2093) DM 4,—
Der rächende Zufall.
(186) DM 4,—
Das rote Haar.
(1289) DM 4,—
Roter Fingerhut.
(267) DM 4,—
Schrei vor der Tür.
(2155) DM 4,—
Schritte des Todes.
(3049) DM 4,80
Die seltsame Idee der Mrs. Scott.
(1122) DM 4,—
Spuren im Schnee.
(147) DM 4,—
Der Tod hat eine Chance.
(166) DM 4,—
Tod im Moor.
(1083) DM 3,80
Die Treppe zum Nichts.
(193) DM 4,—
Der vertauschte Koffer.
(216) DM 4,80
Der vornehme Mörder.
(3062) DM 4,—
Was wußte Molly Liskern?
(1205) DM 4 —
Das Wirtshaus von Dartmoor.
(4772) DM 4,80
Wo waren Sie heute nacht?
(1012) DM 4,—
Die Rosenblätter.
(284) DM 4,80
Zwischenfall auf dem Trafalgar Square.
(254) DM 4,—

Healey, Ben
Letzte Fähre nach Venedig.
(4914) DM 4,80

Hensley, Joe L.
Giftiger Sommer.
(4869) DM 3,80

Hill, Peter
Mord im kleinen Kreis.
(4824) DM 3,80

Howard, Hartley
Der große Fischzug.
(4887) DM 4,80
Jenseits der Tür.
(4649) DM 4,80
Einmal fängt jeder an.
(4777) DM 3,80
One-Way Ticket.
(4813) DM 3,80
Der Abschiedsbrief.
(4890) DM 4,80
Der Teufel sorgt für die Seinen.
(4759) DM 4,80
Keine kleine Nachtmusik.
(4783) DM 3,80
Fünf Stunden Todesangst.
(4867) DM 3,80
Fahrkarte ins Jenseits.
(4730) DM 4,80
Nackt, mit heiler Haut.
(4715) DM 4,80

Hughes, Dorothy B.
Der Tod tanzt auf den Straßen.
(4900) DM 4,80

Knox, Bill
Frachtbetrug.
(4909) DM 4,80
Zwischenfall auf Island.
(4899) DM 4,80
Tödliche Fracht.
(4906) DM 4,80
Whisky macht das Kraut nicht fett.
(4873) DM 4,80
Gestrandet vor der Bucht.
(4842) DM 3,80

Law, Janice
Zwillings-Trip.
(4817) DM 3,80

Lewis, Roy
Morgen wird abgerechnet.
(4856) DM 3,80
Nichts als Füchse.
(4761) DM 3,80

Lockridge, F.R.
Lautlos wie ein Pfeil.
(4051) DM 3,80
Schluß der Vorstellung.
(4750) DM 4,80
Sieben Leben hat die Katze
(4820) DM 4,80

Lutz, John
Augen auf beim Kauf.
(4803) DM 3,80

MacKenzie, Donald
Der Fall Kerouac.
(4901) DM 4,80
Notizbuch der Angst.
(4883) DM 3,80
Die tödliche Lektion.
(4822) DM 3,80

Maling, Arthur
Eine Aktie auf den Tod.
(4807) DM 4,80
Manipulationen.
(4854) DM 4,80

Marsh, Ngaio
Der Tod im Frack.
(4908) DM 6,80
Mylord mordet nicht.
(4910) DM 6,80
Fällt er in den Graben, fällt er in den Sumpf.
(4912) DM 5,80
Ouvertüre zum Tod.
(4902) DM 5,80
Tod im Pub.
(4904) DM 5,80

Martin, Robert
Gute Nacht und süße Träume.
(4764) DM 4,80

Nielsen, Helen
Ein folgenschwerer Freispruch.
(4885) DM 4,80

Ormerod, Roger
Blick auf den Tod.
(4819) DM 3,80

Postgate, Raymond
Das Urteil der Zwölf.
(4896) DM 4,80

Roberts, Willo Davis
Tatmotiv: Angst.
(4776) DM 3,80

Roffman, Ian
Trauerkranz mit Liebesgruß.
(4881) DM 4,80

Sayers, Dorothy
Es geschah im Bellona-Klub.
(3067) DM 4,80
Geheimnisvolles Gift.
(3068) DM 4,80
Mord braucht Reklame.
(3066) DM 4,80

Siller, Hilda van
Der Bermuda-Mord.
(4734) DM 3,80
Das Ferngespräch.
(4758) DM 4,80
Ein fairer Prozeß.
(4635) DM 3,80
Ein Familienkonflikt.
(4767) DM 3,80
Der Hilfeschrei.
(4702) DM 3,80
Küß mich und stirb.
(4743) DM 3,80
Die Mörderin.
(4720) DM 3,80
Pauls Apartment.
(4725) DM 3,80
Die schöne Lügnerin.
(4621) DM 3,80
Niemand kennt Mallory.
(4751) DM 3,80

Smith, Charles Merrill
Reverend Randollph und der Racheengel.
(4860) DM 4,80
Die Gnade GmbH.
(4905) DM 5,80

Stout, Rex
Die Champagnerparty.
(4062) DM 4,–
Gambit.
(4038) DM 4,–
Gast im dritten Stock.
(2284) DM 4,–
Das Geheimnis der Bergkatze.
(3052) DM 4,–
Gift à la carte.
(4349) DM DM 4,–
Die goldenen Spinnen.
(3031) DM 4,–
Morde jetzt – zahle später.
(3124) DM 4,–
Orchideen für sechzehn Mädchen.
(3002) DM 4,–
P.H. antwortet nicht.
(3024) DM 4,–
Das Plagiat.
(3108) DM 4,80
Der rote Bulle.
(2269) DM 4,–
Der Schein trügt.
(3300) DM 4,–
Vor Mitternacht.
(4048) DM 4,–
Per Adresse Mörder X.
(4389) DM 4,80
Zu viele Klienten.
(3290) DM 4,–
Zu viele Köche.
(2262) DM 4,–
Das zweite Geständnis.
(4056) DM 4,–
Wenn Licht ins Dunkle fällt.
(4358) DM 4,–

Truman, Margaret
Mord im Weißen Haus.
(4907) DM 5,80

Upfield, Arthur W.
Bony stellt eine Falle.
(1168) DM 4,–
Bony übernimmt den Fall.
(2031) DM 4,80
Bony und der Bumerang.
(2215) DM 4,–
Bony und die Maus.
(1011) DM 4,80
Bony und die schwarze Jungfrau.
(1074) DM 4,–
Bony und die Todesotter.
(2088) DM 4,–
Bony und die weiße Wilde.
(1135) DM 4,–
Bony wird verhaftet.
(1281) DM 4,80
Fremde sind unerwünscht.
(1230) DM 4,–
Gefahr für Bony.
(2289) DM 4,–
Die Giftvilla.
(180) DM 4,80
Ein glücklicher Zufall.
(1044) DM 4,80
Die Junggesellen von Broken Hill.
(241) DM 4,80
Der Kopf im Netz.
(167) DM 4,80
Die Leute von nebenan.
(198) DM 4,80
Mr. Jellys Geheimnis.
(2141) DM 4,–
Der neue Schuh.
(219) DM 4,80
Der schwarze Brunnen.
(224) DM 4,–
Der streitbare Prophet.
(232) DM 4,80
Todeszauber.
(2111) DM 4,–
Viermal bei Neumond.
(4756) DM 4,80
Wer war der zweite Mann?
(1208) DM 4,–
Die Witwen von Broome.
(142) DM 4,80
Bony kauft eine Frau.
(4781) DM 3,80

Wainwright, John
Gehirnwäsche.
(4903) DM 4,80

Wallace, Penelope
Toter Erbe – guter Erbe.
● (4893) DM 3,80
Das Geheimnis des schlafwandelnden Affen.
● (4849) DM 3,80

Weinert-Wilton, Louis
Die chinesische Nelke.
(53) DM 5,80
Der Drudenfuß.
(233) DM 4,80
Die Königin der Nacht.
(281) DM 4,80
Der Panther.
(5) DM 4,80
Der schwarze Meilenstein.
(4741) DM 4,80
Der Teppich des Grauens.
(106) DM 4,80
Die weiße Spinne.
(2) DM 4,80

Woods, Sara
Kommt nun zum Spruch.
(4913) DM 4,80
Der Mörder tritt ab.
(4878) DM 4,80
Verrat mit Mord garniert.
(4882) DM 4,80
Ein Dieb oder zwei.
(4784) DM 4,80